ET TU TROUVERAS LE TRÉSOR QUI DORT EN TOI

Laurent Gounelle est l'un des romanciers français les plus lus dans le monde. Ses livres expriment sa passion pour la philosophie, la psychologie et le développement personnel.

LAURENT GOUNELLE

Et tu trouveras le trésor qui dort en toi

ROMAN

KERO

© Kero, 2016.
ISBN : 978-2-253-07142-6 – 1re publication LGF

À ma sœur, Sophie.

*Étroit est le chemin qui mène à la vie
et il y en a peu qui le trouvent.*

Matthieu VII, 14

PREMIÈRE PARTIE

Ne vous conformez pas au monde présent,
mais soyez transformés
par le renouvellement de l'intelligence.

Épître de Paul aux Romains, XII, 2

1

Alice ne put retenir un grand sourire de satisfaction en reposant le téléphone. Le prospect qatari avait présélectionné le cabinet de conseil en communication pour lequel elle travaillait. L'appel d'offres avait été discrètement lancé six mois plus tôt. La Qatar International Promotion Agency cherchait un partenaire occidental pour travailler à redorer l'image du pays et faire oublier les soupçons de financement de Daech.

Cinq, ils n'étaient que cinq cabinets présélectionnés dont deux américains, un espagnol, un allemand et le français. Une chance sur cinq de l'emporter. Alice y croyait dur comme fer.

Elle inspira profondément et s'étira en se renversant dans son fauteuil, le faisant pivoter vers la grande vitre de son bureau qui réfléchissait son image de femme active, petit tailleur coupé assez strict qui contrastait avec sa chevelure châtain aux longues boucles un peu folles. Elle éteignit sa lampe de bureau et son reflet s'évanouit. Au cinquante-troisième étage de la tour Montparnasse, on se croyait suspendu dans le ciel, un ciel assombri de fin de journée sur lequel s'étiolaient quelques nuages peu convaincus. À ses pieds, la ville animée et vivante, des lumières qui commençaient à s'allumer un peu partout dans les milliers d'immeubles s'étendant à perte de vue, hébergeant des millions de gens. À cette heure de sortie des bureaux, les chaussées étaient saturées de voitures et les trottoirs grouillaient de petits points insignifiants se mouvant au ralenti. Alice regarda tout ce monde en souriant. Autant de personnes à convaincre, de défis à relever, d'excitation à éprouver... Depuis qu'elle suivait les séminaires de développement personnel de Toby Collins, elle gagnait une confiance en elle qui lui permettait de trouver des satisfactions au travail malgré l'ambiance compétitive et tendue.

Elle inspira de nouveau et se détendit. À cette heure-là, Théo était avec la nounou à la maison. Paul rentrerait tard, comme tous les soirs. Peut-être dormirait-elle déjà quand on le déposerait au pied de l'immeuble. De quoi vivraient les taxis de nuit sans les sorties de bureau des avocats ?

Vivement les vacances, se dit-elle. Qu'ils se retrouvent un peu tous ensemble. Si son équipe décrochait le contrat qatari, elle aurait une augmentation, c'est sûr. Ou une grosse prime. On ne saurait le lui refuser. Avec ça ils s'offriraient un grand voyage en famille. Pourquoi pas l'Australie, carrément ? L'Australie... un rêve d'adolescente, pas encore réalisé.

Le téléphone sonna. Son père.

— Je suis au bureau, papa.

— Ma chérie, tu viens à Cluny, ce week-end ?

— Oui, sans doute.

— C'est une bonne nouvelle ! Paul viendra aussi ?

— S'il n'a pas trop de boulot, genre la tournée des clients à Fresnes ou Fleury-Mérogis. Et s'il accepte de louper son cours de dessin du samedi. Sa seule passion en dehors des prisons.

— Tu le salueras pour moi, dit-il en riant. Tiens, j'ai croisé Jérémie, ce matin. Il a l'air d'aller très mal. Sa mère est inquiète, elle m'en parle tout le temps. Si tu viens ce week-end, elle aimerait bien que tu prennes un peu de temps pour le soutenir.

Jérémie allait très mal ? Bizarre qu'elle ne s'en soit pas rendu compte lors de son dernier week-end en Bourgogne. Jérémie... Sa silhouette élancée, ses cheveux blond foncé, ses yeux bleus très clairs, ses traits fins et doux qui exprimaient une grande bonté. Leur enfance commune à Cluny... Les courses-poursuites dans les ruines de l'abbaye, les multiples paris qu'ils jouaient à se lancer l'un l'autre, avec toujours le même enjeu : une bise le jour de l'an. Les fous rires au milieu des vignes pendant les vendanges, quand ils se cachaient pour déguster le raisin au lieu de le ramasser. Leur premier bisou sur le bout des lèvres à neuf ans – son initiative à elle, et lui qui s'était mis à rougir comme les tomates de l'oncle Édouard. Ils rêvaient de voyager ensemble à l'autre bout de la terre, là où l'on marche la tête à l'envers, en Australie. Déjà l'Australie...

Pauvre Jérémie, elle était bien triste de savoir qu'il allait mal. Tout le monde avait été tellement surpris de sa décision radicale, après des études apparemment sans soucis. Tout plaquer, comme ça, son master de développement durable en poche, et changer complètement de voie...

Jérémie. Il avait été tellement disponible pour elle quand elle avait coup sur coup perdu sa mère puis sa meilleure amie, quelques années plus tôt, avant de rencontrer Paul. Le deuil avait déclenché en elle une vraie crise existentielle. Il lui avait offert son écoute, une patience d'ange, un soutien affectif, une aide véritable.

Elle voulait l'aider à son tour, faire quelque chose pour lui. Oui, mais quoi ?

Elle inspira profondément en toisant la foule à ses pieds. Son métier, c'était la communication de crise, pas la psychothérapie.

*

La lourde porte cochère gémit sur ses gonds, rechignant à s'ouvrir. Jérémie se faufila dehors et la laissa se refermer dans un bruit sourd de porte de prison. Il prit à droite la ruelle Notre-Dame et huma l'air frais de cette belle journée de mars. Sous ses pieds, les pavés prenaient une teinte mordorée au soleil.

À l'angle de la rue Saint-Odile, l'austère hôtel des finances aux fenêtres grillagées semblait endormi face au *Tabac des arts* dont la file d'attente pour les tickets de Loto comptait une bonne dizaine de personnes. Après l'impôt obligatoire, l'impôt facultatif.

Jérémie poursuivit dans la ruelle jusqu'à la rue Lamartine, la rue principale de cette jolie petite ville de Cluny, aux façades pastel et aux devantures colorées. Il compta machinalement trente-six clients prenant un café à la terrasse de *La Nation*. Le café, se dit-il, maintient l'esprit en éveil sans l'éveiller pour autant.

Un peu plus loin, dans la file d'attente du Loto au deuxième bureau de tabac, quatorze personnes s'apprêtaient à miser sur le hasard pour améliorer leur existence.

16

Jérémie compta vingt-deux clients chez *Dupaquier*, le traiteur-charcutier d'où s'échappaient des fumets aptes à convertir un végétarien, et une bonne dizaine dégustant un morceau de fromage avec un verre de vin au *Panier voyageur*.

Il fit demi-tour et remonta la rue. Le soleil rasant faisait ressortir les jambages de pierre sculptés, les pilastres, colonnettes, chapiteaux et autres éléments d'architecture romane des façades. Beaucoup de monde également chez Wolff, l'excellent opticien, sans doute en quête d'une meilleure vue. Mais verraient-ils seulement plus clair dans leur vie ?

Il y avait trente-quatre attablés à la terrasse de *Germain*, le pâtissier-chocolatier dont la réputation s'étendait au-delà des monts du Beaujolais. Jérémie sourit. L'homme, se dit-il, s'abandonne à la gourmandise quand son âme ne songe qu'à satisfaire le corps.

Il bifurqua à droite dans la rue Municipale en direction de l'abbaye, passa devant le *Café du Centre* au décor Belle Époque, où il dénombra vingt-huit clients répartis entre la terrasse et la salle. Les amateurs de vins semblaient encore plus nombreux au *Cellier de l'Abbaye*. Parvenu sur la place de l'Abbaye, il contourna la vaste terrasse de la *Brasserie du Nord*, pleine à craquer – au moins soixante-dix consommateurs –, et enfila la rue du 11-Août-1944, la rue Mercière et la rue de la Barre. L'agence de voyages promettait à ses clients de découvrir d'autres cieux, ce qui fit sourire Jérémie.

En face, il y avait du monde également à l'autre cellier, *Au plaisir dit vin*. Drôle de jeu de mots pour un breuvage altérant notre état de conscience sans jamais parvenir à l'élever.

La rue déboucha quelques mètres plus loin sur la place de l'église ensoleillée. Quelques paroissiens bavardaient sur le parvis. Jérémie les salua en passant puis poussa la porte capitonnée. Elle se referma sur lui dans un bruit feutré de soufflet tandis qu'il pénétrait dans l'espace froid.

À l'intérieur, l'atmosphère sombre était imprégnée d'une odeur de pierre humide légèrement teintée d'encens. Jérémie traversa la nef par un bas-côté en direction du chœur. Ses pas ne troublèrent point le silence qui régnait en maître dans l'édifice. Il se glissa dans la sacristie puis attendit dans la pénombre. Les cloches retentirent et il écouta leurs tintements jusqu'au dernier, qui résonna longtemps sous les hautes voûtes de pierre. Il se dirigea alors lentement vers l'autel faisant face à l'assemblée. Les colonnes s'élançaient vers les voûtes d'ogives, attirant le regard et l'esprit vers le haut, se succédant dans un alignement magistral, se rejoignant en d'immenses arcs brisés sur toute la longueur de la nef. Tout dans l'église semblait gigantesque, dessinant un espace d'un volume prodigieux dans une atmosphère solennelle. Les bas-côtés et même la partie centrale de la nef étaient plutôt obscurs, mais en levant les yeux on trouvait la lumière, une lumière éclatante qui inondait les voûtes d'une clarté presque surnaturelle.

Jérémie descendit son regard sur l'assemblée des fidèles.

Douze.

Douze personnes avaient pris place sur les chaises.

Éparpillées dans les premiers rangs.

Il commença la messe.

2

Après l'office, Jérémie raccompagna les paroissiens sur le parvis. Le soleil se reflétait sur le sol garni de vieux pavés mal jointoyés et illuminait les façades médiévales de la petite place.

Deux dames d'âge avancé l'entourèrent et échangèrent avec lui sur l'organisation des bonnes œuvres. Victor, le vieux vigneron à la retraite, s'approcha et lui tendit un écrin.

— Tenez, mon père, laissez-moi vous offrir ceci.

Connu de tous à Cluny, surnommé « le Châtelain », il était reconnaissable de loin par son allure imposante bien qu'un peu démodée, son éternelle veste en tweed à chevrons sur le dos, des traits affirmés et d'indomptables cheveux blancs à la Karajan. Désormais à moitié sourd, il compensait cette faiblesse par une autorité de façade qui cachait mal sa générosité naturelle, et un embonpoint qui lui permettait d'occuper l'espace malgré une taille modeste.

Jérémie ouvrit l'écrin.

— Une montre ?

— N'y voyez aucun message ! J'ai juste remarqué que vous n'en aviez pas.

— Mais c'est une très belle montre…

— Comment ?

Son ami Étienne vint à son secours malgré son bégaiement. Mince et de petite taille, il avait un visage aux traits doux, les cheveux ivoire peignés sur le côté, et un regard exprimant une profonde gentillesse. L'association improbable d'un sourd et d'un bègue était moins burlesque qu'elle n'en avait l'air : le handicap d'Étienne, très marqué en conversation intime, s'amenuisait quelque peu quand il se trouvait obligé de projeter sa voix pour se faire entendre de Victor.

— Monsieur l'abbé te dit… qu'elle est… t… très belle ! lui cria-t-il dans l'oreille.

— Ah… française, fabriquée en Franche-Comté. L'une des dernières…

Étienne était un ancien employé du vigneron. Les années avaient peu à peu gommé la distance hiérarchique et, depuis la retraite, Victor acceptait même qu'il le tutoie. Il arrivait qu'une broutille insignifiante amenât le Châtelain à exploser et déverser sa colère sur lui, mais cela faisait rire Étienne, très doué pour relativiser les débordements de son ancien patron. Ils avaient tous deux passé la main à la génération suivante, la fille aînée du Châtelain s'étant associée au fils d'Étienne. Du temps des parents, le vin piquait un peu – les mauvaises langues disaient qu'ils lavaient mal les tonneaux – mais il s'était bien vendu à une époque où les Français buvaient encore du vin de consommation courante. Aujourd'hui, il ne survivrait plus. Les enfants avaient beaucoup travaillé à l'améliorer et y étaient parvenus au prix d'efforts soutenus. Il était maintenant très apprécié dans la région mais sa réputation n'allait guère au-delà de Mâcon.

— C'est très gentil, dit Jérémie en poussant sa voix pour se faire entendre.

— Acquise chez Pradille, rue Mercière, l'un des rares horlogers à savoir encore démonter un mouvement pour le réparer…

— Bonjour, mon père, dirent presque en chœur Germaine et Cornélie.

C'était deux petites vieilles connues pour leurs médisances et que tout le monde en ville surnommait « les deux bigotes ». Germaine, l'œil vif et les cheveux teints en noir, le nez plutôt fort et un peu recourbé, affectionnait les longues jupes-culottes en velours sombre portées avec des socquettes blanches qui rappelaient les racines de ses cheveux. Cornélie, elle, se fondait dans le paysage tant par sa personnalité effacée que par son apparence : cheveux teints en beige jaunâtre, cardigan beige, jupe plissée beige descendant bien bas, mocassins de cuir beige à picots. Elle se laissait parfois aller en s'accordant une note de fantaisie : un serre-tête en velours vert.

Jérémie les salua, puis il prit congé et rentra dans l'église. Il traversa la nef en balayant du regard tous ces bancs vides et une fois dans la sacristie, retira son étole et sa chasuble. Des bruits de pas feutrés et un léger froissement d'étoffe attirèrent son attention. C'était l'une des sœurs qui vivaient en communauté dans une aile du presbytère. Il s'approcha et lui tendit l'écrin.

— Vous la vendrez et donnerez l'argent aux pauvres, dit-il.

La sœur prit l'objet en souriant.

Il se souvenait du curé d'Ars, au XIXe siècle, qui avait ainsi donné aux œuvres une montre reçue en cadeau. L'ayant appris, le donateur lui en avait offert une autre, puis encore une autre, jusqu'à ce qu'il comprît que le curé ne la garderait jamais pour lui. Il avait alors décidé de lui en prêter une et avait eu enfin la satisfaction de le voir la porter. Jérémie considérait souvent le curé d'Ars comme son mentor.

Jérémie s'engagea dans l'étroit escalier en colimaçon du clocher et en gravit toutes les marches jusqu'à se trouver au-dessus du beffroi, dans le petit espace à l'air libre sous la coupole. Il montait souvent s'isoler là-haut, prendre un peu de recul et respirer.

Il s'assit sur le rebord. L'air frais sentait bon la nature et les arbres. On jouissait ici d'une vue plongeante sur les toits de Cluny, des toits recouverts de vieilles tuiles dont les couleurs rappelaient l'écorce rouge sombre des fruits de la passion, des tuiles plates et aussi des tuiles rondes évoquant le Sud proche. Un rouge qui contrastait avec le bleu éclatant du ciel. De là-haut, le regard portait jusqu'aux collines couvertes de forêts qui entourent la cité médiévale.

Douze personnes…

Il était jeune, avait la vie devant lui, et la consacrait à dire la messe pour… douze personnes. Il prit une longue inspiration silencieuse. Lui qui se voyait guider les gens sur le chemin de l'éveil, les nourrir spirituellement, les conduire à la joie… Douze personnes. Il se reprocha immédiatement cette pensée : n'était-ce pas l'orgueil qui l'amenait à se lamenter ainsi ? Ne rêvait-il pas d'attirer à lui un large parterre de fidèles ? Il secoua la tête. Non, sa sincérité était réelle, sa motivation pure, dénuée d'intérêt personnel. Une vraie vocation. Mais comment accomplir sa vocation auprès d'un auditoire inexistant ? Douze paroissiens, pour la plupart des petits vieux, dont la moitié venait juste par tradition et l'autre par une sorte de superstition craintive, la mort approchant...

Jérémie suivit des yeux le vol d'un oiseau qui rasa les toits puis disparut derrière le clocher de l'abbaye dressé dans le ciel bleu. L'abbaye, ou plutôt ce qu'il en restait. En bonne partie détruite à la Révolution, elle avait servi de carrière de pierres aux villageois... Dire que c'était autrefois l'un des hauts lieux de la chrétienté, d'un ordre religieux régnant sur mille deux cents abbayes et prieurés partout en Europe, rassemblant près de dix mille moines. Le pouvoir de son abbé était considérable, directement rattaché au Saint-Siège et plusieurs papes furent d'ailleurs issus de Cluny. Qu'en restait-il aujourd'hui ? Douze fidèles perdus dans une église bâtie pour en accueillir quatre cents.

Il inspira profondément l'air pur. En bas, tout en bas, on voyait en miniature des gens passer dans la rue commerçante et les ruelles adjacentes. Il les regarda, longtemps, pensant à toutes ces âmes qu'il aimerait contribuer à éveiller, si seulement elles venaient à lui. Mais pour ça il faudrait un sursaut de conscience, l'intuition qu'il existe autre chose que l'argent et les plaisirs ordinaires, le shopping, les jeux vidéo, le sexe et la télé... Était-ce seulement encore possible ? Il avait l'impression d'être l'un des derniers représentants d'une religion en voie de disparition, sa motivation était en berne, et le sentiment de son inutilité dans ce contexte lui pesait.

Il repensait parfois à cette visite d'une mine de charbon, quand il était encore en master de développement durable. Le directeur ne comprenait pas qu'il défendait une énergie du passé. Il continuait comme si de rien n'était, parlait de son activité comme s'il ignorait avoir de moins en moins de clients, de moins en moins d'ouvriers, et qu'à terme sa mine était condamnée à disparaître. Jérémie en avait ressenti de la pitié pour lui. Et aujourd'hui, il se demandait s'il n'était pas dans la même situation. Sauf que le charbon était mauvais pour les hommes. La mine les faisait descendre dans les entrailles de la terre et quand on les retrouvait, le soir, ils étaient tout noirs. Que cela disparaisse était peut-être le signe d'une évolution positive. Mais la spiritualité, elle, élève les hommes, les tire vers le haut. Si cela disparaît, que restera-t-il ?

Jérémie soupira. Il se sentait impuissant, découragé, désœuvré. Et pourtant, d'une certaine façon, il acceptait sa déprime. Quelque part, tout au fond de lui, il le pressentait : c'est des ténèbres les plus sombres que jaillit la lumière.

3

Les portes se refermèrent dans un souffle sur la voisine du dessous qui venait d'embarquer et l'ascenseur reprit sa descente. Blonde, à l'apparence très travaillée, pour ne pas dire ultra sophistiquée. Furieuse, Alice fixa les chiffres lumineux des étages qui défilaient, en serrant la petite main de son fils. Pourquoi son mari venait-il de sourire comme ça à cette pétasse ? Facile d'être belle quand on n'a pas d'enfant à gérer, qu'on peut consacrer la moitié de son salaire à ses fringues et une heure et demie le matin à son maquillage. Et son mari qui tombe dans le panneau. Insupportable.

Les portes s'ouvrirent au rez-de-chaussée. La belle tourna ses hauts talons vers la sortie, son petit sac à main Gucci sur l'épaule. Alice traîna son fils et sa Delsey vers la borne de taxis. Paul suivait, un sac de voyage dans une main, le téléphone portable dans l'autre, lisant ses e-mails ou la presse en ligne en marchant.

Deux heures plus tard, ils garaient la voiture louée à la gare TGV de Mâcon devant la maison de son père, à Cluny. Une demeure du XVIIIe siècle avec de hautes fenêtres blanches à petits carreaux, des volets vert Provence et une jolie façade de chaux rose pâle noyée dans la glycine. Théo se précipita et s'excita sur la sonnette. Son grand-père lui ouvrit et le garçon fila entre ses jambes.

— La balançoire l'intéresse plus que moi, dit le vieil homme en riant. Vous avez fait bon voyage ?

Alice embrassa son père. Paul lui serra la main. À chaque visite, elle était heureuse de le voir si serein malgré son âge avancé. Son visage était lumineux, parsemé de nombreuses rides qui s'étiraient harmonieusement autour de ses pupilles bleues, sous des cheveux blancs très fins.

Ils entrèrent et saluèrent Madeleine, la mère de Jérémie, qu'ils trouvèrent une tasse de thé à la main. Paul disparut dans les étages avec les bagages.

— Je ne reste pas, dit Madeleine en se levant. Je vous laisse en famille.

— Mais non, restez ! dit Alice.

— Je ne vais pas vous embêter avec mes histoires. Je racontais à ton père mes soucis pour Jérémie. Je suis inquiète pour lui, tu sais…

Elle se dirigea vers la porte.

— Papa m'en a touché deux mots.

Arrivée au seuil de la porte, la vieille femme se retourna et regarda Alice, songeuse, un sourire triste sur les lèvres.

— Dire qu'il était tiraillé entre son amour pour Dieu et son amour pour toi… D'ailleurs, il t'idolâtrait comme une déesse ! Si seulement il t'avait choisie, il n'en serait pas là.

Alice, médusée, la regarda s'en aller.

— Tu prends du thé, ma chérie ? cria son père depuis le salon.

— J'arrive.

Dans son esprit, tout défilait à toute allure. Des années en arrière, vague souvenir, Jérémie avait tenté de la séduire, en effet. Plutôt maladroitement, d'ailleurs. Elle n'avait pas joué avec ses sentiments, ne lui laissant pas d'espoir : elle était très attachée à leur amitié mais la relation n'évoluerait pas sur un autre plan. Il n'avait pas mal réagi, n'avait montré aucune émotion particulière, et leur amitié avait en effet continué comme si de rien n'était. Juste une attirance passagère, en avait-elle conclu. À l'âge où l'on se croit facilement amoureux de ceux que l'on côtoie. Elle était loin d'imaginer qu'il ait pu être à ce point épris d'elle. À quel moment cela était-il arrivé ? Peut-être avant son entrée au séminaire, en effet.

Alice se mordit les lèvres nerveusement.

Elle repensa à la crise personnelle qu'elle avait vécue, plus tard, au moment du deuil. C'était peu de temps après, en fin de compte. Et Jérémie l'avait épaulée, écoutée, aidée… comme si de rien n'était, malgré son amour contrarié.

— Tiens, ma chérie, tu es servie.

— Merci papa.

Alice porta machinalement la tasse à ses lèvres et se brûla la langue. Aveugle, voilà ce qu'elle était. Aveugle aux sentiments passés de Jérémie, et maintenant aveugle à sa déprime. Elle l'avait régulièrement revu, lors de ses week-ends à Cluny, sans jamais rien remarquer. Rien. Sa vie professionnelle la détournait de ses amis les plus proches…

Elle se trouvait subitement égoïste. Le cœur serré, elle repensa à la chaleur avec laquelle il avait accueilli son mari. Un saint homme, ce Jérémie. Elle se devait de l'aider à son tour, faire quelque chose. N'importe quoi mais quelque chose, pour qu'il aille mieux. Il le méritait. Et elle lui devait bien ça.

*

— Tu m'emmènes où ? demanda Jérémie en riant. Je n'ai pas l'habitude de me faire kidnapper en sortant du presbytère !

La petite Peugeot rouge de location filait à vive allure en sortant de Cluny, par la départementale.

— À Chapaize. Au *Saint Martin*.

— On va à Chapaize rien que pour déjeuner ?

— Ça va, c'est pas le bout du monde, on y est en un quart d'heure. On sera plus tranquilles qu'à Cluny où tout le monde te connaît.

— Ta famille nous rejoint ?

Alice secoua la tête.

— Paul se repose à la maison. Il initie Théo au dessin, sa seule passion en dehors du droit.

Quelques minutes plus tard, la petite voiture traversait la campagne vallonnée, les vignobles couronnés de collines arborées. Alice baissa sa vitre. Un air merveilleusement parfumé s'engouffra dans l'habitacle.

Ils se garèrent à l'entrée du paisible village, qu'ils traversèrent à pied avant de s'installer au soleil à la petite terrasse du *Saint Martin*, juste en face de l'église romane au magnifique clocher carré dressé vers le ciel. Chapaize était un village très authentique aux vieilles maisons de pierre, certaines couvertes de chaux à l'ancienne aux teintes douces, souvent agrémentées de galeries et de pigeonniers et parcourues de glycine ou de bignone.

— Tu viens souvent ici ? demanda Jérémie.

— Assez souvent, oui. J'adore ce restaurant !

Ils s'assirent en terrasse et passèrent commande.

On leur apporta de suite le vin blanc choisi. En Bourgogne, il est de coutume de le boire en apéritif.

Elle leva son verre.

— Au péché de gourmandise que nous allons commettre ce midi !

Ils trinquèrent et elle but une gorgée. Mumm… divin.

— Meilleur que du vin de messe, je présume ?

Jérémie se contenta de sourire.

Le silence s'installa.

— J'ai croisé ta mère…

Pas de réaction.

— Elle… est inquiète pour toi, dit-elle.

— Les mères sont toujours inquiètes.

Silence.

De l'autre côté de la ruelle, la cloche de l'église sonna un seul coup, et le son vibra longtemps, s'affaiblissant lentement jusqu'à s'éteindre. Un grand calme régnait dans le village, et le sentiment que le temps s'y était arrêté. En cette fin du mois de mars, le fond de l'air était frais mais le soleil éclatant chauffait doucement le visage, comme il chauffait les pierres blondes du clocher et de la façade à arcature.

Elle attendit en silence un long moment, puis se jeta à l'eau.

— Moi aussi je suis inquiète pour toi.

— Tout va très bien, répondit-il un peu trop précipitamment.

Alice fit la moue.

— Jérémie, pas besoin d'être psy pour voir que ça ne va pas…

Il resta d'abord silencieux, mais l'habileté d'Alice finit par venir à bout de sa réserve, et il confia son malaise, sa démotivation due essentiellement au nombre dérisoire de fidèles qui restreignait complètement sa mission, la limitant à un champ d'action tellement insignifiant qu'il se sentait inutile. Il confia aussi son sentiment d'impuissance, son impression que les messages du Christ ne passaient pas, que ses propres paroissiens ne les intégraient pas véritablement dans leur vie quotidienne.

Alice le laissa parler, ne pouvant que compatir à son désœuvrement : qui, en effet, pourrait continuer d'exercer une mission dont l'utilité serait aussi improbable ?

Quand il eut fini de s'épancher, le silence retomba, et rien dans l'environnement si calme ne vint le perturber. L'église en face semblait endormie, bien qu'illuminée généreusement par le soleil.

— Je peux faire quelque chose pour toi, dit Alice. Si tu me laisses faire, je vais revoir complètement ta stratégie marketing. C'est mon métier.

— Ma stratégie marketing ?!!

Il faillit s'étrangler.

— Ce n'est pas un gros mot, tu sais…

— Il s'agit d'une église, Alice, pas d'une entreprise. Et je n'ai rien à vendre.

— Je veux juste étudier la façon dont tu parles aux gens, et voir comment on peut l'adapter à leurs attentes, quoi.

— À leurs attentes ? dit-il avec une certaine distance.

— Écoute, il y a sûrement moyen de faire quelque chose, de parvenir à toucher les gens en s'y prenant différemment.

Jérémie leva un sourcil et sourit tristement.

— Je suis touché par ta bonté, mais comment peux-tu espérer m'aider dans ce domaine qui t'est totalement inconnu ? Tu n'es même pas croyante…

Alice fit la moue.

— Aucun problème, mentit-elle. J'ai l'habitude d'intervenir dans les domaines inconnus. C'est le propre de mon métier. Il faut juste que je m'approprie un peu le truc. Fastoche.

Devant son air dubitatif, elle ajouta :

— Tu crois que je suis spécialiste des lasagnes ? de la pâte à tartiner ? de l'automobile ? Non. Ça ne m'a pas empêchée de conseiller Findus dans le scandale des lasagnes au cheval, Ferrero pour les phtalates dans le Nutella, ou Volkswagen pour le trucage des émissions polluantes.

— Je te remercie de m'assimiler aux cas désespérés…

Alice se força à sourire, puis reprit son verre et en but lentement une gorgée en regardant Jérémie.

— De toute façon, reprit-il, les exemples que tu cites sont tous des problèmes issus de la vente de produits. C'est du concret, du matériel. Je ne pense pas que tu sois compétente pour les choses de l'esprit. Le spirituel n'a rien à voir avec le matériel.

Alice se sentit vexée au plus haut point. Pour qui la prenait-il ? Tout juste bonne à s'occuper de la pâte à tartiner ?

Elle qui était si fière de son titre de consultante, elle qui était respectée dans son domaine, elle qui négociait pour décrocher un énorme contrat international. Elle qui formulait quotidiennement des conseils impactant des milliers de clients…

— Rappelle-moi combien tu as de fidèles ?

Il leva les épaules en signe d'impuissance.

— Il n'y a rien qui puisse être fait. C'est une cause perdue, oublie.

Elle se sentit comme une enfant se croyant capable de traverser un lac à la nage, et à qui l'on fait comprendre qu'elle se leurre totalement.

La dernière fois que quelqu'un lui avait prédit un échec, elle venait d'entrer dans son cabinet comme stagiaire. Elle avait osé formuler des propositions pour un client alors qu'elle était censée se contenter de rédiger des comptes rendus de réunions. On l'avait gentiment remise à sa place : sa proposition ne tenait pas la route, le client n'en voudrait pas. Elle avait insisté, sûre de la valeur de ses idées, et s'était battue pour avoir le droit de les présenter au client. Non seulement celui-ci les avait retenues, mais leur mise en œuvre s'était avérée un franc succès. Son stage s'était transformé en CDI.

Je ne pense pas que tu sois compétente pour les choses de l'esprit.

Dur à avaler…

— Donne-moi deux mois, et je trouverai le moyen de doubler le nombre de tes fidèles !

Il leva les yeux.

— Je ne vois pas comment tu pourrais faire ça, et quand bien même... Passer de douze à vingt-quatre ne changerait pas grand-chose, tu sais...

Elle le regarda droit dans les yeux.

— Cent ! Tu t'engages à suivre mes conseils, et je t'amène cent personnes dans l'église !

Il soupira tristement.

— Tu t'égares, Alice. C'est impossible. Tu t'illusionnes complètement. On n'est pas dans le monde des affaires, ici. Ce que tu fais en entreprise n'est pas transposable à l'église.

Plus il remettait en question sa parole, plus elle ressentait l'envie furieuse de démontrer ses talents.

— Je fais le pari que j'y arrive.

— Je ne vois même pas comment tu t'y prendrais, sur quoi tes conseils pourraient porter...

— C'est trop tôt pour le dire. Mais je trouverai, c'est mon métier.

Il ne répondit rien.

— Tu paries ?

— Avec ce que l'on collecte dans les troncs, que veux-tu que je parie ?

Elle lui adressa son plus beau sourire.

— Une bise le jour de l'an !

Il eut un sourire nostalgique, puis finit par murmurer :

— D'accord.

Elle leur resservit du vin et ils trinquèrent.

Elle but une gorgée en savourant la satisfaction de l'avoir convaincu.

Maintenant, il allait falloir se retrousser les manches. Et elle se demandait bien comment elle allait s'y prendre.

Le domaine était nouveau pour elle, et le défi, énorme, comme l'estimait Jérémie. Mais le principal problème était ailleurs…

Comment le lui avouer ?

Elle but une seconde gorgée.

Non seulement elle était athée, profondément athée, mais surtout elle était allergique à tout ce qui touche au religieux, avait en horreur les bondieuseries, et se sentait très mal à l'aise dès qu'elle mettait les pieds dans une église.

4

Bon, tout d'abord, il faut s'approprier un peu le bouquin, histoire de savoir de quoi ça parle exactement. Mais elle n'allait quand même pas feuilleter ça dans le bus, ni en patientant chez le coiffeur ou le dentiste, encore moins au bureau. Lire la plaquette d'entreprise ou le dossier de presse d'un client, aucun problème, mais là, sortir la Bible, comme ça, en public, ça ferait bizarre, elle aurait un peu honte…

Alors elle avait trouvé la parade : en scannant la couverture du livre que Paul laissait traîner tous les soirs à la maison, après avoir tâtonné un peu pour en ajuster le format, elle avait imprimé une jaquette, parfait camouflage.

C'est ainsi que ce lundi soir au bureau, tenue de rester jusqu'à 19 heures pour faire bonne figure malgré l'absence d'activité, elle sortit de son sac un livre tout rouge, estampillé des éditions Dalloz, avec un gros titre blanc, CODE CIVIL, et en petit un extrait de l'article 716 mis en exergue par l'éditeur dans un angle : « La propriété d'un trésor appartient à celui qui le trouve dans son propre fonds… » À l'intérieur aussi, l'illusion était parfaite : mêmes pages ultra-fines que l'original, même format de textes en petits caractères disposés en colonnes.

Il fallait se plonger dans sa lecture pour découvrir la supercherie : la Loi remplaçait les lois.

Une heure plus tard, à moitié affalée sur son bureau, les yeux absorbés par sa lecture, Alice se mordillait nerveusement les lèvres, au bord du désespoir. Si elle ne s'était pas assigné la mission d'aider Jérémie, elle en aurait ri, tellement elle trouvait ce texte grotesque. Affligeant. Un tissu d'âneries, sans queue ni tête, des préceptes inapplicables, quand ils n'étaient pas tout simplement aberrants...

Comment diable allait-elle bien pouvoir tenir sa parole ?

Heureux êtes-vous quand on vous insultera, disait Jésus.

Ben voyons. Se faire insulter, c'est le bonheur, non ? On en rêve tous les jours...

Heureux les pauvres en esprit.

C'est vrai, ça : à quoi bon se faire suer sur les bancs de la fac jusqu'à vingt-cinq ans pour forger son esprit, alors qu'il suffit de ne pas en avoir pour être heureux ! D'ailleurs, c'est bien connu : sans esprit, personne n'abuse de votre crédulité, personne ne cherche à vous exploiter, personne ne se moque de vous...

Si quelqu'un te frappe sur la joue droite, tends-lui aussi la gauche.

Bien sûr... Que n'y ai-je pensé plus tôt ? se dit-elle.

Quiconque s'élève sera abaissé.

Tiens, on dirait la dernière réforme du collège.

Les riches seront les derniers à parvenir au Royaume des cieux.

Raison de plus pour chercher à devenir riche, se dit Alice : je ne suis pas pressée d'aller au ciel ! Donc en résumé, pour être heureux, il faut être un imbécile, se faire insulter, se laisser marcher sur les pieds, s'abaisser, et redevenir pauvre. Tout un programme.

Avant qu'Abraham fût, je suis.

Avant qu'Abraham fût... je suis ??? Ouh là... la grammaire, les conjugaisons, c'était pas son truc.

Quand vous ferez le deux un...

Bon, les math non plus.

Afin que tous soient un comme toi, Père, tu es en moi et moi en toi.

On dirait une insémination réciproque d'escargots hermaphrodites incestueux.

Quand vous vous dépouillerez de votre honte, que vous ôterez vos vêtements et que vous les piétinerez, alors vous verrez le Fils du Vivant...

Il voulait ouvrir un club naturiste ? Mais alors que reproche-t-on aux cardinaux qu'on a vus l'année dernière à poil dans un sauna homo de Rome ?

— T'as des soucis juridiques ? demanda Rachid, le collègue d'Alice qui partageait le même bureau.

Elle secoua la tête mais se crispa un peu sur son code civil.

— C'est pour un client.

— Tu bosses sur quoi en ce moment ?

— Un vieux truc en bout de course à relancer.

— Ah... genre charentaise ? J'ai donné. Moi c'était pour Duralex, des modèles de verres qui avaient au moins quarante ans, sans aucune évolution. C'est ce qu'il y a de pire, comme dossier. Je préfère de loin rattraper les scandales, c'est plus excitant. Il a quel âge, ton truc ?

Alice fit la moue.

— Environ deux mille ans.

— Ouh là... elle est moisie, ta charentaise !

Alice se força à sourire puis reprit sa lecture.

Aimez vos ennemis, faites du bien à ceux qui vous haïssent...

À ce moment, Arnaud, le responsable du service comptabilité clients, entra dans le bureau. Arnaud était une sorte de monsieur « j'ai raison » infréquentable. Brun aux yeux bleus, il aurait été plutôt beau gosse si sa personnalité insupportable ne l'avait pas enlaidi.

— Vous avez déconné dans la déclaration des heures du dossier Ikéa, dit-il.

Alice leva les yeux. Rachid et elle avaient bossé au moins deux mois sur les scandales alimentaires Ikéa, notamment la vente des six mille tartes au chocolat contenant des matières fécales.

— Comment ça ?

— Vous avez déclaré des kilomètres pour des jours où il n'y a pas d'heures facturées, dit-il d'un air odieusement méprisant.

Silence. Alice et son collègue s'échangèrent un regard interloqué.

— On déclare les kilomètres le jour où on les fait, dit Rachid.

— Ah oui ? Vous faites des kilomètres des jours où vous n'intervenez pas pour le client ? C'est pas logique.

Le « C'est pas logique » était l'expression qu'il sortait à tout bout de champ pour vous faire passer pour un idiot.

Alice ne répondit pas et tenta de se concentrer sur son texte pour éviter de lui rentrer dedans.

Bénissez ceux qui vous maudissent.

— Je sais pas, moi, dit Rachid. Peut-être qu'on a fait la route la veille pour être à l'heure à un rendez-vous tôt le matin ?

— Tu sais pas, tu sais pas... Alors comment le saurais-je moi ?

Alice le regarda s'éloigner en râlant, et récita à voix basse :

Priez pour ceux qui vous maltraitent et qui vous persécutent.

— Qu'est-ce que tu racontes ? dit Rachid en pouffant de rire.

— Rien, rien... c'est du Jésus dans le texte. Tu ne peux pas comprendre...

— Ma chère, Jésus est l'un des cinq grands prophètes de l'islam.

Allons bon. Manquait plus que ça. Par les temps qui courent, c'est sûrement le meilleur argument pour le remettre en selle...

— Imagine un instant, reprit Rachid, que tu bosses à la compta et que tu te coltines Arnaud à longueur de journée. Ça doit être l'enfer, de l'avoir comme boss...

— Remarque, faut voir aussi l'équipe de zozos qu'il a. Ça doit rendre dingue.

Rachid acquiesça.

— Ouais, car en plus il est mauvais recruteur.

Jésus aussi était mauvais recruteur, se dit Alice : sur ses douze apôtres, l'un ne comprenait jamais rien, et a même fini par le renier, le deuxième l'a trahi, et tous les autres se sont enfuis comme des voleurs dès que ça a commencé à chauffer ! Pas un pour lui rester fidèle… Et ce n'était pas un leader non plus : il se lamentait tout le temps de ne pas réussir à transmettre la foi à ses propres apôtres.

Alice referma la Bible et la repoussa d'un geste. Elle se sentait totalement découragée. Pour la première fois de sa carrière, elle avait le sentiment d'être face à une mission impossible.

Elle soupira. À côté, Rachid entamait une conversation téléphonique. Elle fit pivoter son fauteuil et se tourna vers la baie vitrée. De l'océan gris des toits parisiens émergeait çà et là un clocher, derniers vestiges d'une religion agonisante. Bizarrement, elle sentait quelque part au fond d'elle un certain attachement à ces édifices, au-delà de leur seul intérêt architectural, même si elle détestait y mettre les pieds. Sans doute un relent d'appartenance à la civilisation dont elle était issue.

Elle respira profondément.

En y mettant toute sa bonne volonté, en prenant son courage à deux mains, en mobilisant toutes ses compétences, peut-être parviendrait-elle à quelque chose ? Après tout, elle avait bien réussi à ramener les clients dans les restaus d'Ikéa après qu'on leur eut fait manger de la tarte au caca !

5

Tressaillez de joie !
Tressaillez de joie !

Assise au fond de l'église Notre-Dame de Cluny, Alice maîtrisait mal le fou rire qui la démangeait en écoutant les chants religieux. À se retenir de toutes ses forces, elle en avait des contractions dans les côtes.

Les deux bigotes médisantes, Germaine et Cornélie, dont le style vestimentaire ferait passer les cathos versaillais pour des racailles du 93, reprenaient en chœur d'un air inspiré :

Je tressaille de joie dans le Seigneur
Mon âme exulte en mon Dieu.

Respirer, il faut respirer pour désamorcer la crise. À petites bouffées, parce que si on gonfle d'air les poumons, ils peuvent exploser d'un rire retentissant.

Alléluia, le Seigneur règne !
Jubilez, chantez !

La mine déprimée de Jérémie contrastait avec la mélodie enjouée des chants.

Avec des cris de joie, répandez la nouvelle.

L'envie de rire faisait malgré tout du bien, après le malaise ressenti comme à chaque fois à l'entrée dans l'église, ce sentiment désagréable de ne pas être à sa

41

place, et ce conflit interne : faire le signe de croix et le vivre comme une simagrée hypocrite, ou ne pas le faire et se sentir jugée comme une impie.

Chantez et jouez pour Lui
Redites sans fin ses merveilles !

Alice avait été baptisée à sa naissance par la volonté de son père, plus par tradition que par foi véritable et malgré la grande réticence de sa mère, qui portait en elle la détestation de la religion de sa propre mère : élevée chez des sœurs souffrant de l'abus de pouvoir d'une mère supérieure malsaine, celle-ci en avait gardé le pire des souvenirs. Le contact d'Alice avec la religion s'était arrêté au baptême. Aucun catéchisme, rien. Elle était naturellement devenue athée.

Goûtez et voyez comme est bon le Seigneur.
Seigneur, je t'appartiens.

Une idée traversa soudain l'esprit d'Alice et elle sortit son code civil pour vérifier. Il lui fallut un bout de temps pour retrouver le passage recherché, bien qu'elle ait lu à trois reprises le Nouveau Testament pour s'en imprégner – vieille habitude de bureau. Ça y est, trouvé ! C'était dans l'Évangile de Matthieu, chapitre VI, verset 6. Jésus conseillait de prier seul chez soi et non dans les lieux de culte. D'ailleurs lui-même ne les fréquentait guère : « Quand tu pries, entre dans ta chambre, ferme ta porte et prie ton Père qui est dans le secret, et ton Père qui voit dans le secret te le rendra. » Alors pourquoi ces fidèles de Jésus allaient-ils prier tous ensemble dans une église ? Bizarre...

Jérémie amena ensuite les paroissiens à réciter un psaume :

Pitié pour moi, mon Dieu, dans ton amour,
selon ta grande miséricorde, efface mon péché.
Lave-moi tout entier de ma faute,
purifie-moi de mon offense.
Oui, je connais mon péché,
ma faute est toujours devant moi.
Contre toi, et toi seul, j'ai péché,
ce qui est mal à tes yeux, je l'ai fait.

Il enchaîna sur un sermon autour du péché originel et de la nature pécheresse de l'homme qui en découlait. Pourtant Alice était formelle : pas une seule fois dans la Bible, Jésus ne parlait de péché originel. Il ne l'évoquait même pas indirectement. Pas une seule fois. Pourquoi ce décalage ?

Depuis le fond de l'église où elle était assise, elle jouissait d'une vue d'ensemble de la nef et du chœur. En levant les yeux, on voyait bon nombre de visages sculptés dans la pierre. L'un d'eux était célèbre à Cluny : Pidou Berlu, un personnage au triple visage sous une seule couronne.

Les paroissiens représentaient une petite poignée de personnes perdues dans ce grand espace. Derrière eux, de nombreuses rangées de chaises désespérément vides. Sur la droite, il y avait un vieux confessionnal en bois sombre, poussiéreux. Sa simple vision mettait Alice mal à l'aise, sans qu'elle sache pourquoi.

Juste derrière elle, des prospectus religieux étaient empilés sur une table. Sur l'un d'eux, on voyait une photo du pape sous les dorures du Vatican.

Jésus avait fui quand on avait voulu en faire le roi des Juifs, et plus tard il avait dit à un Romain : « Mon royaume n'est pas de ce monde. » Le Vatican est quant à lui officiellement un État, et le pape, un souverain, avec une cour, des sujets, un trésor. Son royaume à lui est bien de ce monde...

Elle se souvint soudain de l'arrivée de Jérémie sur le parvis, avant la messe. Les fidèles l'avaient chacun accueilli d'un « Bonjour, mon père » qui avait attiré son attention. Elle feuilleta son code civil et trouva rapidement ce qui l'avait étonnée. Jésus conseillait : « Ne donnez à personne sur terre le nom de père, car vous n'avez qu'un seul Père, celui qui est aux cieux. »

Alice fit la moue. Curieuse religion qui s'évertue à faire le contraire de ce que disait son messie.

Ô, Seigneur, ô, Seigneur,
Ton nom est majestueux sur toute la terre.

Les chants reprenaient. Alice continua de feuilleter sa Bible. Dans l'Évangile de Luc, chapitre VI verset 46, Jésus demandait à ses disciples : « Pourquoi m'appelez-vous "Seigneur, Seigneur" et ne faites-vous pas ce que je dis ? »

*

Après la messe, Alice et Jérémie traversèrent à pied le centre-ville et rejoignirent le jardin de l'hôtel de ville qui surplombe l'ancienne abbaye. Les cèdres centenaires se dressaient dans le ciel bleu, leurs branches majestueuses s'inclinant vers le sol comme une révérence aux promeneurs. Ils marchaient en silence, les pieds foulant l'herbe dans un frôlement à peine audible. L'air sentait bon le printemps, donnant une furieuse envie de respirer à pleins poumons. Pourtant,

Alice se retenait, se sentant de plus en plus coincée dans la mission qu'elle s'était assignée. Le fou rire était un lointain souvenir. Maintenant qu'elle se retrouvait à considérer sa tâche, elle était de nouveau submergée par un sentiment d'impuissance. Comment amener des gens d'aujourd'hui à aller participer à ce genre de réunions qu'on appelle messes ? Cela lui semblait au-delà de ses forces, de ses capacités. Les chants étaient niais, les sermons culpabilisants et tout le reste, ennuyeux à mourir. Tout ça sur fond de tristesse avec la mine déprimée de ce pauvre Jérémie.

Un écureuil traversa une bande d'herbe devant eux et s'élança à l'assaut d'un cèdre.

Bon. Commençons par le commencement.

— C'est quoi, ton objectif, en tant que prêtre ?

— Je te demande pardon ?

— C'est quoi, le but de tout ça ? La messe, tout ce que tu fais…

Il prit son inspiration.

— Apporter aux gens la Bonne Nouvelle.

— Quelle bonne nouvelle ?

— La Bonne Nouvelle des Évangiles.

— Et… si tu devais dire ça en français courant ?

Jérémie fronça les sourcils.

— Oui, reprit-elle, qu'est-ce que tu veux apporter aux gens, finalement ?

— Je veux délivrer toutes les vérités dont Jésus a parlé et que ses disciples ont rapportées par écrit.

— Bon. OK. Et… quel bénéfice les gens peuvent-ils en tirer ?

Elle avait failli faire une bourde en parlant de *bénéfice consommateur*. Une déformation professionnelle qu'il n'aurait guère appréciée… C'était quand même plus facile avec un chef d'entreprise. S'il fabrique des lave-vaisselle, on va chercher facilement ce qu'il apporte aux gens : gagner du temps, économiser de l'eau ou faire briller les verres. Tandis que là, on était dans un domaine moins tangible…

De question en question, en poussant Jérémie dans ses retranchements, elle parvint à une conclusion toute personnelle et qu'elle se garda bien de reformuler à voix haute : si les gens intégraient les messages de Jésus, ils seraient plus heureux. Difficile à croire, certes, surtout après avoir lu la Bible, mais bon, elle n'était jamais responsable de la satisfaction finale du client, heureusement. Que le lave-vaisselle rende en fin de compte les verres opaques ou tombe en panne au bout de trois mois n'était pas son problème.

— Tu sais, lui dit-elle après un long moment de réflexion, pour attirer à toi de nouvelles personnes, ce serait bien que tu parles beaucoup moins de Dieu pendant la messe.

— Quoi ?

Jérémie faillit s'étrangler.

— À notre époque, la plupart des gens ne croient plus en Dieu, alors ce n'est pas la peine de les choquer d'entrée de jeu…

— Les choquer ? Mais tu veux que je parle de quoi ? Du film passé la veille à la télé ?

Jérémie, d'ordinaire sur la réserve, avait du mal à masquer son air horrifié, et Alice regretta sa maladresse.

Elle poursuivit en choisissant soigneusement ses mots.

— Tu pourrais mettre l'accent sur ce qui, dans les messages de Jésus, peut réellement leur apporter quelque chose dans leur vie à eux.

Enfin… si c'est le cas, pensa-t-elle.

— Je vois. Une vision utilitariste de la spiritualité. À portée individualiste.

Elle confirma d'un hochement de tête, un sourire navré sur les lèvres.

Ils reprirent leur marche silencieuse dans le jardin. Jérémie avait l'air songeur.

— Le problème, finit-il par dire, c'est que la spiritualité est à l'inverse d'une telle approche : on y entre quand on lâche prise sur son intérêt personnel pour s'ouvrir à ce qui nous dépasse, à ce qui est plus grand que nous.

Alice fit la moue.

— J'ai fait de la danse autrefois. Personne, absolument personne n'est parvenu à faire le grand écart du premier coup. Dans tous les cas, on part de là où on en est, et on progresse lentement…

Jérémie ne répondit pas, et Alice eut le sentiment d'avoir marqué un point.

Ils firent quelques pas de plus et s'assirent dans l'amphithéâtre de verdure.

— Je voulais te suggérer autre chose : et si tu arrêtais de parler sans cesse de péché pendant tes sermons ? C'est culpabilisant et ça donne envie de s'enfuir à toutes jambes.

Jérémie secoua la tête.

— Comment pourrais-je faire l'impasse là-dessus, alors que Jésus est précisément mort pour nous laver de nos péchés ?

Elle secoua la tête d'un air dubitatif.

— Jésus ne l'a jamais dit, alors qu'il annonce à plusieurs reprises sa mort à venir. Et puis il n'avait pas l'air obsédé comme vous par le péché. Ses apôtres le décrivent même bon vivant, plutôt porté sur la nourriture et la boisson...

— Tu ne peux pas dire sérieusement une chose pareille.

Elle ouvrit sa Bible.

— Tu vas voir. J'ai mis des Post-it... Tiens, écoute ça. L'évangéliste Matthieu dit de lui : « C'est un homme qui fait bonne chère et un buveur de vin. »

Jérémie ne répondit pas.

— Et puis, ajouta-t-elle, vous en avez fait un être asexué et prude, alors qu'aux couples il ne conseillait pas l'abstinence ni même la retenue. Au contraire, il leur disait : « Ne vous privez pas l'un de l'autre » ! Lui-même laissait les courtisanes lui caresser les pieds de leurs cheveux. Il n'avait pas de problème non plus à frayer avec les prostituées. Ton Jésus était tout le contraire d'un ascète coincé...

Jérémie restait silencieux. Peut-être était-il sensible à ses arguments ? Continuer. Ne pas le lâcher en chemin.

— Je voulais aussi aborder le choix des chansonnettes...

Il fronça les sourcils.

— Tu veux sans doute parler des chants liturgiques ?

— C'est ça.

Ne pas le vexer.

— Je me souviens, reprit-elle, avoir entendu des chants grégoriens quand j'étais petite. C'était beau, c'était… prenant. Pourquoi avez-vous abandonné ça pour vos… chants liturgiques ?

Jérémie éclata de rire.

— Décidément tu es déconcertante ! Tu passes d'une volonté de modernisme décoiffant à un retour en arrière traditionaliste !

— C'était un peu plus envoûtant que ce que vous chantez aujourd'hui, non ?

Et en plus, pensa-t-elle, c'est hypnotique à souhait pour endormir les capacités cérébrales. Exactement ce qu'il faut.

— Mais les gens ne comprennent plus le latin ! Personne ne capterait le sens des paroles.

Cela vaudrait peut-être mieux, pensa Alice qui se rappelait les textes chantés pendant la messe quelques minutes plus tôt.

— En tout cas, reconnais que vos musiques actuelles sont d'une pauvreté artistique déroutante. Tu ne peux rien ressentir en écoutant ça, à part de l'ennui. Il faut une musique qui te prenne aux tripes, qui touche le fond de ton âme… Tiens, Bach, par exemple ! Tu prends *Jésus que ma joie demeure*, et tout de suite tu te sens entraîné dans une autre dimension. Dès que je l'entends, c'est tellement beau que les larmes me montent aux yeux.

Jérémie secoua la tête.

— On l'utilise surtout pour les mariages.

— On s'en fout ! Ce qui compte, c'est que ça te transporte dans un autre monde, ça te fait croire à une autre réalité… Tu parlais tout à l'heure de s'ouvrir à quelque chose de plus grand que soi, eh bien quand tu écoutes ça, tu as l'impression de te connecter… à la création de l'univers ! Au créateur en personne ! Bach, ça rendrait croyant le plus matérialiste des athées, le plus marxiste des communistes !

— Mais…

— En tout cas c'est pas avec tes chansonnettes niaises que tu vas amener les gens à un autre niveau de conscience !

Jérémie accusa le coup un instant, et Alice regretta de s'être emportée. Elle qui s'était donné pour consigne de ne pas le blesser…

Un silence s'établit, qu'elle trouva bien vite pesant. Autour d'elle, le jardin était désert. Pas même un souffle de vent pour égayer l'atmosphère d'un bruissement de feuilles. Les grands cèdres aux branches inclinées semblaient désolés pour elle.

— Va pour Jean-Sébastien Bach, finit-il par dire.

Alice sourit de satisfaction, mais elle ressentit aussi une pointe d'admiration : il n'existait pas grand monde sur terre capable de rallier votre point de vue quelques instants après avoir été vexé par vos paroles. Cela témoignait d'une grandeur d'âme certaine…

Elle le regarda sans rien dire. Il se tenait de profil et ses yeux semblaient perdus sur les cimes des sapins, au loin sur les collines. Quel dommage qu'un homme disposant d'une telle noblesse d'esprit semble aussi triste, alors qu'il jouirait de toute évidence d'une puissance incroyable si seulement il irradiait la joie.

N'était-ce d'ailleurs pas le message le plus crucial qu'elle se devait de lui délivrer ? Comment pouvait-il en effet attirer les gens dans son église pour leur apporter une parole censée les illuminer, s'il était lui-même aussi peu lumineux ? Mais comment le lui dire sans l'achever ? Comment l'inviter à travailler sur lui-

50

même, à développer sa confiance en soi, à apprendre à s'aimer, sans l'outrager ?

— Tu as déjà entendu parler de Toby Collins ?

— Non.

— Il anime des séminaires de développement personnel. C'est génial, j'aimerais t'y emmener une fois…

Pas étonnant qu'il ne connaisse pas, se dit Alice. Pourquoi s'intéresser au développement personnel si on croit que son salut est entre les seules mains de Dieu ?

— Tu as l'air songeur, lui dit-elle.

Il se força à sourire.

— En suivant tous tes conseils, je me demande si je ne suis pas en train de perdre mon âme, juste pour attirer du monde dans mon église.

Elle ne répondit pas, mais ne le quitta pas des yeux. Il semblait préoccupé, en effet, un peu déboussolé, comme quelqu'un qui a perdu ses repères. Son regard fixait les ruines de l'abbaye. Pendant quelques instants, elle culpabilisa, se reprochant d'intervenir comme ça dans sa mission alors qu'il ne lui avait rien demandé. Puis, en continuant d'être attentive à ses réactions, elle eut progressivement le sentiment qu'il reprenait confiance.

— À quoi penses-tu ? demanda-t-elle.

— Aux paroles de Maître Eckhart.

— Qui c'est ?

— Un grand mystique chrétien du XIIIe siècle. Professeur en Sorbonne.

— Et que disait-il ?

Jérémie prit lentement son inspiration, comme s'il soupirait.

— Il faudra peut-être quitter Dieu pour retrouver Dieu.

6

Une salle pleine à craquer, au moins huit cents personnes. De puissants projecteurs balayant la scène d'une lumière intense. Une musique très forte et très entraînante, comme d'habitude. Dans son fauteuil, parmi les participants, Alice se sentait portée.

L'entrée en scène de Toby Collins déclencha une avalanche d'applaudissements et une clameur enthousiaste. Ce colosse blond d'au moins deux mètres en costume chic, col ouvert, avançait avec son habituel mélange d'assurance et de décontraction, son sourire dévoilant des dents incroyablement blanches. Alice le regarda avec bienveillance sans applaudir, comme si l'amitié qu'elle avait développée avec lui la dispensait de ce rituel de reconnaissance qu'elle laissait à la foule des anonymes. Un quart d'heure plus tôt, elle avait entraîné Jérémie avec elle dans la loge, où elle avait été fière de le lui présenter, fière d'être l'amie du célèbre, du grand Toby Collins, pape du développement personnel.

Toby salua la salle puis commença par raconter une anecdote sympathique qui fit rire l'assistance. Il s'exprimait dans un français quasi parfait. Le thème du jour était l'estime de soi, un sujet qui intéressait particulièrement Alice. Elle jeta un coup d'œil inquiet dans la direction de Jérémie, assis à ses côtés. Elle réalisait seulement maintenant l'ampleur du décalage entre le recueillement intime de ses messes et ce grand show à l'américaine dans lequel elle l'avait entraîné. Elle craignait subitement qu'il ne se sente pas du tout à sa place. Il ne montrait pas de réaction pour l'instant. Au moins ne semblait-il pas hostile. Ou pas encore.

— J'ai besoin d'un volontaire, dit Collins, pour un jeu…

Une bonne centaine de mains se levèrent spontanément dans le public. Tout le monde savait que c'était une chance d'être le cobaye de Toby, le temps d'une démonstration.

— … de calcul mental.

Toutes les mains se baissèrent d'un coup, ce qui déclencha une vague de rire dans l'assistance.

— Je croyais que la France était championne du monde des mathématiques ! Où sont les champions ?

La salle était partagée entre ceux qui riaient et ceux qui regardaient leurs pieds de peur d'être désignés. Collins parcourut en souriant la largeur de la scène, puis s'adressa à une jeune femme assise au premier rang.

— Je suis sûr que vous êtes bonne en calcul.

Elle secoua la tête vigoureusement, et le public rit.

— Venez ! On vous encourage, dit-il à l'attention du public, qui applaudit, soulagé.

Elle se leva et monta sur scène en rougissant. Jean gris et chemisier bleu, brune aux cheveux mi-longs.

— Bonjour, dit-il avec un grand sourire. Quel est votre prénom ?

— Juliette.

— Bienvenue, Juliette.

Elle fit un petit sourire timide.

— Je vais vous poser quelques questions de calcul mental assez simple. Mettez-vous à l'aise, vous avez tout votre temps pour répondre. C'est d'accord ?

Elle acquiesça.

— Mais je suis nulle en math, je vous préviens…

— C'est OK, dit-il d'une voix bienveillante. On n'est pas en train d'évaluer votre niveau, c'est juste un jeu, ça restera entre nous. D'ailleurs il y a dans cette salle sept cent quatre-vingt-dix-neuf personnes qui ressentent en ce moment même énormément de gratitude envers vous d'être montée sur scène à leur place.

Elle rit et on la sentait se détendre un peu.

— Alors, pour commencer, combien font 24 + 13 ?

— 24 + 13 ? Euh… 24 + 13…

— Prenez tout votre temps.

— Eh bien… 38 ? Non… 39 ?

— Vous n'êtes pas loin. Rappelez-vous : on additionne d'abord les unités, 4 + 3, ce qui nous donne…

— 7.

— Bravo. Et les dizaines, 2 + 1…

— Bon, 3. OK : 37.

— Un autre.

— Oh non ! supplia-t-elle.

Mais il continua sans se départir de son sourire ravageur.

— 17 + 19.

— Oh là… C'est encore plus dur…

Rouge pivoine, elle se mordait les lèvres.

— Concentrez-vous tranquillement.

— Je sais pas… 34 ? Non, je n'y arriverai pas. Je vous l'ai dit : je suis nulle en calcul. C'est pas la peine.

— Bon, je vais cesser de vous torturer…

La jeune femme fit demi-tour pour descendre de scène.

— Attendez, Juliette.

Elle s'arrêta net.

— Vous n'avez pas envie de rester sur un échec.

— Là, franchement, si ! Je préférerais en rester là.

La salle rit. Alice aussi, qui se sentait de tout cœur avec elle.

— Les échecs sont OK dans la vie, si on en apprend quelque chose. Mais là, qu'avez-vous appris ?

— Que je suis nulle en math ! Que je ne postulerai jamais à la médaille Fields…

Nouveau rire dans l'assistance, mais Collins secoua la tête.

— Non, ça vous ne l'avez pas appris ici, puisque vous l'avez dit d'entrée de jeu… Désolé, mais vous ne pouvez pas repartir sans avoir rien appris.

Elle soupira et croisa les bras. On la sentait non plus honteuse mais exaspérée. Collins, lui, patientait tranquillement, l'air toujours aussi détendu.

— J'ai appris, dit-elle, qu'il ne fallait plus jamais participer à ce genre de démonstration !

Collins lui sourit avec bienveillance.

— Est-ce que vous accepteriez de recommencer sous hypnose, juste une transe légère ?

Juliette parut d'abord surprise. Elle hésita quelques instants, puis finit par hocher la tête.

— Je ne peux pas être plus ridicule que je ne l'ai déjà été.

— Échouer ne rend jamais ridicule. Mais j'aimerais essayer quelque chose.

— OK.

— Alors asseyez-vous, dit-il en désignant l'un des deux fauteuils présents sur la scène.

Il s'assit à côté d'elle.

— Comment vous sentez-vous ?

— J'ai connu des jours plus fastes…

Quelques rires dans l'assistance.

— Alors installez-vous confortablement, et détendez-vous. Vous n'êtes *pas* obligée de fermer les yeux, et peut-être le souhaiterez-vous quand même… Vous êtes assise dans ce fauteuil, et vous vous détendez…

La voix de Toby Collins, d'ordinaire affirmée, glissait dans un volume progressivement plus bas, un tempo plus lent, de plus en plus lent, tout en descendant petit à petit dans les graves, jusqu'à donner envie de bâiller. Juliette ferma ses paupières.

— Vous sentez tous les points de contact du fauteuil avec votre corps… de haut en bas… vous entendez ma voix… et vous vous laissez aller… tranquillement… doucement… de plus en plus profondément dans la détente… la décontraction…

Il détachait chaque syllabe comme s'il allait s'assoupir avant de finir de prononcer le mot, dans une voix profonde, dont les vibrations se ressentaient dans le ventre, comme si elles résonnaient en soi, au rythme de sa propre respiration.

— C'est bien… oui… comme ça…

Ses encouragements entraînaient visiblement Juliette à lâcher prise et Toby continua à induire en elle une transe légère, juxtaposant ses accès sensoriels, formulant des affirmations suffisamment vagues pour correspondre à son vécu intérieur quel qu'il fût, et brouillant progressivement ses repères. Il maîtrisait à la perfection toutes les techniques d'usage. Alice, bien qu'observatrice, se sentait elle-même glisser dans un autre état de conscience.

— Et tandis que vous vous sentez de plus en plus profondément détendue, dites-moi combien font 26 + 12… À votre rythme, tranquillement…

Juliette resta silencieuse quelques instants, et on la sentait sereine, détendue.

— 38.

Sa voix était posée et distincte.

— C'est très bien Juliette, dit Toby d'un ton profond et lent. C'est très bien… Dites maintenant combien font 39 + 13…

Un court silence.

— 52.

— C'est bien, Juliette, très bien… et 53 + 18 ?

Un silence plus long, mais le visage de Juliette ne révélait aucune émotion négative, aucune appréhension.

— 71.

— Bravo Juliette. Maintenant, à votre rythme, quand vous serez prête, vous pourrez revenir pleinement parmi nous.

Quelques secondes plus tard, Juliette ouvrit les yeux et sourit. La salle l'applaudit.

— L'hypnose n'est pas de la magie, dit Collins. C'est juste un état modifié de conscience. Un état dans lequel vous êtes libérée des freins de votre mental, délivrée de vos peurs et de vos doutes, si bien que vous avez pleinement accès à vos ressources. Je dis bien *vos* ressources : vos réponses à mes questions venaient de vous, rien que de vous. Auparavant vous aviez sous-estimé vos capacités, et ce manque d'estime vous a empêchée de les employer.

Juliette acquiesça.

Toby la remercia pour sa participation et elle retourna à sa place sous de nouveaux applaudissements.

Il se leva et s'adressa de nouveau à la salle.

— Le manque d'estime de soi empêche d'accéder à ses ressources. Quand je parle de ressources, je désigne toutes nos capacités intellectuelles, relationnelles ou physiques, toutes nos compétences, toutes les forces que nous avons en nous, quelque part en nous, mais dont on ne se sert pas toujours. Vous seriez surpris de constater que vous avez en vous beaucoup plus de ressources que vous ne le croyez.

Il marqua un temps de pause avant de reprendre, comme pour bien laisser l'information infuser. Dans la salle régnait un silence de mort, alors que nous réalisions le gâchis occasionné par le jugement sévère que nous portons sur nous-mêmes de façon habituelle.

Alice se reconnut dans cette attitude autocritique, et s'en voulut de brider ainsi ses capacités, de se couper de ses ressources... mais soudain, elle réalisa être en flagrant délit de jugement !

— La bonne nouvelle, dit Collins, parce qu'il y a une bonne nouvelle dans cette affaire, est qu'à l'inverse la connaissance de ses ressources développe l'estime de soi, ce qui permet de mieux accéder à ses ressources, donc de réussir et d'être plus fier de soi, etc., etc. C'est un cercle très vertueux ! La vraie question…

Il marqua une nouvelle pause, sans doute pour mobiliser l'attention.

— La vraie question est : comment enclencher ce cercle vertueux en partant de votre situation actuelle, comment amorcer la pompe ?

Alice jeta un coup d'œil à Jérémie. Il semblait intéressé, ce qui la rassura.

— Eh bien voyez-vous, la technique que je propose s'appuie sur une caractéristique étonnante de notre système nerveux : il ne fait pas la différence entre le réel et le virtuel.

Les yeux de Collins balayèrent l'assistance.

— Vous ne me croyez pas ? Très bien. Fermez les yeux… Allez-y, fermez tous les yeux… Bien. Maintenant ouvrez la bouche… Imaginez que j'approche un citron de vos lèvres… et que je le presse d'un coup afin d'en faire gicler le jus sous votre langue !

Alice ressentit immédiatement la salive affluer dans sa bouche.

— Votre organisme a réagi comme si c'était vrai, n'est-ce pas ? Vous saviez bien qu'il n'y avait pas de citron. Mais vous avez joué le jeu, vous avez accepté d'imaginer ce citron, vous avez fait *comme si* vous receviez vraiment son jus acide dans la bouche. Et votre système nerveux a réagi pour de bon. Le virtuel a la même influence sur nous que le réel.

Alice se mit à penser à tous ces jeunes passant leurs soirées à tuer virtuellement des milliers de gens dans leurs jeux vidéo. Quel impact cela pouvait-il bien avoir sur eux, sur leur personnalité en formation ?

— La technique que je propose pour amorcer la pompe de la confiance en soi repose sur cette caractéristique de notre système nerveux. L'idée est la suivante : plutôt que de lutter pour vous convaincre que vous disposez bien des ressources pour réussir les actions que vous n'osez pas entreprendre parce que vous vous en croyez peu capables, je vous invite à faire *comme si* vous en aviez les capacités. Faites une sorte de rêve éveillé, imaginez que vous savez faire, et visualisez-vous en train de le faire. Vous serez surpris de ce qui arrive.

Le regard de Toby s'arrêta sur une personne assise dans les premiers rangs.

— Vous avez l'air dubitatif.

On n'entendit pas distinctement la réponse, mais Toby la reformula pour la salle.

— Vous vous demandez comment cela peut vous donner les capacités que vous n'avez pas. OK. Eh bien, l'idée n'est pas de vous donner de nouvelles capacités, mais plutôt de vous permettre d'utiliser toutes celles que vous n'exploitez pas, bien que vous les possédiez, par manque de confiance en vous. L'estime et la confiance permettent de libérer toutes vos capacités en utilisant au mieux toutes vos ressources. Mais je parle trop : le mieux est de vous le faire expérimenter. Installez-vous confortablement.

Lui-même retourna s'asseoir dans son fauteuil.

— C'est un jeu que chacun va faire en solo, donc en toute confidentialité. Je vous invite à penser à votre situation professionnelle, à vos projets si vous en avez, et je voudrais que vous notiez sur un papier le montant espéré de vos revenus dans trois ans : le niveau maximal de revenus que vous vous sentez capable d'atteindre d'ici trois ans, ainsi que votre parcours pour y arriver. Je vous laisse réfléchir un instant…

Il regarda sa montre et se tut.

Alice échangea un regard avec Jérémie et lui sourit. L'exercice n'était guère approprié à sa situation et elle en était une fois de plus un peu gênée.

Elle décida de faire quand même l'exercice pour elle-même. Elle prit une profonde inspiration. Le niveau maximal atteint dans trois ans… Pas facile de l'estimer… Elle considéra son revenu actuel. Bon, imaginons qu'elle décroche le contrat qatari. Elle aurait soit une forte prime, soit une augmentation. Partons sur une augmentation. Elle n'en avait pas eu depuis deux ans. On ne saurait lui refuser entre 5 et 10 % de hausse, vu l'ampleur du contrat… Disons 10 %. Ça, ce serait pour la première année. Pour les deux années suivantes… allez, dans le meilleur des cas, elle pourrait décrocher un contrat de ce type par an, et en être récompensée à chaque fois d'une augmentation de 5 ou 10 %. Ça ferait grosso modo au bout de trois ans un salaire de 30 % supérieur à son salaire actuel. Ce serait vraiment dans le meilleur des cas, en étant très ambitieuse.

Elle le nota sur son papier et jeta un coup d'œil indiscret par-dessus l'épaule de Jérémie. Sur son bloc-notes, il avait inscrit le montant des collectes espérées pour les bonnes œuvres dans trois ans. Elle trouva intéressant qu'il se sente un rôle à jouer dans ce domaine.

— Tout le monde est prêt ? demanda Toby Collins en se levant.

Il fit quelques pas en direction du public.

— Vous avez tous noté le revenu maximal que vous vous sentez capable d'obtenir d'ici trois ans ?

Son regard balayait l'assistance.

— Très bien. Alors j'ai une mauvaise nouvelle pour vous...

Silence dans la salle.

— Vous ne gagnerez jamais plus.

Le silence s'alourdit un peu plus.

— C'est la limite que vous vous donnez. Et voyez-vous, on ne dépasse jamais les limites que l'on se donne.

Alice avala sa salive. Il avait raison, elle le sentait bien.

— Vous vous dites peut-être qu'il faut être réaliste, que vous n'avez pas choisi par hasard ce plafond de revenus, qu'il correspond à une analyse rationnelle de votre situation, de vos diplômes, de votre parcours, de vos qualités... Mais nous, Américains, avons une expression pour décrire toutes ces justifications. Vous savez ce que c'est ?

L'assistance restait silencieuse. Il était bien le seul à sourire.

— *Bullshit* !

Son sourire s'accentua encore.

— *Bullshit* ! Tout ça, c'est *bullshit* ! Ce sont juste les justifications maigrelettes de votre inaction, de vos peurs, de vos doutes ou encore de votre culpabilité à réussir mieux que vos parents ou je ne sais qui.

Alice n'osait même plus regarder Jérémie. Elle avait espéré que Toby n'aille pas dans cette direction, totalement déconnectée des préoccupations et des valeurs de son ami.

— Alors maintenant, dit Collins, j'ai une bonne nouvelle…

La salle entière restait suspendue à ses lèvres.

— On va faire péter ce plafond ! On va le faire voler en éclats ! Écoutez-moi bien.

Cette dernière demande était totalement superflue.

— Vous prenez le montant que vous avez noté… et vous le multipliez par trois. Ça, c'est le revenu que vous obtiendrez dans trois ans !

Il se mit à rire.

— Je vois vos regards incrédules. Il me faudrait au moins deux heures avec chacun d'entre vous pour vous libérer du carcan de vos freins psychologiques. Alors on va aller au plus simple. Voilà ce que vous allez faire : considérez ce revenu multiplié par trois, et faites *comme si* c'était vrai. Jouez à prétendre à vous-même que vous allez effectivement gagner ça. Projetez-vous dans le futur, visualisez-vous dans trois ans, comme si vous y étiez maintenant, et imaginez-vous en train de gagner ce revenu, ressentez ce que ça fait, savourez la situation, puis penchez-vous sur les trois années écoulées virtuellement qui vous ont mené là et regardez le chemin parcouru : qu'avez-vous fait, qu'avez-vous entrepris comme action pour en arriver là ?

Alice s'amusa à se voir dotée d'un tel salaire, en faisant semblant d'y croire. Évidemment, c'était enthousiasmant… Elle imagina les trois années qui lui avaient permis d'en arriver là, et visualisa tout de suite une promotion. Bien sûr ! Elle avait eu une promotion ! Elle avait obtenu d'être promue responsable de son service « Gestion de crise ». D'ailleurs, n'était-ce pas mérité ? Au fond, la plupart des idées mises en œuvre venaient d'elle, même si peu le reconnaissaient. Et elle avait décroché un certain nombre de contrats pour le service. Elle en était finalement l'un des piliers.

Elle continua de s'imaginer promue. Quoi d'autre lui avait permis d'avoir cette promotion ? Peut-être une formation en management… Oui, bien sûr, pour être envisagée à ce poste, encore avait-il fallu être crédible en en ayant acquis les compétences.

Au fur et à mesure qu'Alice se plongeait dans cette situation fictive, elle entrevoyait des idées qu'elle n'avait pas même considérées jusque-là et auxquelles elle n'aurait peut-être jamais songé.

— On va vous passer un micro, dit Collins à un participant qui voulait poser une question.

Une jeune femme se glissa dans le public et lui tendit un micro sans fil.

— Tout ça, c'est très bien, dit l'homme, mais il n'y a pas que l'argent dans la vie. Moi, ça ne m'intéresse pas de tripler mon salaire. Ce que je veux surtout, c'est m'épanouir dans ce que je fais.

S'ensuivirent quelques applaudissements dans l'assistance. Alice, bien que fan de Collins, se sentit presque soulagée de cette objection : Jérémie se sentirait moins seul dans la salle.

Toby lui adressa un grand sourire.

— Comme disait votre Louis XIV : « J'ai failli attendre ! » En général, quand j'aborde en France la question de l'argent, j'ai tout de suite une objection de ce type, et là, je trouvais qu'elle tardait à venir…

Quelques rires dans la salle.

— Eh oui, voyez-vous, c'est tout à fait culturel. En France, on n'aime pas travailler pour l'argent, on veut travailler *pour s'épanouir*. Aux États-Unis, j'ai presque le problème inverse : quand je parle d'épanouissement professionnel à mes compatriotes, il y a toujours quelqu'un pour prendre la parole et me dire d'un air de totale incompréhension : « Ça veut dire quoi "épanouissement professionnel" ? Si on réussit, on gagne de l'argent, et si on gagne de l'argent, on est épanoui !… »

Éclats de rire dans la salle.

— C'est culturel. Cela dit, je ne remets pas en question votre remarque, précisa-t-il en se tournant vers le participant. En fait, je base ce jeu sur l'argent parce que c'est très pratique de prendre un revenu et de le multiplier par trois : on est sur du quantitatif, et c'est beaucoup plus facile pour tout le monde de se représenter le triplement de son salaire que le triplement de son épanouissement. Mais en fait, si vous vous êtes prêté au jeu, vous avez sans doute réalisé qu'en fin de compte on ne parlait pas vraiment d'argent. L'argent n'est pas le point essentiel dans cet exercice. Il est surtout question de l'accès à nos ressources, de la libération des énergies qui sommeillent en nous, et l'argent n'est ici qu'une métaphore de nos possibilités, une façon de mesurer ce que l'on s'autorise à faire, ce que l'on s'autorise à recevoir.

Alice se risqua à jeter un coup d'œil sur les papiers de Jérémie. Il avait noté le triplement des collectes de dons. Au moins avait-il su transposer la leçon à sa situation sans se braquer.

— Utiliser ainsi le virtuel pour accéder à vos ressources réelles est très efficace, et cela n'exclut pas de développer par ailleurs votre estime de soi. On a tout à gagner à s'aimer davantage.

Toby Collins lança alors un exercice assez complexe, au protocole très codifié, où les participants, répartis en binômes dans les salles adjacentes, étaient conduits à tour de rôle à parcourir une ligne de temps dessinée au sol pour représenter symboliquement le tracé de leur vie, la remontant jusqu'à l'enfance où ils s'imaginaient alors recevoir de leurs parents l'amour inconditionnel qui leur avait souvent manqué ou dont ils n'avaient pas ressenti la teneur. Ils reprenaient ensuite le parcours dans l'autre sens, emportant avec eux jusqu'à ce jour cet amour virtuellement reçu.

Quand vint son tour, Alice se prêta au jeu et suivit pas à pas le protocole, guidée par un autre participant. Après quoi, elle se sentit gonflée à bloc, et se demanda combien de temps cet état si positif pourrait durer.

— C'est très utile d'apprendre à s'aimer, dit Toby Collins aux participants quand ils furent de nouveau rassemblés en plénière. Je dirais que c'est essentiel. Tout ce qui peut vous permettre de progresser sur ce point est positif, et vous devez saisir toutes les opportunités pour accroître votre estime de soi.

Alice vit Jérémie faire une moue qui en disait long sur sa désapprobation.

— Sur ce point, dit Toby, une habitude toute simple à prendre, est de lister régulièrement par écrit vos qualités, vos savoir-faire, vos atouts : tout ce qui peut prouver à vos yeux votre valeur. Ne vous contentez pas de le faire une fois. Faites-le chaque semaine, toujours par écrit, jusqu'à ce que la valorisation de vous-même devienne naturelle. Une de mes amies conseille de se dire chaque matin « Je t'aime » dans le miroir ou de s'envoyer un baiser. Cela peut faire sourire mais je crois que dans ce domaine toutes les idées sont bonnes à prendre.

Jérémie leva les yeux au ciel en secouant lentement la tête.

Quand ils quittèrent la salle de séminaire, le soir venu, ils marchèrent côte à côte en silence sur le boulevard de Bonne-Nouvelle pour rejoindre l'arrêt de bus Poissonnière. Paris était bercé d'une douce lumière de fin du jour, et d'un air agréablement frais. À cette heure-là, les bouchons s'étaient résorbés, et les voitures glissaient presque silencieusement dans une circulation fluide.

— Bon… t'as trouvé ça… comment ? demanda Alice.

Jérémie prit son temps pour répondre, comme s'il choisissait ses mots précautionneusement.

— Assez intéressant.

Hum… Quand Jérémie était aussi peu loquace, ce n'était pas bon signe.

— Les techniques proposées sont efficaces, non ?
— Elles en ont l'air.

Il allait falloir le torturer pour qu'il livre le fond de sa pensée.

— Mais ?

Il sourit mais ne dit rien.

— Tu ne trouves pas que c'est positif, dynamisant, libérateur ?

Il acquiesça sans avoir l'air d'adhérer pleinement.

— Tu ne crois pas en l'efficacité de son approche ? insista Alice.

— Si, si.

— Mais ?

— Disons… que le problème est ailleurs.

— Oui ?

Il prit son inspiration.

— Au final, sa démarche a pour résultat de renforcer l'assurance, la fierté, l'amour de soi… C'est très bien, mais est-ce vraiment souhaitable de devenir un arrogant imbu de soi-même ?

— Je ne pense pas que cela rende arrogant. L'arrogance et la dévalorisation sont les deux faces d'une même pièce, car celui qui jouit d'une réelle estime de soi n'éprouve pas le besoin d'affirmer sa valeur aux autres.

— Peut-être.

Elle eut le sentiment d'avoir marqué un point.

— Si je devais utiliser une image, reprit-il, je dirais qu'à la longue, en suivant de tels séminaires, tu vas devenir une chenille plus belle, plus équilibrée, plus forte. C'est très bien, mais quand songeras-tu à devenir un papillon ?

Alice se sentit vexée, sans trop comprendre ce qu'il voulait dire exactement.

— Vouloir devenir papillon avant de s'être accompli comme chenille, n'est-ce pas prendre le risque d'être un papillon malformé qui s'écrase au premier souffle du vent ?

— Peut-être… Mais tu vois, le but dans la vie n'est pas de renforcer son Moi. C'est au contraire quand le Moi s'efface que l'on accède à une autre réalité.

— C'est un peu fumeux pour moi.

— Se détacher de soi permet de s'offrir à Dieu et découvrir la vraie puissance, la puissance infinie de Dieu qui agit à travers nous.

Alice fit un effort surhumain pour se retenir de rigoler.

— Je sais bien, dit-il en souriant d'un air bienveillant, que cela ne t'évoque rien.

Elle succomba et se laissa aller à rire franchement.

— Excuse-moi, dit-elle en pouffant, quand tu parles de t'offrir à Dieu, cela me fait à peu près le même effet que si tu disais vouloir t'offrir au Père Noël…

Jérémie secoua la tête de dépit en soupirant.

— De toute façon, ajouta-t-elle, comme disait Desjardins, avant de s'offrir il faut déjà s'appartenir.

Il parut interpellé. Du coup elle ajouta dans la foulée :

— Avant d'accéder à une autre réalité, encore faut-il déjà savoir vivre pleinement celle-ci.

— Pour la vivre pleinement, l'important est d'être en état d'amour, pas de s'occuper de son nombril. Le précepte le plus important de Jésus est « Aimez-vous les uns les autres ».

Alice le regarda dans les yeux.

— Comment veux-tu que tes paroissiens aiment les autres s'ils ne s'aiment pas eux-mêmes ? D'ailleurs

Jésus disait aussi « Aime ton prochain comme toi-même ».

Elle se sentit très fière d'avoir réussi à citer le Christ. Elle avait bien bossé son dossier. En entreprise, rien n'était plus efficace pour convaincre un client que de citer des phrases de leaders issus de son domaine.

Jérémie ne répondit rien. Le silence retomba tandis qu'ils arrivaient à l'abribus. Les voitures défilaient. Un pied sur la chaussée, un piéton tentait de traverser l'avenue mais personne ne s'arrêtait pour le laisser passer. Sur le trottoir, les passants se croisaient sans même échanger un regard, sans doute pressés de rentrer chez eux.

Jérémie avait l'air songeur.

C'était le moment. Elle se devait de le lui dire. Avec beaucoup de respect et de douceur.

— Et comment veux-tu que tes paroissiens parviennent à s'aimer si tu… ne t'aimes pas toi-même ?

7

— La femme de ménage a encore volé de la lessive !

Alice, énervée, s'assit à la table de la cuisine. Théo avait déjà entamé son petit déjeuner, et son père beurrait des tartines. La cafetière crachotait du café bouillant, diffusant son odeur dans l'appartement.

— Comment le sais-tu ? ricana Paul. T'as mis une webcam dans la salle de bains ?

Il mangeait en crayonnant le portrait de Théo sur un calepin.

— J'ai mis un repère sur le paquet. Au début, j'avais des doutes, maintenant, j'en ai la preuve.

— T'as mis un repère sur le paquet ? T'es folle !

— Je n'aime pas me faire avoir.

— On s'en fiche, on n'est pas à vingt grammes de lessive près.

— Ce n'est pas le problème ! C'est une question de confiance. Je ne peux pas continuer d'employer quelqu'un en qui je n'ai plus confiance. Elle a la clé de l'appartement, quand même !

— C'est pas parce qu'elle t'a pris un peu de lessive qu'elle va dévaliser la maison en ton absence.

— Ça te semble dérisoire parce que tu passes tes journées avec des criminels et des malfrats, mais moi je ne veux pas laisser passer ça. Je vais la virer.

— C'est toi que tu vas punir : tu vas galérer pour en retrouver une.

— M'en fiche, dit-elle en beurrant une tartine.

Elle s'interrompit pour aller verser le café dans les bols. Au passage elle alluma les spots suspendus au-dessus du plan de travail. Quand on est de mauvaise humeur, la lumière aide à retrouver le moral. L'éclairage raviva la peinture jaune des murs en donnant l'agréable illusion que les rayons du soleil pénétraient dans la maison, alors que dehors le ciel était d'un gris funeste.

— T'en veux, maman ? demanda Théo en désignant une boîte de conserve.

— Qu'est-ce que c'est ?

— C'est délicieux.

— Du sirop d'érable, dit Paul. Je l'ai rapporté du Québec.

— Dans une boîte de conserve ?

— C'est comme ça qu'ils le vendent, là-bas. En tout cas le meilleur. Dans les jolis flacons, c'est pour les touristes et il est moins bon.

Alice en répandit une cuillerée sur une tartine qu'elle s'empressa de goûter.

— Excellent, lâcha-t-elle la bouche pleine.

— Oui, dit Paul. C'est une tuerie, ce truc...

— C'est fou ce que ton métier influence ton vocabulaire quotidien...

Il sourit.

— J'ai visité une cabane à sucre, au Québec.

— Une quoi ?

— Cabane à sucre. C'est l'endroit où ils font bouillir la sève des érables pour la réduire en sirop.

— Drôle de nom…

— Oui.

— Je suis sûre qu'ils ont inventé ce terme exprès pour les touristes, pour les faire venir.

— Ton métier à toi te fait voir du marketing partout…

— Papa, tu m'emmèneras la prochaine fois ?

— On verra.

— S'il te plaît…

— Mange, tu vas être en retard à l'école.

Alice venait de croquer dans sa tartine quand son téléphone portable sonna.

— Salut, Rachid !

— Tu veux une bonne nouvelle dès le réveil ?

— Vas-y.

— On est short-listés par les Qataris. Il n'y a plus que trois cabinets en lice. Ça commence à sentir le champagne, je trouve.

— Ce serait trop génial !

— C'est Pauline qui me l'a annoncé, la fille du service sondages. L'appel a été aiguillé sur elle par erreur. Tu vois qui c'est ?

— Je crois.

— J'adore cette fille. Très intelligente. Brillante, même.

Alice raccrocha de mauvaise humeur, malgré la bonne nouvelle. À cause de cette Pauline qu'elle ne connaissait que de vue. Pourquoi se sentait-elle diminuée, comme amoindrie, quand on mettait en valeur quelqu'un d'autre devant elle ? Elle en ressentait une sorte de blessure, comme si sa propre valeur s'en trouvait dépréciée.

Elle but une gorgée de café et la chaleur lui fit du bien.

Elle repensa aux séminaires de Toby, qui l'aidaient à se sentir de mieux en mieux dans sa peau. Depuis celui où elle avait entraîné Jérémie avec elle, elle s'était mis en tête de devenir responsable de son service. Une fois promue, tout le monde la verrait différemment. La respecterait plus.

Elle était si heureuse d'avoir réussi à convaincre Jérémie de continuer. Pas facile, après cette première séance, deux mois plus tôt... D'abord très réticent, elle l'avait vu hésiter, puis avait senti un vrai basculement de sa part. Sa décision avait été dure à prendre, mais c'était quelqu'un d'ouvert, prêt à entendre des points de vue différents du sien, et capable de changer d'avis, qualité rare aujourd'hui...

Une fois engagé dans cette direction, il avait avancé à grandes enjambées. Il avait suivi quatre autres séminaires, dévorait les bouquins qu'elle lui prêtait, et changeait à vue d'œil. Le système de parrainage de Toby était parfait pour elle : avec une séance offerte à un ami pour cinq souscrites dans le passé, elle avait pu former Jérémie sans dépenser un seul centime.

Elle se rendait à Cluny un week-end sur deux, et prenait plaisir à le coacher. Si elle avait entrepris cette aventure par amitié et par devoir, pour régler sa dette envers lui, elle avait progressivement pris goût à la situation, heureuse de voir l'évolution s'opérer, et tirant une grande fierté des résultats obtenus chez son protégé : fataliste et déprimé au début, Jérémie était devenu dynamique et confiant. Jamais elle n'avait observé des progrès aussi rapides, comme s'il était prédisposé à comprendre, intégrer et appliquer les concepts de psychologie, au point d'être bientôt lui-même en capacité d'aider les autres.

Pendant la messe, il était maintenant rayonnant. Désormais en cohésion avec son attitude, les paroles d'amour du Christ avaient plus d'impact. Les sermons étaient quant à eux plus positifs et parlaient manifestement plus aux fidèles.

Il avait ainsi eu le courage de mettre en œuvre à l'église un certain nombre de changements, qu'Alice observait depuis le banc du dernier rang où elle se glissait discrètement, une fois tout le monde installé pour la messe. Petit à petit, elle s'était familiarisée avec ce lieu et ne s'y sentait plus opprimée comme au début. Son malaise initial avait cédé la place à un ressenti plus neutre. L'église était presque devenue pour elle un lieu de travail comme un autre, une entreprise simplement plus sereine que celles auxquelles elle était habituellement confrontée.

Elle avait, il est vrai, fini par passer un pacte avec Jérémie.

— Tu peux me faire une promesse ? lui avait-elle demandé un jour.

— Je t'écoute.

— Je suis prête à t'aider à améliorer les choses à l'église, à toucher plus de gens. Il faut juste me faire une promesse.

— Quoi ?

— De ne jamais me parler de Dieu.

Il avait accepté, un sourire résigné et un peu triste sur les lèvres.

Alice avait appris à observer le petit monde des paroissiens, et s'amuser de leurs incohérences qui finissaient par les rendre attachants. Comment ne pas sourire, en effet, en les voyant s'habiller sur leur trente et un pour venir à la messe, endimanchés jusqu'au cou pour prier Jésus… qui, autrefois, marchait pieds nus et invitait les riches à se débarrasser de leurs beaux vêtements ? Comment ne pas rire en les entendant médire d'un voisin juste après les avoir vus écouter pieusement un sermon sur l'amour et le pardon ?

Alice avait une certaine affection pour Victor, le vigneron retraité à moitié sourd, et Étienne, son ami bègue, qui formaient toujours un drôle de couple.

Plusieurs paroissiens s'étaient montrés réfractaires aux évolutions, et les conversations de parvis reflétaient la contestation ambiante. Germaine et Cornélie, les deux bigotes langues de vipère, n'avaient pas leur pareil pour propager la résistance aux changements par des petites phrases d'apparence innocente.

Les cheveux teints en noir corbeau, Germaine se plantait devant vous en vissant dans vos yeux son regard aiguisé pour capturer votre attention.

— C'est pas vilain, Bach, disait-elle, mais j'aimais bien ces petites mélodies qu'on pouvait fredonner. Ça ne vous manque pas, vous ?

Son œil de faucon ne vous lâchait pas, et vous vous sentiez presque forcée d'acquiescer. À ses côtés, Cornélie, dont les cheveux teints en une sorte de beige jaunâtre semblaient avoir été figés pour l'éternité par l'épaisseur de laque, hochait la tête, l'air inspiré, appuyant toujours les propos de sa complice.

— Vous ne trouvez pas qu'il manque quelque chose, ces derniers temps ? Est-ce qu'on ne serait pas en train de perdre nos traditions ?

Elles semaient à la volée des petites graines de doute, et Alice voyait bien que quelques-unes finissaient par germer dans l'esprit de certains.

Elle les avait aussi surprises se plaignant à madame de Sirdegault, une baronne dont la place semblait réservée à vie sur la première rangée de chaises, près de l'allée centrale, place qui restait même vacante en son absence. Celle-ci avait écouté les arguments des bigotes et promis d'en toucher un mot à l'évêque, ce qui avait semblé ravir ces dernières au plus haut point, et inquiété Alice dans les mêmes proportions.

À Cluny, tout le monde connaissait madame de Sirdegault, au moins de vue et de réputation : une dame d'une petite soixantaine d'années, au port altier et à l'attitude hautaine, vêtue avec raffinement, qui arborait toujours en pendentif une croix en or sertie d'un gros rubis en son centre. Son mari l'avait quittée quelques années plus tôt, et tout le monde savait que lors du divorce elle s'était battue pour conserver les atouts de son rang : l'hôtel particulier, la vieille Jaguar en fin de vie, et surtout son nom d'épouse associé au titre de baronne, tellement plus chic que son patronyme de jeune fille, Josette Grossard, qu'elle avait pris soin à son mariage d'effacer de tous les documents et de toutes les mémoires. Elle vivait seule depuis son divorce, seule dans ce grand hôtel particulier qu'elle n'avait plus les moyens d'entretenir, mais elle faisait de son mieux pour tenir dignement la position qu'elle voulait conserver aux yeux de tous.

Il y avait aussi cette bonne sœur qui glissait dans la main d'Alice des petits mots griffonnés sur un bout de papier plié en huit, dès qu'Alice pointait son nez à l'église. La première fois, surprise, elle avait patiemment déplié le billet sous l'œil souriant de la sœur.

Heureux vous les pauvres,
le Royaume des cieux vous appartient.

— Pourquoi me donnez-vous ça ? avait demandé Alice.

La sœur s'était contentée de sourire, sans rien répondre. Alice avait insisté, jusqu'à ce qu'une paroissienne saisisse son bras :

— Inutile de lui poser des questions, elle est sourde-muette.

Alice lui avait alors fait un geste de remerciement sans chercher à approfondir la raison de son recopiage d'une phrase de l'Évangile.

La fois suivante, la sœur lui avait de nouveau glissé un petit papier qu'Alice avait accepté de bonne grâce.

Heureux serez-vous quand on vous haïra,
lorsqu'on vous persécutera,
nul ne trouvera le lieu
où vous n'êtes pas persécutés.

Alice s'était efforcée de sourire en se demandant si la sœur avait l'intention de lui délivrer l'intégralité des Évangiles en kit.

Le feuilleton s'était en effet poursuivi à chaque venue d'Alice, qui avait fini par surnommer la messagère « sœur Ikéa ». La pauvre devait être un peu simplette.

En fin de compte, la grosse déception pour Alice venait du faible nombre de nouveaux paroissiens. On était passé de douze à vingt et un. Si elle avait dû défendre ce maigre résultat devant un conseil d'administration, elle aurait vanté haut et fort cette hausse de 75 % de la fréquentation, mais là, seule avec elle-même, elle avait le sentiment d'avoir dépensé un trésor d'énergie pour pas grand-chose. Les nouveaux venus étaient d'anciens fidèles égarés ayant retrouvé le chemin de l'église grâce à un bouche-à-oreille positif, ce qui certes confortait Alice dans ses choix et renforçait sa crédibilité aux yeux de Jérémie. Mais il restait trois cent soixante-dix-neuf places encore vides.

Ce décompte aurait suffi à décourager le plus confiant des consultants, mais Alice gardait à l'esprit l'étude de marché confiée par Nike à deux étudiants au siècle dernier : chacun avait eu pour mission de parcourir l'Afrique en vue d'y évaluer le marché de la chaussure. Le premier avait rendu un rapport lapidaire : « Ils vont tous pieds nus. Laissez tomber : il n'y a pas de marché. » Le second avait eu une autre conclusion : « Ils vont tous pieds nus. Foncez-y : le marché est gigantesque ! »

Alice n'avait pas dit son dernier mot. Elle avait encore une carte à abattre, et elle s'y employait depuis deux semaines auprès de Jérémie. Cette carte maîtresse portait le doux nom de CONFESSION.

La confession… cet acte religieux par lequel le pénitent vient avouer ses péchés et obtenir l'absolution semblait totalement désuet, anachronique et seulement pratiqué par quelques rares superstitieux éprouvant le besoin de remettre le compteur à zéro avant de prendre l'avion ou de rendre l'âme. Mais Alice voyait les choses très différemment. Bien qu'elle-même ait une réaction quasi épidermique à la simple vue du confessionnal en bois sombre de l'église Notre-Dame, cet austère isoloir à l'allure angoissante, elle pressentait que l'acte de confession pouvait préfigurer le retour à l'église de bon nombre de personnes.

Depuis *Loft Story*, la téléréalité avait en effet remis la confession au goût du jour, et les gens adoraient s'épandre en révélations intimes et aveux de toutes sortes. On voyait maintenant des stars et des hommes politiques dévoiler en toute impudeur leurs faiblesses sur les plateaux de télé, confesser une tromperie conjugale, un penchant pour l'alcool ou des déviations sexuelles. Tous les prétextes étaient bons pour vider son sac en public et étaler ses travers. Les citoyens raffolaient des confessions, et il y avait clairement pour Alice un levier marketing à exploiter. Il fallait juste relooker l'acte en église pour le rendre attrayant. Sur ce point, elle n'avait pas encore trouvé la recette miracle.

Elle sentait juste qu'il fallait commuer la confession en échange afin que le confessé bénéficie de conseils et reçoive ainsi un véritable apport. Bref, s'affranchir du protocole rigide de la confession en remplaçant la contrition et l'absolution par une sorte de coaching personnalisé.

— Impensable, avait rétorqué Jérémie. C'est codifié ainsi depuis le XVIe siècle.

— Si vous avez réussi à vous en passer pendant seize siècles, ça ne devrait pas trop vous manquer si on arrête.

Il avait secoué la tête.

— L'acte de contrition où le confessé réclame le pardon pour ses fautes est essentiel.

— Bof, se flageller est stérile, tandis que chercher des réponses aux difficultés de la vie nous ayant amenés à mal réagir est constructif. La prise de conscience de mes erreurs est une chance fabuleuse pour mieux me comprendre afin d'évoluer. Si je me contente de battre ma coulpe et que tu m'absous, qu'est-ce que j'apprends ?

Alice avait fini par convaincre Jérémie. Il fallait maintenant trouver le moyen d'amener les paroissiens à venir se confier. Et, au-delà, les citoyens.

— Tu reprends du sirop d'érable, maman ?

Alice regarda fixement la boîte de conserve.

— Qu'est-ce que t'as, maman ? Pourquoi tu réponds pas ?

Elle venait d'avoir une idée…

8

— C'est pas croyable !

Germaine secoua la tête. Jamais elle n'avait vu ça.

Elle tira sur son gilet moutarde pour bien le faire descendre sur sa longue jupe écossaise.

— Comment l'expliquer ? ajouta Cornélie de sa voix nasillarde, tout aussi perplexe.

Elle tourna la tête et ses cheveux beiges trop laqués suivirent d'un bloc, comme un casque rigide.

— Je me demande bien, répondit Germaine, grinçante.

La file d'attente devant le confessionnal allait presque jusqu'à la porte de l'église.

Cornélie trempa son doigt dans l'eau froide du bénitier, fit le signe de croix, puis s'essuya la main sur sa jupe-culotte.

— Chaque jour, il y a plus de monde.

— Je t'avais dit de demander au père Jérémie.

— Mais je l'ai fait : il ne sait pas, se justifia Cornélie.

— Difficile à croire.

— Si, si : il avait lui-même l'air étonné…

— T'as dû mal t'y prendre. Il va falloir que je lui demande moi-même.

Cornélie prit un air hébété. Le moindre reproche semblait à chaque fois déclencher en elle une remise en question, ce qui amusait beaucoup Germaine.

Les gens attendaient patiemment dans la file. Beaucoup de nouvelles têtes, jamais vues à l'église.

Germaine soupira.

— Ça doit être l'époque qui veut ça : les gens ont de plus en plus de choses à se reprocher.

Cornélie fronça les sourcils, l'air pensif, comme si ces propos avaient déclenché en elle une profonde réflexion.

— Nous, ça fait longtemps qu'on ne s'est pas confessées, dit-elle au bout d'un moment.

— On n'en a pas besoin.

Cornélie parut soulagée.

— Tu as raison. On n'est pas concernées.

On entendit un froissement d'étoffe. Jérémie venait de sortir du confessionnal. Il fit signe aux pénitents de patienter puis s'éloigna prestement dans la direction de la sacristie.

— Mon père…

— Il n'entend pas, gémit Cornélie.

— Je vais le coincer quand il reviendra.

Germaine suivit de loin le prêtre, qui disparut au fond de l'église. Elle s'approcha silencieusement grâce à ses vieilles baskets. La porte de la sacristie était entrouverte. À l'intérieur, un espace étroit, assez dénudé : un portemanteau, une console en bois sombre surmontée d'un modeste miroir. Un meuble en forme de tabernacle. Le père avait dû aller au petit coin. En attendant là, elle ne pouvait pas le manquer.

Une minute plus tard, un léger bruit de pas. Instinctivement elle recula dans l'ombre d'une colonne et observa. Ce qu'elle vit alors la stupéfia et la choqua au plus haut point : le père Jérémie, en passant devant le miroir, venait de s'envoyer un baiser en murmurant rapidement mais distinctement des mots abjects qu'elle n'oublierait jamais :

— Je t'aime.

Horrifiée, Germaine recula le plus possible derrière la colonne de marbre jusqu'à sentir la pierre froide du mur dans son dos. Elle retint sa respiration tandis que le père passait devant elle, déplaçant un souffle d'air qui la fit frissonner malgré elle, comme si elle avait été frôlée par le diable en personne.

Elle attendit qu'il disparaisse au loin dans le confessionnal, puis retraversa la nef pour rejoindre son amie qu'elle saisit par le bras pour l'entraîner au dehors et lui raconter l'événement, pétrie d'indignation.

Sur le parvis inondé de soleil, quelques touristes admiraient les façades médiévales des maisons de la place.

— Il n'était pas comme ça, avant, dit Cornélie.

— Ça fait quelque mois que tout va mal, ici.

— Oui. Depuis le début du printemps. Je ne sais pas ce qui se passe.

Germaine secoua la tête d'un air entendu.

— J'ai ma petite idée sur la question.

Cornélie écarquilla les yeux.

Germaine fit durer le suspense quelques instants.

— Tu as remarqué la jeune femme qui rôde dans les parages le dimanche ?

— Châtain, les cheveux mi-longs ?

— Oui, dit Germaine.

— C'est Alice, la fille du vieux veuf qui habite dans la maison en face du conservatoire.

— Je l'ai vue à plusieurs reprises parler au père Jérémie avant la messe, et parfois de nouveau après. Je suis sûre qu'elle y est pour quelque chose, dans tous ces changements.

— Nous aussi on parle au père Jérémie.

— Oui mais elle, c'est différent. Je le sens. Je suis sûre que ça vient d'elle.

— Tu crois qu'elle et lui...

Germaine leva les sourcils d'un air entendu.

— Mais elle est mariée, je crois...

— En tout cas, elle doit nous le pervertir. Regarde tous ces trucs bizarres qu'il nous fait faire à l'église, maintenant. Comme donner des compliments à son voisin, lui dire les qualités que Dieu lui a données...

— C'est vrai.

— Tout ça, c'est malsain. On ne peut pas parler de nos qualités alors que l'homme est un pécheur.

— C'est vrai, l'homme est un pécheur.

— Surtout la femme.

— Oh ! oui, dit Cornélie en regardant une jeune passante au décolleté entrouvert. Surtout la femme.

9

La route de l'Évêché se terminait par une allée bordée d'épineux centenaires dont les branches hérissées d'aiguilles vert sombre se dressaient dans un ciel bleu pâle que traversaient de gros nuages pressés.

La dernière fois que Jérémie s'était entretenu avec monseigneur d'Aubignier, quelques mois plus tôt, il lui avait avoué son trouble, ses doutes sur l'intérêt de sa mission auprès d'un nombre aussi restreint de paroissiens venant plutôt par fidélité que par démarche spirituelle. L'évêque avait minimisé ses états d'âme : tous les prêtres traversent une phase d'acédie au début de leur sacerdoce, c'est normal, avait-il dit, balayant ses angoisses d'un revers de main sans chercher à les comprendre véritablement. Jérémie s'était senti comme une femme dont on nierait la déprime au seul motif que « c'est normal pendant les règles ».

Quel changement depuis ces quelques mois... Jérémie se sentait maintenant confiant, serein, habité par sa mission et heureux des résultats obtenus, dont il veillait à ne pas tirer fierté. Les mesures d'Alice avaient en effet permis de drainer du monde à l'église, surtout en confession, où l'on entendait chaque jour chuchoter de nouvelles voix. Certes, il n'était pas dupe, ces néophytes recherchaient plus les éclairages du prêtre-coach que la lumière de Dieu, mais il était sincèrement convaincu qu'il s'agissait d'une entrée en matière pouvant déboucher sur un possible éveil spirituel.

L'église connaissait ainsi un vrai regain d'affluence, même si on était loin de faire le plein. Il faut dire qu'elle était grande, près de quatre cents places assises, et Jérémie savait bien qu'il ne la remplirait jamais. Mais il l'acceptait maintenant avec sagesse.

L'évêque devait se frotter les mains. Réputé pour son ambition – tout le monde savait qu'il se voyait déjà cardinal, il ne pouvait que se réjouir de la renaissance de l'une des paroisses de son diocèse. Et quelle paroisse ! Sans doute la plus emblématique de toute la chrétienté, plongée depuis deux siècles dans un déclin continu dont l'issue avait semblé inexorable.

Jérémie referma la portière de la Clio sans la claquer, et leva les yeux vers l'imposant édifice en pierre de Bourgogne avec de hautes fenêtres blanches à petits carreaux qui semblait contenir l'autorité depuis des siècles.

Il marcha jusqu'au perron. La soutane malmenée par le vent fouettait ses jambes. Il entra et fut reçu par un secrétaire qui le conduisit en silence le long de grands couloirs jusqu'à l'antichambre du cabinet épiscopal, une pièce étroite et haute aux murs lissés de chaux blanche et meublée d'austères fauteuils Louis XIII en bois sombre et velours vert olive.

Jérémie patienta immobile un long moment, puis il s'approcha de la fenêtre. Dehors, les nuages s'accumulaient, défilant dans le ciel et projetant des ombres mouvantes sur les collines couvertes de forêt.

À l'intérieur, le silence était total, et s'il n'avait pas été conduit par un secrétaire, Jérémie aurait pu se croire totalement seul dans un bâtiment déserté de ses occupants, avec pour seul voisinage le vent dont le souffle s'accentuait progressivement. L'attente se prolongea, et Jérémie finit par se demander si son hôte n'était pas absent, retenu quelque part.

Lassé, il finit par s'asseoir sur l'un des fauteuils et à ce moment précis, la grande porte du cabinet s'ouvrit et l'évêque parut.

Jérémie se releva d'un bond sans réfléchir, comme s'il culpabilisait de s'être laissé aller à se reposer.

— Monseigneur…

L'évêque le toisa d'un sourire sibyllin, paré d'une soutane violette très soyeuse qui accentuait sa superbe et soulignait l'autorité de sa fonction. Jérémie le suivit dans le cabinet.

L'évêque était un homme d'une cinquantaine d'années, cheveux gris, au regard intelligent et au visage sérieux même si Jérémie l'avait déjà vu charmer ses interlocuteurs pour parvenir à les convaincre.

La pièce, très vaste, parquet Versailles et tapis persan, était baignée d'une lumière qui ravivait les authentiques tapisseries d'Aubusson dont les murs étaient parés.

Jérémie s'assit sur une chaise cannée sur le côté d'une longue table rectangulaire, pendant que son hôte prenait des papiers sur son bureau.

— Quelles sont les nouvelles de la paroisse ?

— Très bonnes, dit Jérémie, enthousiaste. Je me suis activé à quérir de nouveaux fidèles, et les résultats sont très encourageants.

L'évêque le laissa parler et vint s'asseoir dans le fauteuil monumental disposé en bout de table. Il tenait en main des documents qu'il consultait tout en écoutant son visiteur. L'anneau pastoral qu'il portait à l'annulaire de la main droite comportait une grosse améthyste entourée de brillants qui réfléchissaient par moments la lumière.

— Je vous ai convoqué, dit-il soudain en pesant chaque syllabe, parce que je veux avoir une vision claire de ce qui se passe à Cluny depuis quelques mois.

Le silence emplit alors la pièce. Jérémie avala sa salive.

Du haut de son grand fauteuil, l'évêque le fixait, l'air soucieux, un demi-sourire masquant à peine la sévérité de son regard. La lumière blanche filtrée par les nuages lui donnait un teint blafard.

— Avez-vous des choses à me dire, père Jérémie ?

Pris au dépourvu, Jérémie tenta de rester serein.

— J'ai mis en œuvre un certain nombre d'idées pour attirer les paroissiens dans l'église, et…

— Des idées ? Quel genre d'idées ?

— Disons que j'ai essayé de… dépoussiérer un peu certaines de nos pratiques afin de pouvoir être entendu d'un plus grand nombre de fidèles, Monseigneur.

L'évêque hocha la tête pensivement.

— Et vous ne seriez pas allé… un peu loin, par hasard ?

Jérémie le regarda. Que lui avait-on rapporté, au juste ? Que lui reprochait-il ?

— J'agis à chaque instant en mon âme et conscience en respectant à la lettre l'esprit de l'Évangile.

L'évêque se pencha sur l'un des papiers qu'il tenait en main.

— L'esprit de l'Évangile, répéta-t-il lentement. L'esprit de l'Évangile… Et respectez-vous autant l'esprit de l'Église à laquelle vous appartenez ?

Il avait prononcé ces paroles d'un ton qui se voulait anodin, avant de regarder Jérémie soigneusement dans les yeux, clairement à l'affût de la moindre de ses réactions.

— Je l'espère, Monseigneur.

— Vous l'espérez ou vous en êtes sûr ?

Jérémie hésita quelques instants.

— Je l'espère le plus sincèrement du monde.

L'évêque fit la moue, le fixant en silence un long moment. Jérémie se sentait sur la sellette, mis à nu, évalué, jugé.

L'évêque finit par soupirer lentement, mais n'insista pas. Il enchaîna sur les sujets courants de la vie de la paroisse, au grand soulagement de Jérémie. Dix minutes plus tard, il se levait pour accompagner son visiteur à la porte.

Jérémie le suivit et, contournant la table, regarda fébrilement le papier que l'évêque venait d'y poser.

C'était une affichette sur fond violet pâle. En tête, l'accroche « GRATUIT ! » attirait le regard. Suivait un petit texte invitant à venir échanger librement et en toute confidentialité sur ses problèmes personnels.

Jérémie se figea en voyant l'adresse indiquée, celle de son église. En découvrant la suite, il sentit monter en lui un mélange de honte et de colère :

Un dessin au feutre noir, occupant la moitié de la page, représentait son confessionnal. Juste en dessous, quelques mots en gros caractères écrits dans une typo rigolote :

La cabane à conseils

10

Un tas d'ordures.

Immense.

Au pied de la tour Montparnasse, juste à côté des portes du hall. Des poubelles débordantes, ensevelies sous une montagne de sacs noirs, empilés par centaines. Une odeur pestilentielle. Les employés gagnaient leurs bureaux en se couvrant le nez et la bouche d'un mouchoir, d'un bout de tissu, ou simplement de leurs mains nues. La grève des éboueurs durait depuis seulement cinq jours et la situation semblait déjà intenable. Le volume de déchets produits par les cinq mille salariés de la tour était tout juste hallucinant.

Quelques mètres plus loin, le laveur de carreaux montait sur sa nacelle, prêt à s'élever le long de la paroi verticale pour accomplir sa mission quotidienne. Ce grand Sénégalais était une figure familière de tous les occupants de la tour. Il jouissait d'une sorte de droit d'intrusion permanent à vos côtés, au moment où vous vous y attendiez le moins : tandis que vous étiez au téléphone, concentré sur un dossier en vous grattant la tête, ou en train de surfer sur Internet pendant vos heures de bureau, il surgissait sans prévenir derrière la vitre, vous adressant tantôt un clin d'œil complice, tantôt un large sourire *ultra-brite*, ou prenant au contraire une expression outragée, les yeux exorbités, en faisant mine de vous surprendre dans une activité inavouable.

Alice avait échangé quelques mots avec lui, un jour où il descendait de sa nacelle, la journée finie. Elle lui avait demandé son secret, pourquoi il semblait toujours de bonne humeur, tout en exerçant un métier pas particulièrement facile.

— Votre métier est plutôt ingrat, avait-elle précisé pour justifier sa question.

— Pas du tout ! avait-il protesté. Grâce à moi, les gens voient mieux le monde.

Grâce à lui, les gens voyaient mieux le monde... Alice s'en était allée, songeuse. Et elle, qu'apportait-elle au monde, au juste ?

Ce matin-là, au milieu des sacs-poubelle, il était carrément hilare, en pleine discussion avec un vieil homme. Alice s'approcha en respirant à travers son écharpe de coton fin.

— Ça a l'air de vous rendre joyeux, tout ce bazar...

— Hi, hi, hi ! Ce monsieur vient de m'apprendre qu'avec ces ordures, le quartier renoue avec ses origines. Mort de rire ! Un quartier chic qui doit son nom à une décharge. Ha, ha, ha ! Elle est bien bonne, celle-là !

— Mais non, dit Alice. Son nom est une référence au mont Parnasse, une montagne sacrée dans la Grèce antique.

— Justement, dit le vieil homme, les yeux animés d'une lueur espiègle. Au XVIIe siècle, des étudiants venaient réciter des poèmes sur une butte érigée avec des gravats et des détritus. Il y en avait tellement que ça formait une petite montagne, qu'un étudiant moqueur a alors baptisée, par dérision, « le mont Parnasse ». L'expression est restée et a donné son nom au quartier, puis à la tour.

Le téléphone portable d'Alice sonna.

— Oui, Rachid.

— Salut. T'es où ?

— Au pied du tas d'ordures, et toi ?

— Au sommet, comme d'habitude.

— Très bien.

— Bon. T'es assise ?

— Vaut mieux pas, ici.

— J'ai une nouvelle renversante.

— Vas-y, je m'agrippe aux poubelles.

— On a décroché le contrat qatari.

Le contrat qatari.

Alice en resta bouche bée. Elle relâcha son écharpe. À côté d'elle, le Sénégalais avait repris sa discussion joyeuse avec le retraité. Les salariés hâtaient le pas pour s'engouffrer dans la tour en se protégeant le nez. Tout ce petit monde lui sembla soudain très attachant.

Le contrat qatari.

Gagné.

C'était gagné.

L'augmentation assurée… Le voyage en Australie en famille… La promotion, peut-être…

— Ils ont mis une clause d'urgence, dit Rachid. T'es d'accord pour faire une première réunion de brainstorming à 10 heures ?

— Bien sûr. Préviens l'équipe, je monte.

Une heure plus tard, tout le monde était rassemblé autour du directeur du département, qui faisait office de chef du service en attendant la nomination de ce dernier.

— Je vous rappelle l'objectif, dit-il. Redorer l'image du Qatar auprès du grand public dans les principaux pays européens. Commençons par la France. Vos idées ?

Alice se lança. Si elle espérait une promotion, elle devait se mettre en avant.

— Faisons-leur racheter une boîte en difficulté, avec une dimension émotionnelle, comme une entreprise traditionnelle de jouets du Jura, au bord de la faillite. Ensuite on lance une opé de com tous azimuts dans les médias, genre interview sur RTL d'une ouvrière qui les remercie d'avoir préservé son emploi. Mets-toi à la place de monsieur Tout-le-Monde : si les Qataris sauvent le fabricant des jouets de ton enfance, t'as ensuite du mal à les imaginer financer Daech et ses coupeurs de têtes, non ?

Le directeur resta impassible mais elle sentit qu'elle avait marqué un point. D'autres idées fusèrent rapidement, qu'elle s'efforça de reformuler parfois, en dosant ses prises de paroles, se positionnant, mine de rien, en leader, sans en faire trop. Au bout d'une demi-heure, les Qataris étaient bien partis pour devenir des saints. Soudain, à travers la vitre, Alice vit vibrer le câble de la nacelle du laveur de carreaux, et elle repensa à l'introspection qu'il avait déclenchée en elle, et cette question demeurée sans réponse : qu'apportait-elle au monde, au juste ?

Elle se remémora des propos que Jérémie lui avait récemment tenus. Il y a trois dimensions dans l'être humain, disait-il : intérieure, horizontale et verticale. La vie intérieure, l'introspection, la connaissance de soi étaient des éléments compréhensibles. La dimension horizontale aussi, avec l'importance des relations dans nos vies, de la fraternité. Mais qu'entendait-il au juste par la verticalité ? Cela semblait un peu fumeux, pas très rationnel.

Elle se retint de rire en voyant la main du Sénégalais émerger d'en bas puis s'agiter comme s'il cherchait désespérément un point d'appui en gravissant la tour. Il finit par apparaître en entier, la reconnut au milieu du groupe, et lui fit un clin d'œil. Il était radieux, comme d'habitude. Malgré un salaire sans doute rivé au smic.

Elle aussi était heureuse quand elle aidait Jérémie, pourtant sans être rémunérée. Et sans avoir de titre ni de responsabilité officielle.

Bizarre.

*

— Comment as-tu osé faire une chose pareille ?

Alice sursauta et leva les yeux du roman dans lequel elle était plongée, bien calée dans le vieux fauteuil en velours vert du salon, près de la fenêtre. Quand elle était chez son père à Cluny, elle avait l'habitude de recevoir des visites à l'improviste. Beaucoup moins formelles qu'à Paris, les relations étaient plus naturelles, et les amis n'hésitaient pas à entrer sans y être invités.

Le regard bleu de Jérémie, dont la douceur contrastait d'habitude avec la rigueur de sa soutane noire et de son col blanc, était cette fois brûlant de colère.

Il brandissait l'affichette, le bras tendu dans sa direction.

Alice lui adressa son plus beau sourire.

— Il y a un problème ?

— C'est totalement ridicule !

— Si c'était ridicule, ça n'aurait pas eu autant de succès…

— Tu ne peux pas faire une chose comme ça sans m'en parler d'abord !

— Tu n'aurais jamais accepté.

— J'aurais eu raison de refuser !

Alice admira l'affichette.

— Avoue que le dessin est réussi.

— La question n'est pas là.

Jérémie soupira.

— Je me retrouve pointé du doigt, ajouta-t-il. Même l'évêque s'en est alarmé et m'a convoqué.

Merde. L'évêque… La hiérarchie qui s'en mêle… Elle n'avait pas anticipé ça.

Elle détourna les yeux en direction de la fenêtre. La peinture ivoire s'écaillait, cuite par le soleil, ce soleil grâce auquel les raisins de Bourgogne donnaient les meilleurs vins du monde.

— Je suis désolée, finit-elle par lâcher en fixant la fenêtre.

— Pas autant que moi.

— Je reconnais que je n'aurais pas dû.

— C'est certain.

— Excuse-moi.

Il ne répondit pas.

Elle se tourna vers lui.

— S'il te plaît…

Elle le regarda longuement en silence puis lui adressa un sourire charmeur.

— Est-il *vraiment* nécessaire que j'entre dans ta cabane pour que tu me pardonnes ?

Le regard sévère de Jérémie resta figé quelques instants puis sa carapace se fendit : il réprima un sourire et secoua la tête de dépit.

DEUXIÈME PARTIE

Jésus a dit : « Que celui qui cherche
ne cesse pas de chercher, jusqu'à ce qu'il trouve.
Et quand il aura trouvé, il sera troublé ;
quand il sera troublé, il sera émerveillé,
et il régnera sur le Tout. »

Thomas, logion n° 2

11

La grand-messe annuelle promettait d'être houleuse.

Quand Alice pénétra dans la grande salle de conférences légèrement en gradins, elle sentit immédiatement l'atmosphère tendue. Les cinq cents salariés du cabinet prenaient place dans un silence quasi général, loin de l'ambiance conviviale des éditions précédentes.

Alice elle-même ne décolérait pas depuis quinze jours. L'annonce d'une hausse générale des salaires de 0,1 % excluant toute augmentation individuelle lui restait en travers de la gorge.

0,1 %. Pire que zéro : un lot de consolation dérisoire plus humiliant qu'un refus clair et net de toute augmentation. Le même égoïsme, le courage en moins.

0,1 %.

Bye-bye l'Australie.

Adieu ce voyage en famille tant attendu…

Mais ce qu'elle ressentait allait bien au-delà de l'insatisfaction : une ingratitude, une forme de mépris, comme un refus de prendre en compte l'énorme travail qu'elle avait fourni pour décrocher le contrat qatari, le plus gros signé par le cabinet depuis près de dix ans. Cet investissement personnel considérable était passé sous silence, comme s'il était nié. Elle se sentait non reconnue, ses efforts méprisés, ses résultats ignorés. Au final, elle était démotivée. Complètement démotivée. Vu l'atmosphère générale, elle n'était pas la seule.

0,1 %.

Évidemment, dans ce contexte, la révélation de la presse tombait mal, très mal, pour le pdg. Bien fait pour lui. Ne fallait-il pas être bête, immensément bête pour s'octroyer une prime de deux millions d'euros quinze jours après l'annonce de la diète générale, et croire que ça ne se saurait pas ? Évidemment que ça se sait, ce genre de chose ! On l'apprend à coup sûr ! Il y a toujours quelqu'un, au service paye ou ailleurs, pour balancer l'info. Forcément.

Ou alors, ce n'est pas de la bêtise, juste un sentiment de supériorité tel qu'il fait se sentir intouchable. Que les médias s'en emparent l'avait-il fait redescendre un peu sur terre ?

Pile la veille de la grand-messe annuelle ! Il devait les haïr d'avoir choisi ce moment…

Interpellée par le journaliste, la direction générale avait cru bon de répondre, dans un propos laconique, que la prime était méritée.

Alice aperçut, quelques rangs devant elle sur la droite, l'élu syndical du siège. Il avait l'air de meilleure humeur que les autres salariés. L'affaire était une belle aubaine pour lui. On le sentait renforcé dans sa position.

Le rideau s'ouvrit et un homme entra sur scène, tout sourire, qu'elle reconnut immédiatement. C'était Sam Boyer, l'animateur humoriste en vue, qui tenait une émission hebdomadaire à la télé. Le cabinet s'était comme chaque année offert les services d'une personnalité pour jouer les maîtres de cérémonie.

Sam commença tout de suite par raconter une anecdote comique… qui n'eut aucun effet. L'assistance resta muette. Il ne se démonta pas pour autant et enchaîna sur un petit speech qui incluait des références à la vie de notre cabinet. Il avait été manifestement bien renseigné et avait travaillé son intervention en grand pro. Mais ses traits d'esprit ne firent rire personne. Le cœur n'y était pas, évidemment. Sam continuait, imperturbable, et Alice en ressentit une certaine admiration. Pas facile de faire un show humoristique devant cinq cents personnes qui ont envie de tout sauf de rire.

Sam introduisit ensuite le directeur financier, qui monta sur scène avec une mine de déprimé en panne d'anxiolytiques un dimanche soir de novembre sous la pluie.

Une demi-douzaine de diagrammes bâtons, trois camemberts, quatre courbes et une kyrielle de chiffres jetés pêle-mêle tentèrent laborieusement de démontrer que les résultats étaient à la fois très bons et très précaires. Mais les imperfections flagrantes de mise en forme des diapositives ne laissaient personne dupe : tout avait été remanié en hâte à la dernière minute.

Suivit le directeur marketing, beaucoup plus à l'aise, souriant, comme s'il tenait à faire savoir qu'il n'avait rien à se reprocher. Il s'offrit de répliquer avec humour aux vannes que Sam Boyer se permettait de lui adresser. Alice sentit l'atmosphère se détendre un peu.

Puis vint le tour du pdg.

Il traversa la scène dans un silence de mort. Il ne souriait pas, mais n'avait pas la mine déconfite de son directeur financier. Une posture sans doute travaillée : affirmée sans être arrogante…

Sam Boyer quitta la scène. Initiative personnelle ? Demande du staff ?

Le boss entama son discours, évitant les quelques effusions émotionnelles qu'il simulait les années précédentes à l'égard de « la meilleure équipe du monde ». Il resta sur du factuel, balayant rapidement l'année écoulée pour parler de l'avenir, seul terrain où il pouvait espérer remobiliser les troupes en faisant rêver sur un futur forcément prometteur.

L'accueil fut naturellement glacial mais, comme il s'y attendait, il continua d'égrener les idées sans avoir l'air de s'en émouvoir le moins du monde.

Les années précédentes, il avait aménagé, à la fin de son discours, un temps d'échange sous forme de questions-réponses avec les salariés. Allait-il s'y risquer cette année ?

L'auditoire semblait très attentif à ses paroles, bien plus que d'habitude, comme si chacun guettait le moment où il aborderait l'épineuse question des rémunérations plafonnées.

Mais on sentit approcher la fin du discours sans que cette question soit évoquée, et soudain Sam Boyer surgit sur scène comme un diable sortant de sa boîte.

— Ça va durer encore longtemps, comme ça ? dit-il sur un ton qui se voulait insolent.

Le pdg sembla jouer la surprise.

— On en a assez ! dit Sam. On veut passer au buffet ! C'est bien joli, tous ces speechs, mais on est venus pour bouffer, nous ! Allez, venez tous ! Et que le plus rapide s'en mette plein la panse !

Le pdg fit mine de rire de bon cœur tout en pliant ses papiers pour le suivre en direction du buffet.

— Pas si vite ! cria une voix de stentor.

Toutes les têtes se tournèrent vers un homme qui s'était levé, au milieu du public.

Le délégué syndical.

Sous les projecteurs, le pdg hésita un instant, puis s'arrêta, au bord de la scène.

— Une question, dit le délégué.

Le pdg choisit d'écouter, stoïque.

— Avec une inflation à 0,3 %, la hausse annoncée des salaires de 0,1 % revient à une baisse de 0,2 % des revenus. Comment justifiez-vous cette chute du pouvoir d'achat dans le contexte positif actuel de notre entreprise ?

Dans la salle, le silence était tendu. Électrique.

— Je comprends les frustrations, dit le pdg en exprimant de l'empathie comme ses conseillers en communication avaient dû le lui enseigner. Mais il est de mon devoir d'assurer la pérennité des résultats pour préparer l'avenir et garantir ainsi l'emploi de tous.

La question suivante, évidente, attendue de tous, claqua comme un coup de fouet.

— Dans ce cas, votre prime de deux millions d'euros ne met-elle pas en péril cet objectif ?

Les cinq cents salariés avaient les yeux rivés sur leur patron. Alice observait la scène, avec détachement. Sa démotivation la rendait indifférente. Elle ne se sentait même plus concernée.

— C'est une décision du conseil d'administration, souverain dans ce domaine.

Alice soupira. La réponse était aussi inintéressante que la question. La situation, suffisamment éloquente en elle-même, n'appelait pas de débat, ni même de commentaires.

Alice se mit à penser à Jérémie, aux conseils apportés, aux changements mis en place, aux succès obtenus. Certes, elle n'avait pas gagné son pari, on était encore loin des cent fidèles à la messe du dimanche. Mais il y avait beaucoup de monde pour la confession. Et surtout, elle sentait Jérémie plus épanoui dans sa mission, ce qui avait été son objectif premier. Elle avait adoré mettre son énergie et sa créativité au service de cette cause qui lui était pourtant étrangère, elle, l'athée, presque imbibée depuis l'enfance d'une culture anticléricale. Elle repensa à Jésus, à ses propos désarmants qui avaient pourtant réussi de son vivant à impacter la foule qui le suivait.

— Et si c'était un imposteur ? avait-elle demandé à Jérémie. Il paraît qu'ils étaient nombreux, à l'époque, à essayer de se faire passer pour le messie attendu par les Juifs…

Loin de s'offusquer, Jérémie avait ri.

— Le messie attendu avait un profil de guerrier. C'était une époque dure où l'on valorisait la force. Et là, Jésus arrive et dit aux gens « Aimez-vous les uns les autres ». Cette parole te semble peut-être banale aujourd'hui, mais quand tu remets ça dans le contexte de l'époque, c'était totalement décalé. Révolutionnaire. Ça ne correspondait pas du tout à ce que les gens avaient envie d'entendre. En s'exprimant ainsi, il risquait beaucoup plus d'être rejeté que de plaire.

S'il n'était pas un imposteur, se disait Alice, sans doute était-il alors une sorte de sage, de maître à penser charismatique. Mais peut-on être un sage et formuler des préceptes aussi ahurissants que « Si quelqu'un te frappe sur la joue droite, tends-lui aussi l'autre » ?

Autour d'Alice, dans la salle, la tension montait, le délégué syndical s'énervait, un brouhaha commençait à s'élever. On sentait comme une vague de rancœur en direction de la scène.

Tendez l'autre joue... Comment Jésus avait-il pu attirer à lui une foule en tenant pareils propos ?

Quelques invectives fusèrent en direction du pdg. La colère contenue commençait à se réveiller. Ça allait partir en vrille...

Soudain Alice ressentit quelque chose d'étrange en elle. Comme une idée qui viendrait non pas de sa tête, mais... de ses entrailles, du plus profond d'elle-même.

Quelque chose en elle la poussait à agir selon ce précepte chrétien aberrant.

Et plus elle assistait à la dérive en cours, cette confrontation d'énergies négatives, plus elle se sentait pressée d'agir.

Cela devint irrésistible.

Alors malgré le trac qui la gênait comme à chaque fois qu'elle voulait prendre la parole en public, elle se leva et se manifesta en agitant les bras dans le brouhaha.

— S'il vous plaît !...

On finit par la remarquer et, bizarrement, quand elle prit la parole, s'adressant au pdg, tout le monde se tut.

— On a lu dans la presse que vous affirmiez mériter cette prime. Puisque vous le dites, c'est sans doute vrai.

Alice vit, par centaines, des regards réprobateurs tournés vers elle.

— Cette prime étant méritée, il est juste que nous baissions nos revenus pour vous l'accorder.

Un murmure de protestation, d'écœurement, parcourut la salle. Alice sentit sur elle le poids du reproche, de l'incompréhension, de la trahison. Elle croisa le regard du délégué syndical, teinté de haine.

Sur scène, le pdg se tenait figé, dans l'expectative.

Elle poursuivit dans un silence angoissant.

— Je demande donc officiellement une baisse de mon salaire pour vous permettre d'accroître le vôtre.

La stupéfaction était générale.

Sur scène, le pdg eut un rictus d'agacement et haussa les épaules.

Alice quitta sa place et descendit l'allée centrale vers la scène. De part et d'autre, tous les visages exprimaient de l'hostilité à son égard. Du dégoût. Une onde de murmures accompagnait sa descente.

— Vous le méritez ! cria-t-elle à son patron en trouvant en elle un accent de sincérité.

Il fit un pas pour s'en aller.

— Attendez !

Il sembla hésiter un instant. Elle en profita.

— Ne vous sauvez pas !

Comme ça, il ne pouvait plus partir sans passer pour un lâche.

Il s'immobilisa et lui fit face tandis qu'elle arrivait en bas des gradins. Elle se hissa sur scène.

Aveuglée par les projecteurs, elle fit quelques pas dans sa direction, puis elle ouvrit son sac à main et remua en vain le fourbi qu'il contenait. Paul avait l'habitude de se moquer d'elle quand il la voyait chercher quelque chose dans son sac sans le trouver.

Là, dans un silence effrayant, c'était cinq cents personnes qui l'observaient. Elle sentait leur jugement, leur mépris…

Ces maudits projecteurs l'éblouissaient sans pour autant éclairer le fond de son sac.

Elle finit par en sortir son portefeuille, qu'elle ouvrit en hâte. Elle y trouva un billet de cinquante euros qu'elle tendit à son pdg.

— Acceptez ma contribution pour rétribuer votre mérite.

Visiblement stupéfait, il recula, interdit, presque tétanisé par la situation.

Alice se tourna alors vers la salle et cria :

— J'invite tout le monde à en faire autant ! Venez !

Il y eut un blanc, un silence tendu, comme s'il fallait du temps à chacun pour se remettre de la stupéfaction et actualiser son point de vue, puis elle sentit un basculement de l'atmosphère. Le vent tournait.

Quelques instants plus tard, la scène était prise d'assaut par des salariés qui brandissaient des billets de banque ou des chèques sous le nez d'un pdg rouge de honte. Le mouvement s'amplifia très vite et la scène fut bientôt noire de monde. Un véritable mouvement de foule encercla le pdg abasourdi par les cris, dégoulinant de sueur sous la chaleur des corps et des projecteurs, dans l'impossibilité d'échapper à cet élan de générosité aiguë.

Il fallut plus d'une heure au service d'ordre pour exfiltrer le patron et évacuer la salle.

Le lendemain, un communiqué de la direction informait de l'abandon de sa prime par le pdg et de l'octroi d'une augmentation générale des salaires de 5 %.

12

Au bureau, Alice était maintenant saluée en héros.

Elle ne comptait plus les messages de sympathie, les compliments, les invitations, les remerciements qu'on lui adressait, par e-mail, sms, ou juste verbalement au détour d'un couloir.

Certains cherchaient à interpréter son acte, peut-être pour s'en dissocier et retrouver leur neutralité obligée. On le commentait en se référant à des philosophes qu'elle n'avait pas lus, des courants de psychologie ou des écoles de pensée à la mode.

— Très taoïste, ton intervention d'hier ! lui dit un collègue du service communication du secteur Prêt-à-porter.

— Oui, confirma un autre du secteur Parfums. Très intéressant d'avoir incarné ainsi l'esprit du taoïsme.

Le soir venu, Alice repensa à toutes ces allusions étranges. Personne, absolument personne, n'avait vu dans son action une inspiration chrétienne.

Bien sûr, c'était plus branché d'évoquer le taoïsme que le christianisme. Jésus faisait sans doute *has been*. Et pour l'entourage professionnel d'Alice, l'image était quelque chose d'essentiel. Mais quand même, ces attributions erronées l'intriguaient, lui donnaient envie de creuser la question.

Elle passa dans une librairie et on lui conseilla tout d'abord le Tao-te-king de Lao-tseu, l'ouvrage fondateur du taoïsme. Elle rentra chez elle, libéra la nounou, et prit un rapide dîner avec Théo avant de le coucher. Paul rentrerait sans doute tard, comme d'habitude.

Elle s'affala dans le canapé, une tasse fumante de thé vert aux agrumes sur la table basse, et prit en main l'énigmatique ouvrage.

Un préambule de l'éditeur présentait Lao-tseu : un archiviste de la cour des Tchéou, au VIᵉ siècle avant Jésus-Christ, qui avait un jour décidé de quitter l'empire pour ne pas assister passivement à son déclin. Au moment de franchir la Grande Muraille de Chine, un officier gardien de la passe de l'Ouest l'avait convaincu d'écrire pour lui un résumé de sa sagesse. C'est ainsi que le Tao-te-king avait vu le jour.

Alice entama la lecture de l'œuvre. C'était un recueil de préceptes numérotés. Il y en avait quatre-vingt-un et chacun semblait tenir sur une seule page. Ce serait vite lu. Pourtant, dès les premières lignes, elle sentit qu'elle aurait dû préparer un whisky-Coca : plus anachronique que le thé vert, certes, mais plus efficace pour se détendre et prévenir le mal de tête.

Une voie qui peut être tracée, n'est pas la Voie éternelle :
le Tao. Un nom qui peut être prononcé, n'est pas le Nom éternel.
Sans nom, il est à l'origine du ciel et de la terre. Avec un nom, il est la mère des dix mille êtres.

Ainsi, un Non-désir éternel représente son essence, et par un Désir éternel il manifeste une limite.

Ces deux états coexistent inséparables, et diffèrent seulement de nom. Pensés ensemble : mystère ! Le mystère des mystères !

C'est la porte de toutes les essences.

Bon.

OK.

Et si elle allumait la télé ?

Une bonne petite série américaine, ou même une émission de téléréalité pour se laisser aller à comater dans l'insouciance ?

Allez. Un petit effort.

Elle but une gorgée de thé.

Une deuxième page.

Elle en lut les premières phrases, et s'apprêtait à arrêter avant d'être gagnée par le sommeil, quand une formule retint son attention.

Le saint homme produit sans s'approprier, travaille sans rien attendre, accomplit des œuvres méritoires sans s'y attacher, et, justement parce qu'il ne s'y attache pas, elles subsistent.

Le rapprochement avec sa situation l'amusa. Elle aussi avait aidé Jérémie sans rien attendre en retour, sans chercher à s'approprier les résultats. Ce livre était en train de la dépeindre en sainte ! Forcément un bon livre, donc !

Alors elle poursuivit, lisant en diagonale dès que les préceptes lui semblaient abstraits ou obscurs, parfois même indéchiffrables. Au milieu d'un flot de paroles mystérieuses, elle dénicha plusieurs idées intéressantes qui l'incitèrent à continuer sa lecture.

112

Mais au bout d'un moment, c'est un sentiment tout à fait inattendu qui monta en elle. Un sentiment de déjà-vu. Les paroles mystérieuses qu'elle parcourait lui rappelaient d'autres paroles tout aussi mystérieuses, des paroles qu'elle s'était efforcée de lire et de relire sans parvenir à les comprendre véritablement, des paroles parfois tellement étranges qu'elle s'en était moquée.

Les paroles de Jésus.

Comment était-ce seulement possible ? Six siècles séparaient les deux hommes, six siècles et des milliers de kilomètres, à des époques où l'on ne voyageait guère, et ce bien avant l'invention de l'imprimerie...

Troublée par sa découverte, elle courut chercher sa Bible-code civil, et reprit la lecture du Tao-te-king au début pour traquer toutes les ressemblances.

Au fur et à mesure qu'elle les décelait, elle les notait, et petit à petit, sa surprise se muait en enthousiasme tandis qu'elle mesurait l'étendue de sa découverte.

Parfois, les propos de Jésus semblaient faire écho à ceux de Lao-tseu, comme s'il lui répondait :

Lao Tseu : *Mon cœur est celui d'un simple d'esprit...*

Jésus : *Heureux les pauvres en esprit.*

À d'autres moments, leurs paroles étaient tout à fait similaires :

Lao-tseu : *Quand le saint homme a tout donné, il possède encore plus.*

113

Jésus : *Donnez, il vous sera rendu au centuple.*

Même les propos les plus incompréhensibles, les plus inacceptables, étaient très voisins :

Lao-tseu : *Prendre sur soi les souillures du royaume [...], c'est être le roi du monde.*

Jésus : *Heureux serez-vous si les hommes vous accablent de leur mépris.*

Parfois le vocabulaire était différent, mais les idées bien les mêmes :

Lao-tseu : *Le saint homme n'a d'autres désirs que d'être sans désir.*

Jésus : *Veillez et priez, afin de ne pas entrer en tentation.*

On retrouvait le même appel à l'humilité :

Lao-tseu : *Celui qui se met en vue reste obscur. Celui qui est satisfait de lui n'est pas estimé.*

Jésus : *Si je me glorifie moi-même, ma gloire n'est rien.*

Lao-tseu : *Se mettant à la dernière place, le saint homme se trouve à la première. [...] Celui qui est fort et grand est dans une position inférieure.*

Jésus : *Quiconque s'élève sera abaissé.*

Tous deux regrettaient la difficulté de mettre en œuvre leurs idées :

Lao-tseu : *Mes préceptes sont très faciles à comprendre, très faciles à suivre, mais le monde ne peut les comprendre ni les suivre.*

Jésus : *Pourquoi m'appelez-vous « Seigneur, seigneur ! » et ne faites-vous pas ce que je dis ?*

Tous les deux alertaient du risque de l'obsession matérielle…

Lao-tseu : *Il n'est pas de pire calamité que le désir de posséder.*

Jésus : *Qu'il est difficile à ceux qui ont des richesses d'entrer dans le Royaume de Dieu !*

… avec parfois des métaphores très proches, des mots très voisins :

Lao-tseu : *Une salle remplie d'or et de joyaux ne peut être gardée. S'enorgueillir parce que l'on est comblé de richesses et d'honneurs, attire sur soi l'infortune. Lorsque l'œuvre utile est accomplie et qu'apparaît la renommée, que la personne s'efface : c'est la Voie du Ciel.*

Jésus : *Ne vous amassez pas de trésors sur la terre, où les vers et la rouille détruisent et où les voleurs percent et dérobent, mais amassez des trésors dans le ciel, où ni les vers ni la rouille ne détruisent, et où les voleurs ne percent ni ne dérobent. Car là où est ton trésor, là aussi sera ton cœur.*

La même invitation à retrouver une âme d'enfant :

Lao-tseu : *Celui qui recèle en lui la grandeur de la Vertu ressemble au nouveau-né que les bêtes venimeuses ne piquent pas, que les fauves ne déchirent pas, que les oiseaux de proie n'enlèvent pas.*

Jésus : *Quiconque se rendra humble comme ce petit enfant sera le plus grand dans le Royaume des cieux.*

Ils semblaient même partager un certain regard sur la mort :

Lao-tseu : *Celui qui meurt sans cesser d'être a acquis l'immortalité.*

Jésus : *Si le grain de blé ne tombe en terre et ne meurt, il reste seul : mais s'il meurt, il porte beaucoup de fruits. [...] Celui qui cherchera à sauver sa vie la perdra, et celui qui la perdra la retrouvera.*

Ce soir-là, Alice alla se coucher très intriguée.

Soit Jésus avait pompé Lao-tseu, soit leurs paroles peu claires pour elle contenaient une vérité tellement fondamentale qu'elle en était universelle...

Et dans ce cas, elle était bien décidée à la décrypter.

13

— Monsieur le curé !

La voix d'Alice résonna sous les hautes voûtes de la nef.

L'homme aux cheveux blancs tourna vers Alice son visage sculpté par les rides. La lumière filtrée par les vitraux éclaira faiblement des yeux noisette enfoncés dans les orbites. Il la dévisagea un instant, non sans une certaine bienveillance.

— Ma fille…

— J'aimerais vous poser quelques questions… sur la Bible.

Il la regarda en souriant.

— Je ne crois pas vous connaître, ma fille. Êtes-vous nouvelle dans la paroisse ?

— Non je… je suis de passage à Paris… enfin… je veux dire, dans l'arrondissement et… j'ai des questions qui me viennent… Vous avez un instant ?

Elle le vit sourire à ses approximations maladroites et elle comprit qu'il n'était pas homme à juger.

— Je vous écoute.

Elle se remémora les formulations qu'elle avait préparées. Cette fois, elle ne voulait pas se louper. Il lui fallait des réponses claires. La veille, le curé de l'église près de chez elle, un chauve rondouillard et jovial, avait eu des réponses tellement floues qu'elle s'était demandé s'il ne se payait pas sa tête.

— Voilà, mes questions concernent des paroles de Jésus, des paroles bien connues mais dont j'ai réalisé que je ne comprenais finalement guère le sens.

— Dites-moi.

— Cela concerne les affirmations qu'il décline, vous savez : « Heureux les pauvres en esprit, heureux les affligés, etc. ».

— Les Béatitudes.

— D'accord. Eh bien, à la réflexion, le sens m'en échappe un peu. Par exemple la première : « Heureux les pauvres en esprit », qu'entendait-il *exactement* par ça ?

Elle avait soigneusement articulé « exactement », avec une inflexion dans la voix.

— Je vous vois venir… Cette béatitude a été la plus moquée car sa traduction a longtemps été déformée. J'ai lu et entendu maintes et maintes fois « Heureux les pauvres d'esprit », ou les « simples d'esprit », et c'est sans doute de là que vient l'expression « imbécile heureux ». La bonne traduction est plutôt « pauvres en esprit », et cela désigne simplement ceux qui sont pauvres dans leur esprit, dans leur cœur.

— D'accord, mais en quoi le fait d'être pauvre dans son esprit rend-il heureux ?

— Chaque béatitude présente une situation qui n'est en effet pas considérée comme bénie dans le monde terrestre, telle que la pauvreté, la faim ou l'humiliation, et pour chacune d'elles, Jésus affirme qu'elle rendra heureuse la personne dans le Royaume des cieux.

Le Royaume des cieux, le Royaume de Dieu, autant de formules qui agaçaient Alice : comment peut-on encore croire au XXIe siècle qu'il y a un Dieu quelque part dans le ciel ? Depuis le temps que les avions et les fusées le traversent, que les astronomes le scrutent, s'il y avait eu un dieu quelque part, on l'aurait trouvé ! Mais bon, passons outre. Retenons juste que Jésus promet le bonheur aux gens qui subissent les situations décrites.

— Et qu'est-ce qui lui permet… d'affirmer ça ?

Il sourit, et les rides s'accentuèrent tout autour de ses yeux noisette.

— Les voies du Seigneur sont parfois impénétrables, ma fille.

— Peut-être, mais moi j'aime bien comprendre…

— On ne peut pas comprendre tout, parce que Dieu nous dépasse. On ne peut pas comprendre toute Sa pensée. Les paroles de Son Fils sont là pour nous guider. À nous de les suivre dans l'espérance, dans la foi.

Alice comprit rapidement qu'elle n'obtiendrait pas les explications qu'elle recherchait, pas plus que la veille. Dommage que Jérémie soit injoignable. En retraite pour quinze jours au monastère de Lérins, avait répondu sa mère au téléphone. De toute façon, elle aurait été un peu gênée de lui demander des explications bibliques maintenant, après avoir fini de le conseiller. Faire les choses à l'envers n'est jamais très bien vu…

Ses investigations du côté taoïste n'avaient guère été plus fructueuses. Les moines ne couraient pas les rues à Paris, et celui qu'elle avait eu toutes les peines du monde à rencontrer maîtrisait tellement mal le français que leur dialogue s'était limité à quelques échanges polis et très souriants mais d'une superficialité désarmante.

Ses recherches ne mèneraient à rien, elle commençait à en être persuadée. Soit les religieux gardaient jalousement le secret du sens de ces préceptes, soit ils ne les comprenaient pas eux-mêmes. Et pourtant, il y avait *forcément* quelque chose à découvrir dans ces écrits chrétiens et taoïstes. Elle le sentait au plus profond d'elle-même, et son instinct la trompait rarement.

Elle détestait être coincée dans une situation, sans solution apparente. Rien de plus énervant.

Avant de rentrer chez elle, elle prit la direction du supermarché, juste en bas de la rue, pour quelques courses rapides.

Et si la solution était de tenter de comprendre en expérimentant par elle-même ? N'était-ce pas ce qu'elle avait fait en « tendant l'autre joue » face à son pdg ? Ce qui est vécu est plus formateur que ce qui reste au niveau du mental, non ?

Elle entra dans le supermarché. Ne pas oublier la lessive, il n'y en a plus. Elle ressentit une bouffée d'agacement en repensant aux chapardages continus de la femme de ménage.

À l'entrée du magasin, derrière la ligne de caisse, le Secours catholique avait installé un stand avec des grands bacs dans lesquels les clients pouvaient déposer quelques achats qui seraient distribués aux pauvres.

Beaucoup de monde dans les allées. La pleine heure d'affluence de fin de journée.

Bon, va pour l'expérimentation. Oui, mais par quoi commencer ?

Par le plus dur, bien sûr. Toujours commencer par le plus dur pour s'en libérer…

Heureux serez-vous si les hommes vous accablent de leur mépris.

Fallait-il être maso pour se mettre en situation d'humiliation afin de trouver le bonheur…

À cet instant, elle passa avec son caddie devant le rayon des préservatifs, et s'arrêta net en se rappelant s'être sentie honteuse la dernière fois qu'elle en avait posé une boîte sur le tapis de la caissière.

La coïncidence était trop grande. Une vraie synchronicité jungienne. Elle *devait* saisir cette occasion, il le fallait. Elle le savait bien. Remplir son caddie de préservatifs, bien les disposer sur le tapis de la caissière en prenant son temps puis, une fois payés, aller se les faire rembourser à l'accueil du magasin… Voilà, deux humiliations coup sur coup.

Rien qu'en y songeant, elle sentit ses mains devenir moites.

Pas le moment de se dégonfler.

Sinon elle n'apprendrait rien.

Elle regarda autour d'elle, prit une profonde inspiration, relâcha l'air de ses poumons, inspira de nouveau, puis s'exécuta.

Une minute plus tard, elle était dans la file d'attente de la caisse, le cœur battant. Elle avait le trac comme si elle devait prendre la parole en public devant deux mille personnes. Autour d'elle, beaucoup de monde.

Les caissières s'activaient, ça bipait tous azimuts, les cartes bleues crépitaient, les billets valsaient.

Devant Alice, une mémé, et encore devant, un ado qui posait des packs de Coca sur le tapis. Elle se retourna. Juste derrière elle, un homme d'une petite quarantaine d'années, un beau brun aux yeux bleus. Pitié.

Ce fut le tour de la mémé, juste devant, qui posa deux yaourts et un paquet de biscottes.

Alice se mordit les lèvres, la gorge serrée.

La caissière prit les yaourts, et le tapis roula, libérant de la place.

Alice sentait son cœur battre de plus en plus fort.

Envie de s'enfuir en courant.

Assumer jusqu'au bout. Expérimenter.

Maintenant.

Elle prit son inspiration et saisit la première boîte de préservatifs qu'elle déposa sur le tapis. Puis la seconde. La troisième. Puis elle les saisit quatre par quatre.

La mémé cherchait sa monnaie.

Les préservatifs s'amoncelaient en pile, une vraie montagne. Alice posa la dernière boîte et jeta furtivement un coup d'œil derrière elle. Le beau brun lui adressa un sourire.

Malheur.

La caissière avait la cinquantaine virile, cheveux bien courts derrière les oreilles. Elle s'empara de la première boîte sans manifester la moindre réaction devant la nature de l'article. Alice respira.

— C'est tous les mêmes ? demanda la caissière en désignant la pile.

Alice bafouilla.

— Oui... Oui, oui, s'empressa-t-elle de répondre sans réfléchir.

La caissière bipa la première boîte puis fit défiler les autres en les comptant. Fort heureusement, elle les manipulait avec la même neutralité que s'il s'agissait de boîtes de tisane. Soudain elle s'écria :

— Mais non, c'est pas tous les mêmes ! Regardez : y en a des normaux et des XL. Ça va pas, ça ! Tenez : y a même des XXL.

Alice faillit s'étrangler.

— Euh... oui, reconnut-elle en se forçant à rire pour paraître détendue.

— Vous vous êtes trompée. Vous voulez les changer ?

— Non, non... je garde tout, s'empressa-t-elle de répondre avant de le regretter quand elle réalisa tout ce que cela signifiait.

La caissière balaya le tapis du bras pour ramener toutes les boîtes en arrière afin de les biper ensuite une à une. Plusieurs tombèrent par terre et Alice se baissa pour les ramasser. Le beau brun aussi... qui lui en tendit une avec un sourire complice. Alice se sentit rougir fortement.

Les bips de la caisse retentissaient comme autant d'aiguillons de honte tandis que les boîtes défilaient une à une sous ses yeux.

Elle paya en hâte et remit tout en vrac dans le caddie.

— Bonne soirée, dit alors le brun en fixant sur elle des yeux pétillants.

Elle s'enfuit.

Hors de question de se rendre à l'accueil pour un remboursement. Tant pis.

Elle déversa précipitamment tout le contenu du caddie dans un bac du Secours catholique.

— Merci madame pour votre générosité, lui dit en s'approchant une femme d'une soixantaine d'années, très versaillaise.

Alice fit un signe de tête et s'éloigna, laissant la bourgeoise chausser ses lunettes, une boîte de préservatifs à la main.

14

Échec total.

Pas un enseignement à tirer de cette expérience désastreuse.

Humiliée, oui, heureuse, non.

Et pas la moindre piste entrevue.

Arrivée chez elle, Alice fit les cent pas dans le salon pendant que l'eau chauffait pour un thé. Elle était en colère mais refusait de s'avouer vaincue. Elle refusait de croire qu'elle ne pourrait rien tirer de ces préceptes mystérieux. On n'avait pas pu les lui expliquer. OK. Leur expérimentation n'avait pas été une réussite. Dont acte.

Eh bien… elle allait tenter une nouvelle expérience.

Ne jamais abandonner quoi que ce soit après un seul échec. Jamais.

Elle se l'était promis après avoir loupé son bac à dix-huit ans. Elle l'avait repassé l'année suivante, et décroché le concours de Sciences Po deux ans plus tard. Rien n'est jamais perdu.

Et puis, certes, elle s'était sentie humiliée au supermarché et ce n'est drôle pour personne. Mais après tout, elle était toujours vivante ! C'est déjà un enseignement…

18 h 15. Elle avait plus d'une heure devant elle avant l'arrivée de la nounou. Une nouvelle idée venait de surgir dans son esprit, et elle voulait la mettre en œuvre *maintenant*. Ne pas finir la journée sur un échec.

Elle se précipita dans la chambre, retira ses chaussures à talons, son tailleur cintré et son chemisier de soie. Elle vida son placard et remit la main sur le vieux jean trop large qu'elle avait découpé pour en faire un short long, des années plus tôt, pour descendre l'Ardèche en canoë. Elle l'enfila et se regarda dans le miroir. Il était informe, et ses fesses faisaient difformes. Sans ourlets, les bords s'étaient effilochés sur plusieurs centimètres, juste en dessous des genoux.

Elle mit les vieilles baskets qu'elle avait gardées pour faire du jogging les soirs d'hiver dans les flaques d'eau. Et enfin, elle enfila le tee-shirt sans manches que lui avaient offert ses amies pour son enterrement de vie de jeune fille : blanc avec en son centre le grand S de Superman orange et jaune avec, écrit en grand, gras et orange : SUPER MAMAN.

Elle courut dans la salle de bains et retira grossièrement son maquillage, dénoua ses cheveux, retira sa montre et tous ses bijoux puis jeta un coup d'œil dans le miroir.

Elle ne ressemblait plus à rien.

Courage.

Elle vida le contenu de son sac à main dans un sac en plastique Picard Surgelés et s'élança dans la cage d'escalier de l'immeuble. Dans le hall du rez-de-chaussée, elle tomba nez à nez avec la voisine du dessous, qui lui adressa un regard condescendant sans même prendre la peine de la saluer.

Alice encaissa l'humiliation, pas pire que l'agacement prodigieux qui apparaissait habituellement quand elle se sentait amoindrie en présence de cette femme, ou de toute autre plus sophistiquée qu'elle-même.

Une petite marche et cinq stations de métro plus tard, Alice se retrouva devant sa destination finale.

Hermès.

Les vitrines du célèbre magasin du faubourg Saint-Honoré étaient richement dotées de la nouvelle collection printemps-été, savamment mise en scène, que les prix affichés semblaient réserver à une clientèle japonaise ou moyen-orientale.

Une Européenne vint la démentir dans l'instant, s'approchant de la belle porte de bois sombre verni, qu'un vigile s'empressa d'ouvrir pour elle en la saluant respectueusement.

Pour la première fois, Alice hésita. Allait-elle vraiment s'infliger la honte d'affronter le regard et peut-être les commentaires des vendeuses ? Et si on la reconduisait dehors ? Et si on ne la laissait même pas entrer ?

Qu'espérait-elle en tirer, au juste ?

Banane ! C'est bien parce que tu l'ignores que tu as besoin de le faire !

Et si elle faisait ça pour rien ? Et si elle n'en retirait aucun apprentissage, comme au supermarché ? Pourquoi n'y avait-elle rien appris, d'ailleurs ?

Parce qu'elle luttait contre sa honte, se dit-elle. Elle avait tout fait pour se défaire de sa honte, en regardant ailleurs, en se forçant à penser à autre chose… Finalement, peut-être n'avait-elle pas véritablement *vécu* son humiliation ?

Bon sang, tu deviens maso, ma pauvre fille.

Dans sa tragédie *Agamemnon*, Eschyle n'invitait-il pas à souffrir pour comprendre ?

Il fallait qu'elle vive l'humiliation, qu'elle se laisse aller à la ressentir, à écouter et à comprendre son ressenti.

Allez.

Elle respira une fois profondément, puis s'approcha de la porte majestueuse.

Le vigile ne la lui ouvrit point, elle dut la pousser toute seule et entra. Il la dévisagea mais ne dit rien.

Les lumières tamisées et l'air délicatement parfumé créaient une atmosphère très raffinée. C'était la première fois qu'elle entrait dans ce haut lieu du luxe parisien, et elle aurait préféré le connaître dans d'autres conditions que là, le ventre noué, la poitrine oppressée.

Relax, c'est juste une expérience...

Elle regarda autour d'elle et vit plusieurs vendeuses la toiser de regards hautains.

Ça y est. J'ai honte...

Elle ressentait en fait un mélange de honte et de colère, colère contre ces vendeuses, colère contre le vigile, colère contre Jésus et ses préceptes à la con.

J'aurais bien aimé le voir, lui, chez Hermès avec sa tunique et ses sandales !

Il y avait des clients çà et là, pas une foule compacte mais une certaine affluence quand même. Elle se retourna et vit une jeune femme entrer. Tout de suite une vendeuse s'avança vers elle, tout sourire, pour l'accueillir.

Pas elle.

128

On l'avait copieusement ignorée.

Évidemment, son accoutrement démontrait le manque de moyens financiers pour acheter les articles en vente. Et bizarrement, Alice trouvait déjà ça humiliant en soi : elle avait l'impression de porter une pancarte autour du cou indiquant : « Pas assez riche pour acheter », et ça lui donnait envie de détromper tout le monde, d'affirmer haut et fort « Mais si, je peux me le permettre ! C'est juste un jeu, une expérience ! J'ai les moyens d'être une cliente comme les autres. »

Mais pourquoi ? Pourquoi avait-elle envie de le leur faire savoir ?

J'ai envie qu'on sache que j'ai de la valeur.

Pourtant elle savait bien que sa valeur n'avait aucun rapport avec ses revenus. On n'est pas ce qu'on gagne, c'est évident ! Mais elle devait le croire quand même un peu, tout au fond… et elle s'en voulut immédiatement.

De toute façon, quelle importance que ces inconnus perçoivent ma valeur ?

C'est vrai, ça, elle ne les connaissait pas et ne les reverrait jamais. Elle culpabilisa une fois de plus en réalisant que son sentiment d'exister dépendait du regard des autres, de l'appréciation des autres. À quoi bon faire du développement personnel depuis des années et en être encore là ?

Je ne suis pas mes vêtements ! Je ne suis pas mes finances ! Je ne suis pas ce que les autres voient de moi !

Elle ressentait le besoin de crier intérieurement ces vérités pour s'en convaincre définitivement et se libérer de ces illusions débiles qu'on lui avait mises dans la tête malgré elle, des illusions qui demeuraient malgré son travail sur soi, des illusions qui ne correspondaient pourtant pas à ses valeurs.

Et soudain elle réalisa les formulations négatives qu'elle venait d'employer : *Je ne suis pas mes vêtements, mes finances, etc.* Le refus de ces illusions ne disait pas qui elle était : on ne peut pas se définir par ce qu'on n'est pas... Elle sentit alors une sorte de vertige : comment refuser d'être ce qu'on n'est pas, si on ne sait pas ce qu'on est ?

Autour d'elle, les riches clientes la croisaient sans la regarder, les vendeuses continuaient de l'ignorer superbement. Pour ce petit monde, elle n'existait pas, en effet. Elle n'était rien d'autre que ce qu'elle n'était pas à leurs yeux.

Déstabilisée par ses réflexions autant que blessée dans son amour-propre, elle continua d'avancer dans le magasin, marchant sur la moquette épaisse au milieu des étoffes luxueuses et des cuirs précieux sous les lumières tamisées, et plus elle avançait, plus elle se détachait de cet environnement, des personnes qui l'habitaient, et même d'elle-même. L'humiliation se muait lentement en une sorte de vide intérieur, une inexistence apaisante.

Elle déambula ainsi à travers les pièces, les étages du magasin, comme si elle flottait dans les airs, et de cet état d'inexistence, elle sentit émerger progressivement un sentiment de liberté, une liberté douce et légère, un sentiment diffus qui émanait du plus profond de ses entrailles, la délivrant totalement de la pression habituelle du paraître. Elle se laissa aller à goûter cette sensation étrange et nouvelle, à la savourer, et soudain elle se sentit vivre, vivre véritablement.

Elle n'était plus ce nuage flottant qu'elle était encore quelques instants auparavant, car au contraire elle se sentait maintenant de plus en plus présente dans son corps, de plus en plus consciente. Consciente d'exister, consciente d'être elle-même, et même d'exister au-delà d'elle-même, au-delà des frontières de son corps. Cette conscience s'accompagnait d'une joie extraordinaire qui émergeait en elle, une joie qui prenait de l'ampleur, et irradiait maintenant dans tout son corps, son esprit, et tout autour d'elle comme une aura invisible mais bien réelle, une joie bien supérieure à tous les instants de bonheur qu'elle avait pu connaître.

Elle était là, moche, mal apprêtée, mal habillée, ignorée de tous, et elle se sentait exister comme jamais.

15

Cluny ne ressemble en rien à ces villages typiques tellement rénovés jusque dans les moindres détails que l'on est séduit au premier coup d'œil avant de finir par se demander si l'on n'a pas atterri à Disneyland. Cluny, au contraire, est une cité médiévale authentique dont la beauté ne saute pas aux yeux de prime abord. Les ruelles menant au centre peuvent donner au visiteur pressé l'impression d'une ville un peu défraîchie, tristounette et sans grand intérêt au-delà des monuments attirant les touristes. La véritable beauté de Cluny apparaît à ceux qui s'offrent le temps de ressentir les lieux, de regarder au-delà des vieux enduits de chaux décrépie, et qui découvrent alors une profusion de pilastres, colonnettes, chapiteaux et autres ornements se fondant dans les façades comme des caméléons sur les branches d'un arbre. Il en est des lieux comme des gens : leur apparence est un leurre. La véritable beauté apparaît lorsque le regard va au-delà de la perception première, et cette beauté-là, loin de s'estomper avec le temps, s'approfondit et prend toute son ampleur au fil des ans.

Alice aimait marcher dans les vieilles ruelles de Cluny, surtout les plus escarpées d'entre elles, comme la rue Sainte-Odile, la rue Joséphine-Desbois ou encore la rue de la Barre. En les descendant, on jouit d'une vue absolument charmante sur les toits, rhapsodie de vieilles tuiles dans un dégradé chromatique de rouges et de bruns, desquels émergent bien sûr les clochers de l'abbaye, des églises, et la vieille tour romane des Fromages, couronnés au loin par les collines boisées se détachant sur un ciel souvent bleu.

Parvenue au pied de la rue de la République, Alice pressa le pas pour ne pas succomber à l'irrésistible odeur de brioche chaude de la boulangerie Altmayer. Elle passa devant la fontaine des Serpents. Sa pierre usée et moussue n'attirait pas les yeux, et la devise qui la surplombe semblait réservée à ceux qui portent malgré tout leur regard assez haut. Ils découvrent alors la somptueuse couronne dorée qui l'auréole. *Felix Cluniaci Locus in quo Ridenti Naturae Soli Prestant Cives*. Enfant, Alice y voyait une mystérieuse formule magique dont elle découvrit des années plus tard qu'elle signifiait : *Cluny est un pays heureux dont les habitants vaquent à leurs affaires dans le soleil souriant de la nature.*

Elle repensa à son expérience de la veille chez Hermès, une expérience quasi mystique. Jamais, de sa vie entière, elle ne s'était sentie aussi bien. Elle pourrait donner tout ce qu'elle possédait en échange de la promesse de vivre dans cet état jusqu'à la fin de ses jours, habitée d'une telle joie...

Désormais, elle était prête à tout pour comprendre les préceptes énigmatiques de Jésus, à commencer par les plus bizarres, les plus incompréhensibles car, maintenant elle en était sûre, ils contenaient de mystérieuses révélations, d'incroyables vérités cachées. Et c'est peut-être justement parce qu'elles étaient incroyables que Jésus s'exprimait en paraboles et non de façon explicite. Ces vérités, Alice voulait à tout prix les décoder.

Elle arriva devant la maison de son vieux père et trouva la porte ouverte. Elle entra et l'aperçut dans le jardin à l'arrière, occupé à son potager, un chapeau de paille sur la tête.

— Ma chérie ! s'exclama-t-il en se retournant. Je t'attendais.

Elle l'embrassa puis tira à elle une vieille chaise en fer forgé vert tilleul sur laquelle elle s'affala, à l'ombre du vieux noyer. Sur la petite table ronde devant elle étaient posés un sécateur et quelques roses coupées. Son père resta debout, appuyé sur le manche de sa bêche.

— Comment vas-tu ? demanda-t-il.

— Chaudement. Panne de clim dans le train… Et toi ?

— Très bien.

Elle réalisa soudain qu'elle s'intéressait habituellement peu à lui, ne faisant que demander de ses nouvelles machinalement et se contentant de la réponse formulée. Et si celle-ci n'était que politesse ?

Elle le dévisagea tranquillement pendant qu'il retirait ses gants de jardinage, qu'il posa sur la table. Son visage sculpté par le temps semblait avoir gardé l'empreinte de son vécu, de ses joies comme de ses souffrances.

Il disparut et revint un instant plus tard avec un petit vase rempli d'eau dans lequel il plongea les roses.

— C'est pas trop dur de vieillir ? demanda-t-elle prudemment.

Il sourit.

— L'âge apporte son lot de douleurs, bien sûr, mais je suis malgré tout bien plus heureux qu'à vingt ans.

Elle fronça les sourcils.

— Tu ne m'avais jamais confié que ta vie avait été dure dans ta jeunesse.

— Elle ne l'a pas été particulièrement.

Alice le regarda attentivement.

— Et tu es plus heureux maintenant ? Vraiment ?

— Oui, clairement.

— Mais… ta vue a tellement baissé, ton ouïe aussi… tu me dis régulièrement que tu perds la mémoire…

— Certes.

— Que tu cherches tes mots…

— Oui.

— Que t'es obligé de te reposer après une heure de jardinage.

— C'est certain.

— Que même le bruit te fatigue…

— Tout ça est vrai, mais il n'empêche que je suis plus heureux qu'à vingt ans.

Alice le regarda, perplexe.

— Et t'expliques ça comment ?

Il sourit, prit à son tour une chaise et posa son chapeau de paille sur la table.

— L'âge m'a permis de me libérer de mes chimères, vois-tu. De vivre dans le réel. Et la vie réelle est plus heureuse que la vie chimérique.

— Tes chimères ?

— Elles se sont évanouies une à une en vieillissant.

— C'est pas très clair pour moi…

Il inspira profondément.

— Avec le temps, on est progressivement délivré de tout ce qui nous rend malheureux étant jeune : la beauté, la force physique, la réussite, et même dans une certaine mesure l'intellect. Tous ces handicaps dont on est souvent doté à vingt ans.

Alice eut un choc en réalisant tout d'un coup que son père n'avait plus tous ses esprits. Elle le reçut comme un voile de tristesse jeté sur elle d'un mouvement brusque. Comment avait-elle pu ne jamais s'en rendre compte jusque-là ? Comment n'avait-elle pas été capable de voir les signes avant-coureurs ? Trop centrée sur elle, sans doute. Elle se sentit au bord des larmes. Et si c'était un alzheimer ?

— Papa… Comment… te sens-tu, en ce moment ?

— Très bien, pourquoi ?

— Est-ce que… tu peux reprendre ce que tu disais à l'instant. Je crois que ta langue a fourché…

— Je disais que le temps nous libère de ce qui fait le malheur des jeunes : la force, la beauté, la…

— Papa… s'il te plaît… concentre-toi. Tu ne peux pas dire ça…

Il se mit à rire.

— Tu vas arrêter de me parler comme si j'étais sénile ?

Alice se força à sourire, tout en se doutant que son désespoir devait se voir à des kilomètres.

— Papa… Tu sais bien que ce n'est pas la beauté, la force ou la réussite qui rendent malheureux. C'est…

tout le contraire. Tu vois, je n'ai plus tout à fait vingt ans, certes, mais ce qui m'empêche d'être vraiment heureuse, c'est au contraire mes défauts physiques, mes échecs, parfois mon manque de repartie intellectuelle…

Il sourit.

— Ça, c'est ce que l'on croit encore à ton âge, justement.

Elle soupira.

— Je ne te l'ai jamais avoué, mais quand j'étais ado, je t'ai haï de m'avoir transmis le gène d'un nez que je trouvais un peu fort.

Il éclata de rire.

— Estime-toi heureuse de n'avoir pas hérité de ma calvitie !

— Papa, il y a des études sérieuses qui ont montré que quelqu'un de beau obtient plus facilement un emploi, des responsabilités. Qu'il réussit mieux. Même chose pour la taille : plus on est grand, plus c'est facile. Ç'a été prouvé par des sociologues, papa… Pourquoi ris-tu ?

— À quoi cela te sert-il d'obtenir des responsabilités ou de réussir si tu es malheureux ?

— Mais pourquoi veux-tu que la beauté ou ces attributs enviés de tous rendent malheureux ?

Il se rejeta lentement en arrière sur son fauteuil.

— Voilà enfin une bonne question.

Alice fronça les sourcils, mi-vexée, mi-rassurée sur l'état cérébral de son père. Lui la regardait en souriant.

— Alors va nous chercher, dit-il, la bouteille de bourgogne que j'ai mise au frais pour ta venue. Prends aussi deux trois petites choses à grignoter.

Alice se leva et revint quelques minutes plus tard avec un plateau bien garni pour l'apéritif.

Son père s'empara de la bouteille et déplia le tire-bouchon de son couteau suisse.

— Un mâcon-chaintré de Philippe Valette... Un passionné du vin nature ! Il fait ça depuis vingt ans et maîtrise son art à la perfection.

Il en versa un peu dans son verre qu'il fit tournoyer sur lui-même avant de le porter à son nez. Alice vit ses yeux pétiller d'aise.

Il le goûta attentivement et un sourire de satisfaction éclaira son visage.

— Quelle finesse ! Quelle rondeur... Ces petites notes d'agrumes...

Il les servit et leva son verre.

— À la jeunesse, dont les atouts sont aussi le principal obstacle au bonheur !

Alice but à son tour une gorgée, et savoura le parfait équilibre des multiples nuances aromatiques.

Son père avait tourné son regard vers le jardin inondé de fleurs, un jardin secret comme il y en a tant à Cluny, caché à l'arrière des maisons, celles-ci ne dévoilant aux passants que leurs façades anodines.

Quand il reprit la parole, sa voix était plus calme, plus profonde.

— Autrefois, quand j'étais jeune, j'avais une vision pathétique du vieillissement. C'était pour moi la confiscation progressive de tous nos avantages. Tout ce qui faisait notre valeur nous était petit à petit retiré au fur et à mesure de l'avancée en âge.

Il marqua une pause et Alice acquiesça en silence ; elle partageait la même vision...

— Et puis, reprit-il, parce qu'on n'arrête pas le temps, j'ai commencé à en subir les effets. Au début, on ne le réalise pas vraiment, et c'est seulement lorsqu'on tombe par hasard sur une photo prise quelques années plus tôt que l'on prend conscience de... la détérioration. Sur le moment, ça met un petit coup au moral, et puis on n'y pense plus, la vie continue... et le vieillissement aussi.

Il but une gorgée de vin. Alice fit de même, sa gorge était sèche.

— Et puis un jour, j'avais une cinquantaine d'années, j'ai réalisé une chose incroyable : alors que je perdais progressivement tout ce qui avait été pour moi une source de fierté, je me sentais de mieux en mieux. C'était illogique, incompréhensible, et je ne m'attendais pas du tout à ça. C'est alors qu'un événement difficile a bouleversé mon existence.

— Ton licenciement.

— Oui. Dans cette situation où mes qualités personnelles commençaient à s'amenuiser un peu, j'ai subitement perdu mon travail, et ç'a été un choc. À mon époque, le chômage restait relativement rare. Nombreux étaient les gens qui faisaient toute leur carrière dans la même entreprise. On n'avait pas officiellement d'emploi garanti à vie, mais en pratique cela revenait à ça.

Il but une gorgée.

— Une fois passé le choc, puis la colère, j'ai ressenti beaucoup de tristesse, mais la tristesse aussi a fini par se dissiper. Je n'étais pas particulièrement angoissé car j'avais confiance en mes capacités à retrouver un emploi : on a toujours besoin d'un responsable commercial quelque part. Certes, la faïencerie était une activité moribonde dans la région, mais je savais que mes compétences seraient transposables ailleurs. En attendant, le salaire de ta mère et mes indemnités de chômage suffisaient à faire vivre la famille. Néanmoins, je suis resté suffisamment longtemps au chômage pour finir par réaliser quelque chose d'incroyable.

— Quoi ?

— C'est bizarre à formuler, mais… j'ai découvert que je n'étais pas mon travail.

— Que tu n'étais pas ton travail ?

— Je continuais d'exister malgré mon échec professionnel, je continuais d'exister malgré l'absence d'emploi. Jusque-là, mon travail avait été une telle source de fierté pour moi… Responsable commercial, c'était ma vie.

— C'est un peu normal, non ? Quand on aime son métier, quand on se réalise dans son activité, on y consacre sa vie…

— Oui, mais ça allait plus loin que ça : moi, j'existais *à travers* mon métier. Dans ma tête, j'étais un responsable commercial, et avec le recul, même si je ne m'en rendais pas compte à l'époque, je n'étais rien d'autre. D'ailleurs, je n'ai pas été un très bon père…

— La page est tournée, papa.

— Je m'identifiais totalement à mon rôle professionnel, tu comprends. Quand on m'a retiré ce rôle, c'était comme si on me retirait une grande partie de moi-même, pour ne pas dire ma raison d'être. La souffrance a été énorme, et puis… et puis j'ai fini par découvrir que ma vie ne se limitait pas à ce rôle, que je n'étais pas mon métier, mais juste un homme qui exerçait ce métier.

— Je vois…

— Et si je m'étais identifié à ma profession, vois-tu, c'est qu'elle me procurait une grande source de fierté.

Alice le regarda, pensivement.

— Tout comme, dans ta jeunesse, ta force, ton apparence physique, ton intellect ou ta culture…

Il acquiesça.

Alice mangea une olive et respira profondément. Les innombrables fleurs blanches du seringa distillaient un parfum merveilleux et délicat. Son père la regarda.

— J'ai compris que l'on s'attachait à ce dont on est fier, au point de s'identifier à cela, de croire que l'on est ce qui est à la source de cette fierté. Et plus on croit ça, plus on s'éloigne de qui on est vraiment. La fierté est une fabrique à illusions, le carburant d'une machine à détourner sa vraie nature, un réducteur d'identité.

Un réducteur d'identité…

Le problème est bien là, se dit Alice. S'identifier à l'un de nos attributs réduit le champ de notre être…

— Et le déclin progressif de la beauté, des capacités physiques et cérébrales aide à se défaire de ces fausses identités, c'est ça ?

— Pour ceux qui acceptent ce déclin…

— Qu'est-ce que tu sous-entends ?

— J'ai l'impression que certains, trop identifiés à elles, peuvent résister désespérément, nier ce vieillissement, le masquer aux yeux des autres et peut-être à eux-mêmes… Ils ne se rendent pas compte qu'en s'accrochant ainsi à ce qui n'était que des chimères, ils perdent l'occasion de laisser émerger ce qu'ils sont vraiment. En croyant sauver leur identité, ils la perdent.

Alice eut une sensation bizarre en écoutant cette dernière phrase, comme si elle l'avait déjà entendue ou lue quelque part. Jésus, peut-être. Jésus avait dû dire quelque chose de similaire.

— T'as déjà parlé de tout ça à quelqu'un ? Par exemple à des gens de ton entourage qui auraient pu s'égarer ?

— Ce n'est pas évident, tu sais. On ne peut pas lutter contre les illusions, et personne n'aime se les voir mettre en évidence…

Alice fit la moue en haussant les épaules.

— Si un ami m'évitait de me perdre, ce serait vraiment un ami…

Son père eut l'air touché par sa remarque, et il garda un air songeur un long moment, comme s'il était parti dans les méandres de ses souvenirs.

— Quand j'y pense, confia-t-il, je me dis que plusieurs de mes amis étaient sans doute très identifiés à leur profession. On avait l'impression qu'ils n'existaient qu'à travers leur métier. Comme moi avant que le chômage ne m'aide à relativiser tout ça.

— Mais maintenant, j'imagine qu'ils n'ont plus l'âge de travailler, alors ils le vivent comment ?

Son père la fixa un moment, comme s'il hésitait à poursuivre. Ses yeux étaient soudain embués de tristesse.

— Ils se sont tous éteints dans les mois qui ont suivi leur mise à la retraite.

16

— Êtes-vous sûre de ce que vous avancez, madame de Sirdegault ?

Lui qui pensait être tranquille de ce côté-là...

Il la vit acquiescer, les yeux mi-clos, éblouie par le soleil qui traversait les hautes fenêtres à petits carreaux du palais épiscopal. En femme très digne, elle gardait malgré tout un air grave, la tête haute. Elle se tenait tellement droite qu'on l'aurait crue corsetée. Aussi droite que la croix sertie d'un gros rubis qu'elle portait en pendentif. Il ne se souvenait pas de l'avoir jamais vue sourire. Ou peut-être si : avant son divorce.

Il regarda dehors. La baronne avait garé sa vieille Jaguar vert anglais juste sous ses vitres.

— Père Jérémie serait sous l'influence d'une jeune femme ?

— C'est une évidence, Monseigneur. D'ailleurs je ne vous préviens que par amitié, afin que vous ne soyez pas le dernier informé.

— Trop aimable. Est-ce à dire que d'autres l'ont remarqué ?

— Cela ne fait aucun doute.

— Beaucoup ?

— Assez.

L'évêque soupira. Heureusement que la baronne le tenait régulièrement au courant des affaires de la paroisse. Il n'y a pas de pouvoir sans savoir.

— Est-elle... jolie ?

Madame de Sirdegault posa sur lui un regard austère.

— Je n'ai pas pour habitude de jauger les attributs physiques des jeunes femmes, Monseigneur.

L'évêque la fixa quelques instants ; elle soutint son regard sans ciller.

— Comment les autres la trouvent-ils, selon vous ?

— Les gens la disent belle.

L'évêque hocha la tête. *Les gens la disent belle...* Le père Jérémie était peut-être encore trop jeune pour savoir résister aux tentatrices. Une tentatrice qui se mêle de ce qui ne la regarde pas... On allait droit au scandale. Dans l'état où elle se trouvait, l'Église n'avait pas besoin de ça. Surtout pas dans son diocèse.

*

En ouvrant la porte de chez elle, ce début d'après-midi de lundi, pour passer prendre un dossier oublié, Alice sentit tout de suite l'odeur chaude de la vapeur du fer à repasser.

— Vous êtes déjà là, Rosetta ? cria-t-elle.

— Je suis arrivée en avance, répondit l'autre depuis la chambre.

Alice posa ses affaires et ouvrit le placard de l'entrée. Elle en sortit un gros cadeau dans un emballage à motifs de Père Noël, reste d'un papier qu'elle avait acheté quelques mois plus tôt pour empaqueter les jouets de ses neveux.

Elle rejoignit la femme de ménage dans la chambre, et lui tendit le paquet.

— Tenez, Rosetta, j'étais en Bourgogne ce week-end, je vous ai rapporté ça.

L'autre parut surprise.

— Pour moi ? C'est gentil...

Alice sourit.

Rosetta prit le paquet, qu'elle faillit laisser tomber.

— C'est drôlement lourd !

Elle le posa sur la table à repasser, près du fer d'où s'échappait un mince filet de vapeur. Elle entreprit de le déballer en grattant le scotch avec l'ongle de son index mais il résistait, alors elle finit par déchirer le papier.

— Oh !

Alice lui sourit.

— J'ai pensé que ça vous ferait plaisir.

Rosetta devint aussi rouge qu'un nouveau-né plongé nu dans l'eau froide des fonts baptismaux en plein hiver.

— Merci bien, bredouilla-t-elle sans regarder Alice, ses yeux ne quittant pas le gros paquet de lessive qu'elle tenait entre ses mains.

*

Une heure plus tard, Alice était de retour au bureau, au cinquante-troisième étage de la tour Montparnasse. Bien calée dans son gros fauteuil pivotant tourné vers la baie vitrée surplombant Paris, légèrement basculée en arrière face au ciel immense, elle repensait à son expérience chez Hermès et à sa conversation du week-end avec son père.

OK, elle existait indépendamment de sa profession, de son apparence, de son intellect, de la considération des autres. Ça, elle pouvait le comprendre et l'accepter. D'une certaine façon, cela semblait presque une évidence. Mais alors, pourquoi attachait-elle autant d'importance à soigner son image ? Pourquoi se sentait-elle comme amoindrie en présence d'une femme plus belle qu'elle, d'un collègue plus brillant ou d'une amie plus cultivée ? Pourquoi, lorsqu'elle rencontrait une personne ayant un poste à responsabilité, se sentait-elle poussée à mettre en avant son titre valorisant de consultante ? Pourquoi ce besoin, si elle existait sans ça, si sa véritable valeur n'en dépendait pas ?

Chez Hermès, elle avait délibérément écrasé sa fierté, ravalé son amour-propre, elle s'était laissé ignorer, mépriser. Et cela l'avait étrangement conduite à une joie, une illumination sans pareil. Il y avait donc une existence au-delà de la façon dont on peut se voir, se représenter, au-delà de la manière dont les autres nous perçoivent.

Alice inspira profondément en regardant le ciel bleu. Tout cela était bien flou, bien mystérieux. Elle sentait qu'elle effleurait quelque chose d'essentiel, de primordial… Mais elle avançait à tâtons en terre inconnue.

Soudain, une idée lui traversa l'esprit. Toby Collins, son ami Toby Collins lui apporterait un éclairage dans ce domaine. Forcément.

Elle décrocha son téléphone, composa le numéro de son portable et attendit, fébrile, tandis que les sonneries s'enchaînaient. Le long de la grande baie vitrée, à l'extérieur, on voyait vibrer le câble de la nacelle du laveur de carreaux. Il devait être quelques étages en dessous.

— Toby ?

— Yes.

— Toby, c'est Alice, de Paris. Comment vas-tu ?

— Alice ! *My God* ! Quel plaisir de t'entendre !

Alice ne put s'empêcher de sourire en écoutant la voix chaleureuse de son ami. Elle prit des nouvelles puis lui exposa ces réflexions qui l'animaient.

— L'ego, dit Toby. Tu t'intéresses à l'ego.

— L'ego ?

— Oui.

— Je ne sais pas. Il m'arrive d'utiliser ce terme comme tout le monde dans la conversation, sans savoir exactement ce qu'il recouvre…

— En fait, c'est simple : on ne sait pas vraiment qui on est, car ce que nous sommes est trop abstrait, alors on a tendance à assimiler notre être avec un certain nombre de choses plus palpables : notre apparence physique, nos qualités, notre intelligence, notre métier, ou même des rôles que l'on se donne.

— Des rôles ?

— Oui : on peut sans s'en rendre vraiment compte adopter un rôle et y coller de plus en plus : le rôle du type cool, de la femme active, de l'introverti mal aimé, du gros dur un peu macho, de la personne douce et gentille, etc. Il en existe bien sûr une infinité.

— C'est grave ?

— Ce n'est pas problématique en soi, mais c'est limitant : on n'est pas *que* son métier, sa beauté, son intelligence, ou le rôle adopté. Mais comme on a tendance à s'identifier à ça, alors quelque part en soi, on doit sentir que c'est un peu faible et la peur s'installe alors : peur de n'être pas *assez* ce que l'on croit être. Peur de n'être pas *assez* beau, pas *assez* intelligent, pas *assez* doué, pas *assez* compétent, pas *assez* ce métier ou ce rôle auquel on tente de s'identifier.

— Je vois.

— On se met à croire que l'on sera apprécié en fonction de ces attributs, sans savoir qu'ils sont en fait relativement extérieurs à soi-même ou en tout cas secondaires. Mais comme ce que je suis est dur à définir, et même dur à ressentir, eh bien je m'accroche de plus en plus à ces éléments dont je crois qu'ils me définissent, qu'ils sont moi, et je tends à les défendre contre tout amoindrissement. Une critique concernant mon apparence physique, mes idées, ou mes compétences est ressentie par moi comme une critique de ce que je suis, comme si ma propre valeur était remise en question. Alors je me sens blessé ou piqué au vif et, en fonction de ma personnalité, je vais soit m'effacer et me recroqueviller sur ce moi illusoire, soit rejeter fortement la critique et peut-être même contre-attaquer pour le préserver.

— Ça, je m'en suis rendu compte, en effet.

— Voilà.

Alice crut percevoir un léger agacement dans la voix de Toby. Peut-être n'était-il pas totalement disponible et l'importunait-elle ? Encore deux minutes et elle le laisserait.

— Et quel est le lien avec l'ego ?

Il resta silencieux un instant.

— On appelle ego cette représentation que l'on a de soi-même, cette construction mentale autour de l'idée que l'on se fait de soi-même. Une fausse identité qui, d'une certaine façon, fait écran à notre vraie nature. Et pourtant, nous nous accrochons à elle et sommes prêts à tout pour la défendre. L'ego est un peu comme une partie de nous qui prendrait le pouvoir, s'exprimerait à notre place, verrait et entendrait à notre place, et surtout voudrait exister de plus en plus en nous.

— Et... il y a un moyen de s'en sortir ?

Il y eut un nouveau temps mort au bout du fil. Quand Toby reprit la parole, Alice trouva sa voix plus froide.

— Mais, dis-moi, Alice, avec toutes ces questions... tu t'adresses à l'ami ou au consultant ?

— Euh... c'est... pareil, non ?

— Non, ce n'est pas pareil, Alice.

— Ah bon... C'est quoi, la différence ?

Un court silence.

— Cinq cents dollars, ma chère.

Coupée dans son élan, Alice bafouilla, puis la conversation tourna court, et elle finit par raccrocher, déçue, le cœur gros.

Derrière la vitre, le laveur de carreaux sénégalais mima sa mine déconfite, faisant semblant de pleurer lui-même, avant de prendre un air désolé pour elle.

Elle s'efforça de lui sourire en retour. Était-il vraiment sympa et drôle, ou avait-il adopté le rôle du laveur de carreaux sympa et drôle ?

Sa déception avec Toby la rendait méfiante.

Toby.

Elle soupira. Avait-elle jamais vraiment été son amie, de toute façon ? Au fil des séminaires, à chaque temps de pause, elle avait tout fait pour créer puis entretenir la relation... Pour quelle raison ? Au fond, l'aimait-elle vraiment ?

Chaque question posée apportait d'elle-même sa réponse, et Alice se rendit bien vite à l'évidence : elle était surtout flattée d'être l'amie d'une célébrité... Comme si elle existait aussi à travers ses relations. Je fréquente des gens qui ont de la valeur, donc j'ai de la valeur. D'ailleurs, ne faisait-elle pas subtilement savoir à son entourage qu'elle était l'amie de Collins ? Encore l'ego, sans doute...

Collins. Le pape du développement personnel. Il lui avait quand même énormément apporté, elle se devait de le reconnaître. Ne pas le renier parce qu'elle était vexée. C'était grâce à lui qu'elle avait appris à s'aimer, à avoir confiance en elle, à se libérer de ses peurs, de ses doutes. Lui-même jouissait d'une telle confiance en soi, était tellement assuré, incarnait tellement le succès...

De l'autre côté de la vitre, le Sénégalais exécutait son travail avec application. Leurs regards se croisèrent de nouveau et il lui adressa un sourire bienveillant qui lui fit chaud au cœur, tant elle en ressentit la sincérité.

Collins. L'objectif, dans la vie, n'était peut-être pas seulement de devenir bien dans sa peau et savoir gérer au mieux ses intérêts en égoïste...

Tiens, dans « égoïste », il y a ego...

Elle soupira, observant, songeuse, les gestes du laveur de carreaux, réguliers, bien maîtrisés… Elle-même était en train de laver les carreaux des lunettes déformantes à travers lesquelles elle vivait sa vie.

Elle aimait son attitude empathique, positive, humaine. Non, ce n'était pas un rôle. Ce type était naturel, elle l'aurait juré. Il avait l'air simple, et quelque part elle enviait cet air simple. Lui ne devait pas se prendre la tête avec des questions existentielles !

Elle réalisa alors qu'elle se sentait néanmoins, comment dire… un peu supérieure à lui, elle qui avait des préoccupations philosophiques, elle qui cherchait à s'élever spirituellement. Elle s'en voulut de ce sentiment, et prit subitement conscience de l'énorme piège dans lequel elle était en train de tomber : la personne en quête de libération de l'ego et d'élévation spirituelle risquait de voir… son ego s'emparer de cette démarche et s'identifier à elle !

Cela lui rappelait un dessin humoristique de Voutch. On voyait un personnage vêtu en moine asiatique gravir une montagne en disant « Je veux accéder à l'humilité ! Je veux même devenir le numéro 1 MONDIAL de l'humilité ! »

Elle se tourna de nouveau vers la vitre, mais la nacelle montait vers les niveaux supérieurs, la laissant seule dans son luxueux bureau du cinquante-troisième étage de la tour Montparnasse, tandis que le laveur de carreaux s'élevait vers le ciel.

17

Le téléphone sonna. C'était Paul.

— Chérie, je t'appelle de la maison.

— Qu'est-ce que tu fais à la maison à cette heure-ci ?
Il n'est même pas 18 heures.

— Je sortais d'un rendez-vous juste à côté. Pas
envie de retraverser Paris à l'heure des embouteillages.

— Génial : tu vas pouvoir garder Théo ce soir ! Je
suis invitée à un vernissage après le boulot et je pensais
ne pas pouvoir y aller !

— OK, dit-il sans enthousiasme. Tu vas rentrer
tard ?

— Je vais juste y faire un tour, pour une fois qu'on
m'invite.

— D'accord. Il faut que je te raconte un truc.
Figure-toi qu'en arrivant, je suis tombé nez à nez avec
Rosetta, qui partait. Et tu sais ce qu'elle avait sous le
bras ? Un énorme paquet de lessive !

— Ah…

— Je me suis rappelé ton stress sur ses chapardages, alors là, l'occasion était trop belle : flagrant
délit, j'ai saisi l'occasion et lui ai dit qu'on la licenciait
sur-le-champ pour faute grave avec mise à pied immédiate. C'est quand même la meilleure issue possible :

on n'aura même pas à lui régler ses congés payés !
Voilà, affaire réglée. T'es soulagée ?

— Non, attends…

— Elle a protesté, tu penses bien… Mais bon,
sa défense ne tient pas un poil la route, même aux
prud'hommes, personne ne la croirait. Elle est cuite.
On est débarrassés.

— En fait…

— Je te le raconte quand même, tu vas rigoler : elle
a soutenu que c'était un cadeau de ta part, un souvenir
de Bourgogne ! Je me suis retenu de rire pour continuer de jouer les offusqués !

— Paul… en fait, elle a dit vrai.

Long silence au bout du fil.

— Comment ça ?

— Je lui ai vraiment… offert… ce souvenir… ce…
paquet de lessive en cadeau.

Nouveau silence. Interminable.

— Je ne te comprends plus du tout, Alice.

Alice se sentit soudain très seule… Comment lui
expliquer ?

— Alice, c'est quoi, ce délire ?

— En fait… bon, tu vas te moquer de moi… j'ai
juste voulu suivre un précepte de Jésus pour voir
ce que ça fait. Un précepte qui dit : « Si on veut te
prendre ton manteau, laisse aussi ta tunique »…

Silence.

— Tu es bizarre en ce moment, Alice…

*

Une heure plus tard, Alice poussait la porte de la galerie Mag Daniels, une galerie d'art en vogue de la rue de Seine. Il y régnait déjà une certaine affluence. Le Tout-Saint-Germain semblait s'y être retrouvé, une flûte de champagne à la main, et Alice se sentit flattée d'avoir été invitée.

Elle traversa la galerie au milieu des conversations animées, des effluves de parfums de luxe, des tenues d'une décontraction sophistiquée. Au fond, l'artiste, assis sur un coin de table, tout de noir vêtu, écoutait une femme lui dire sans doute à quel point elle admirait ses œuvres. Alice prit une flûte et se faufila parmi tout ce beau monde pour tenter de voir les tableaux. Les invités semblaient plus intéressés par les commentaires qu'ils formulaient sur les œuvres que par les œuvres elles-mêmes. Parmi eux, un homme d'une cinquantaine d'années se pavanait comme un coq, parlant plus fort que les autres tout en se donnant des manières d'aristocrate, et il parvenait à focaliser l'attention de la plupart, qui donnaient même l'impression de le courtiser.

Alice fit le tour des tableaux. L'artiste était cohérent dans son style : ses toiles, toutes de grande taille, étaient composées d'un fond uniforme de couleur sombre, bleu, brun ou noir, et d'une succession de traits verticaux parallèles, d'épaisseur variable, dans des teintes turquoise, citron ou encore framboise. Ce n'était pas déplaisant à regarder, ça ressemblait un peu à des codes-barres stylisés et colorés.

Alice captait çà et là des bribes de conversations, et c'était très amusant, un vrai petit théâtre de fatuité où chacun se mettait en scène dans ce qui finissait par

154

ressembler malgré tout à une basse-cour : ça miaulait ses titres, ça piaillait des anecdotes valorisantes, ça roucoulait des commentaires inspirés, ça piaffait des critiques dont la seule justification semblait de s'élever sur la dépouille du critiqué. Et lorsque dans un groupe l'un d'eux marquait sa différence par quelques notions d'histoire de l'art, les autres hochaient la tête d'un air entendu : au royaume des cuistres, les pédants sont rois.

Elle passa près de la femme qui s'entretenait avec l'artiste, et l'entendit lui parler des tableaux qu'elle-même peignait.

Le bal des vanités battait son plein. L'ego était partout, il régnait en maître sur la soirée, sans partage. Alice avait l'impression que personne, absolument personne n'était simplement lui-même. Chacun se donnait des airs, jouait un rôle, travaillait sa posture, ses expressions de visage comme de langage, simulait des émotions. Les êtres s'effaçaient derrière leur ego, jusqu'à disparaître. Comme s'ils n'existaient plus, comme s'ils étaient... morts, remplacés par un parasite qui aurait colonisé leur esprit et pris possession de leurs gestes, de leur parole, de leur âme.

Morts. Alice pensa à Jésus. Elle ne l'avait pas compris quand il avait utilisé ce terme, la mort, dans des phrases où elle semblait hors sujet, comme « Celui qui écoute ma parole est passé de la mort à la vie ». Elle s'en souvenait pour avoir trouvé ça ridicule : elle était bien vivante avant d'avoir découvert sa parole.

Et si Jésus désignait la même chose qu'elle, voyant comme morts les êtres dévorés par leur ego ? Et d'ailleurs, en y songeant, Jésus lui-même semblait libre de tout ego, même s'il n'employait jamais ce terme. Les autres le disaient Messie, Prophète, Fils de Dieu, ou encore Roi des Juifs. Pas lui. Il ne s'était jamais donné le moindre titre. Il se disait simplement « fils d'Adam », parfois traduit « fils d'homme »… comme tous les hommes ! C'était comme s'il refusait de s'identifier à quoi que ce soit, comme s'il refusait d'être valorisé. Ou comme s'il voulait donner l'exemple, montrer la voie à suivre en l'illustrant de son propre comportement.

Alice se sentait troublée au fur et à mesure que des exemples lui revenaient en mémoire.

Les guérisons de malades ! La plupart du temps, Jésus les accomplissait à l'abri des regards, demandant que la foule se retire, et allait même jusqu'à exiger que personne n'en parle, que nul ne répète ce qu'il avait vu… Manifestement, il refusait la gloire.

Alice fit le lien avec sa propre expérience chez Hermès, à cette illumination qu'elle avait vécue en s'essayant à la mise en pratique de sa phrase *Heureux serez-vous si les hommes vous accablent de leur mépris*. Et si Jésus voulait dire qu'on devient heureux en se libérant de l'ego ?

— D'habitude, on me présente toujours les jolies femmes. Les usages se perdent. Comment vous appelez-vous, chère amie ?

Alice leva les yeux. C'était l'homme qu'elle avait vu faire le coq quelques minutes plus tôt.

— Alice.

Elle vit son œil lubrique mater ses seins puis se promener sur son ventre et son sexe, et elle eut l'impression d'être un bout de viande.

— Quel prénom délicieux. Que faites-vous dans la vie, ma chère Alice ?

Elle hésita quelques instants, puis le regarda dans les yeux.

— Je suis laveuse de carreaux.

— Oh, oh ! gloussa-t-il, incrédule.

— Pourquoi riez-vous ?

Elle vit son regard passer de l'incrédulité au doute, tandis qu'il la toisait de plus près.

— Non, non, je ne ris pas…

Il lui adressa un sourire gêné, teinté de condescendance. Elle eut le sentiment qu'il allait tourner les talons.

— Et vous ? Dites-moi tout : qui êtes-vous ?

Après les premiers instants où elle s'était sentie malgré tout amoindrie par l'annonce de ce job peu valorisant, Alice goûtait maintenant, comment dire… une forme de liberté. Elle n'avait plus rien à perdre, pas de statut à défendre, pas de rôle à jouer pour correspondre à l'image habituellement projetée par son titre de consultante.

Il eut un petit rire méprisant.

— Vous êtes sans doute la seule à l'ignorer ici, ma chère. Je suis critique d'art.

L'une des invitées qui gravitaient autour de lui comme des mouches glissa à Alice, tout en souriant à celui qu'elle courtisait : « C'est lui qui fait la pluie et le beau temps sur le marché de l'art. »

Alice le regarda dans les yeux.

— Ça, c'est ce que vous faites. Moi, je vous ai demandé qui vous étiez, pas ce que vous faisiez.

— Mais… Mais…

Il avait l'air décontenancé par ces propos.

Son menton se levait de plus en plus, comme s'il cherchait à se hisser au-dessus d'elle.

— Vous ne savez pas qui vous êtes ?

— Mais… je suis Antoine Dupont ! dit-il d'un ton suffisant. Tout le monde me connaît…

Les courtisans acquiescèrent.

Elle regarda autour d'elle dans la salle. Plus personne ne s'intéressait aux toiles.

Seul, oublié, avachi dans un fauteuil baroque aux tons fluo tout au fond de la galerie, le peintre se drapait dans sa blessure et jouait les artistes incompris.

Alice fit la moue.

— Et si vos parents vous avaient donné un autre prénom, ou si eux-mêmes avaient hérité d'un autre nom de famille, vous ne seriez pas Antoine Dupont. Seriez-vous un autre pour autant ?

Il était de plus en plus désemparé.

— Non… bien sûr, finit-il par bredouiller.

Alice le dévisagea.

— Alors qui êtes-vous vraiment, au fond, si vous n'êtes pas Antoine Dupont ?

18

Lorsque vous vous dépouillerez de votre honte, que vous ôterez vos vêtements et que vous les piétinerez, alors [...] vous n'aurez plus peur.

Alice referma sa bible, dont la couverture de code civil était à moitié déchirée, et respira profondément.

Elle se souvenait avoir bien ri la première fois qu'elle avait lu cette phrase.

Maintenant, elle voyait entre les lignes un message très particulier. Jésus semblait affirmer que c'est la honte qui nous amène à endosser des vêtements, et qu'en apprenant à les retirer nous serions libérés de la peur. Or Jésus ne se promenait pas nu comme un ver ! Le terme « vêtement » ne pouvait donc pas être pris au premier degré. C'était sûrement une métaphore, comme Jésus en utilisait souvent, et Alice ne pouvait s'empêcher d'y voir une fois de plus celle de l'ego : les vêtements désignaient sans doute les fausses identités que nous revêtons comme des voiles qui masquent qui nous sommes, les fausses représentations que l'on se fait de soi-même en s'identifiant à un rôle, une profession, une apparence ou une qualité. Et Jésus donnait à cela une cause : la honte.

À son bureau, un peu plus loin, Rachid était complètement absorbé par son écran d'ordinateur. Songeuse, Alice se tourna vers la vitre et regarda au loin, par-delà les nuages qui envahissaient le ciel parisien.

La honte.

Bien sûr.

C'est la honte de qui l'on est au naturel, de qui l'on est en dehors de tout ce que l'on peut faire ou montrer, cette peur de ne pas être *assez*, qui nous amène à endosser ces rôles, à revêtir ces attributs, et à les défendre bec et ongles parce qu'ils nous protègent de la nudité de notre identité, dont on croit à tort qu'elle est insuffisante.

Alice inspira de nouveau profondément.

Jésus promettait qu'en se libérant de tous ces artifices on se libérerait de la peur... Peut-être parce qu'on réaliserait alors la valeur de notre être même, la valeur infinie de notre être, sans rien avoir à faire ou montrer. Être sans paraître. Juste être.

N'était-ce pas ce qu'elle avait vécu chez Hermès ?

Elle sourit en se rappelant que dans la mythologie, Hermès, messager de Zeus, était notamment le médiateur entre les mondes céleste et terrestre.

La mythologie... Quelques années plus tôt, elle avait voyagé en Grèce, et se souvenait encore avoir été fort intriguée d'apprendre qu'il existait une deuxième devise sur le fronton du temple d'Apollon à Delphes. Le monde entier avait retenu « Connais-toi toi-même », et le monde entier semblait avoir oublié la deuxième : « Rien de trop ». Jamais elle n'en avait entendu parler...

À l'époque, cette maxime lui avait semblé mystérieuse. Aujourd'hui, elle avait le sentiment d'y voir plus clair. « Connais-toi toi-même » et « Rien de trop » invitaient les hommes à redevenir eux-mêmes et à ne pas se prendre pour ce qu'ils ne sont pas…

À travers la vitre du bureau, les nuages commençaient lentement à se disperser.

Après avoir découvert des ressemblances entre les préceptes de Jésus et de Lao-tseu, Alice voyait maintenant leur rapprochement avec ces devises des sages de la Grèce antique, plusieurs siècles avant le Christ.

Tout semblait converger…

Il devait y avoir une sorte de vérité cosmique, une sagesse universelle autour de la libération de l'ego, qui traversait les siècles et les continents, sans parvenir à atteindre les hommes. Comme si les êtres humains filtraient inconsciemment les messages qui leur étaient adressés, pour éviter d'entendre ceux qui questionnaient leur ego…

Et pourtant, ce qu'Alice soupçonnait pour elle-même, là où elle en était de sa découverte, c'est que son ego était peut-être responsable de la plupart de ses problèmes personnels, la plupart de ses souffrances quotidiennes.

Cette sagesse, elle ne l'avait jamais perçue dans la religion chrétienne, malgré les messages de Jésus qu'elle commençait seulement à décoder. Bon, certes, elle n'avait commencé à mettre les pieds à la messe que quelques mois plus tôt ! Elle ne pouvait pas se croire vraiment connaisseuse. Mais quand elle pensait à ses amis catholiques, la spiritualité des moins pratiquants d'entre eux lui semblait se résumer souvent à quelques petits interdits – comme ne pas manger de viande le vendredi saint – et celle des plus pratiquants, à de nombreux interdits : ne pas faire l'amour avant le mariage, ne pas commettre de péché de gourmandise, de paresse, d'envie ou de colère... ce qui les amenait à culpabiliser sur à peu près tout !

Elle n'avait pas vu dans leur pratique quoi que ce fût qui se rapportât à la libération de l'ego. Ça ressemblait surtout à un code moral. Elle voyait difficilement en quoi cela pouvait élever spirituellement.

Or ce qu'Alice pressentait avec la libération de l'ego, c'est qu'il y avait à la clé quelque chose d'autrement plus bénéfique sur le plan spirituel, comme une porte qui s'ouvrait vers un autre monde dont elle avait seulement goûté les prémices.

Elle voulait aller plus loin dans cette direction, mais comment faire ? Elle se heurtait maintenant aux limites de son plan : mettre en œuvre les paroles de Jésus pour les expérimenter soi-même avait été possible jusque-là, mais comment expérimenter des préceptes comme « Heureux les pauvres en esprit » ou l'abstinence des péchés ? Fais l'idiote pendant un mois, et tu perds ton emploi. Deux mois de chasteté, tu te retrouves divorcée.

Pauvres en esprit... Alice se souvint de l'expression très voisine employée par Lao-tseu : simple d'esprit. Elle avait finalement peu cherché à éclaircir les troublantes ressemblances qu'elle avait mises en évidence. Sa rencontre décevante avec le moine taoïste avait freiné son élan. Peut-être aurait-elle dû insister dans cette direction ? Peut-être cette philosophie antique contenait-elle des clés de compréhension des messages de Jésus ?

— Tu ne connais pas des taoïstes, par hasard ?

Rachid leva les yeux.

— Jamais rencontré.

— Ou quelqu'un qui en fréquente ?

Il fit la moue.

— Euh… Non, je vois pas…

— Ou quelqu'un qui connaît quelqu'un qui en fréquente ? dit-elle en riant.

— Non… La seule personne qui me vient à l'esprit, c'est Raphaël Duvernet, le spécialiste des religions orientales.

— Raphaël Duvernet ? Il n'est pas mort ?

Rachid pouffa de rire.

— En un sens, si ! Mais il est toujours de ce monde, je crois. Je l'ai fait intervenir dans une entreprise pour une conférence juste avant sa chute. J'ai ses coordonnées, si tu veux.

Quelques années plus tôt, le spécialiste en question avait été rattrapé par un scandale alors qu'il était au sommet de sa gloire, que ses livres de spiritualité se vendaient par millions et qu'il était le chouchou des médias. Son épouse d'alors, sans doute exaspérée d'être trompée avec la terre entière, avait révélé tout ce qu'elle avait sur le cœur : Raphaël Duvernet, respecté de tous, presque vu comme un mystique, était un névropathe imbu de lui-même, tyrannique avec son entourage, prêt à tuer père et mère pour être invité sur un plateau de télé et, cerise sur le gâteau, il sous-traitait l'écriture de ses livres auprès de nègres afin d'assurer deux parutions par an et de verrouiller le marché de ses ouvrages de sagesse orientale.

— En plus il habite vers chez toi, ajouta Rachid.

— À Bastille ?

— Non, en Bourgogne.

— Tu blagues.

— Du tout. Monsieur vit dans son château. La vie d'ascète, quoi.

Le week-end suivant, Alice franchit le pont-levis d'un monumental château médiéval, dans un parc aux arbres centenaires, à l'écart d'un village du Mâconnais à une vingtaine de kilomètres de Cluny. Elle passa sous une sorte de porche et se retrouva dans un jardin au milieu de l'enceinte disposée en fer à cheval. Quelques rangées de buis mal taillé entouraient des parterres d'une pelouse trop haute, dans ce qui avait dû ressembler à un jardin à la française.

Alice se dirigea vers une grande porte cloutée en vieux chêne qui semblait être l'entrée principale et, en l'absence de sonnette, saisit le lourd heurtoir de fonte et cogna trois coups.

Elle s'attendait presque à voir un chevalier en armure lui ouvrir, mais ce ne fut qu'une femme effacée à la mine fatiguée et au regard triste. Domestique ? Membre de la famille ?

— Entrez, il est dans les caves du château, lui dit-elle d'une voix faiblarde après qu'Alice se fut annoncée. Allez-y, c'est par là.

Elle lui désignait un sombre escalier à vis semblant s'enfoncer dans les entrailles de la forteresse.

— Je préfère attendre qu'il remonte. Si vous voulez juste le prévenir…

La femme lança un regard en direction d'un homme aux traits et à la silhouette émaciés qu'Alice n'avait pas remarqué de prime abord, dans la pénombre. Celui-ci haussa légèrement les épaules sans répondre, le regard vitreux.

— Il ne remontera sans doute pas de sitôt, dit la femme dans un souffle. Il vaut mieux descendre le rejoindre.

Alice n'en avait guère envie.

Elle hésita. Ses hôtes la regardaient de biais, le visage gris et les yeux enfoncés dans les orbites.

Elle s'engagea lentement dans l'escalier de pierre aux marches creusées par l'usure des siècles. Au fur et à mesure de la descente, l'air devenait plus humide. Au bas de l'escalier, elle s'engouffra dans une longue galerie voûtée en pierre grise faiblement éclairée par des lampes ressemblant à de vieilles lanternes de calèche en cuivre oxydé.

La galerie déboucha dans une immense cave, également voûtée, mais dans laquelle l'éclairage diffusé par d'imposantes appliques en fer forgé créait une atmosphère plus chaude malgré les murs de pierre et le sol en terre battue. Des dizaines et des dizaines de grands tonneaux étaient alignées. Vers le fond, un immense tapis persan posé à même le sol, et dessus, une table vigneronne en chêne entourée d'inattendus fauteuils Louis XIII tapissés de velours rouge. Sur la table, une bonne trentaine de verres dispersés.

Assis sur l'un des fauteuils, le célèbre Raphaël Duvernet, cheveux en bataille et barbe blanche mal taillée, un verre de vin rouge à la main, la toisait en silence de ses yeux sombres.

Ça faisait bizarre de le voir en vrai, après l'avoir vu des dizaines de fois à la télé quelques années plus tôt. Ses rides s'étaient creusées, dessinant des sillons sur sa peau rougie et un peu bouffie. Elle trouva son regard très dur, une rudesse derrière laquelle on sentait poindre une forme de détresse.

Alice s'éclaircit la gorge en avançant vers lui, tout sourire.

— Je suis Al...

— Moi c'est Raph, grommela-t-il dans sa barbe en détournant son regard.

Alice s'efforça de rester souriante.

— On a dû vous prévenir de ma venue, vous dire que j'avais besoin d'éclaircissements sur...

— Sur la dégustation du marc de Bourgogne...

Il avait dit cela d'une voix sombre.

— Non, sur les spiritualités orientales.

— Vous vous trompez d'adresse.

— J'aimerais comprendre certains concepts de taoïsme...

Il haussa les épaules, le regard vissé au verre qu'il faisait lentement tournoyer.

Au bout d'un long moment, il lâcha dans un souffle presque inaudible :

— Qu'est-ce que ça peut vous foutre ?

Alice sentit monter en elle la colère et se força à rester calme malgré l'envie furieuse de lui mettre son poing dans la figure.

Le flatter pour l'amadouer.

166

— Écoutez. Je sais que vous êtes un spécialiste du spirituel.

Il eut un petit rictus, comme un sourire de torturé.

— Je suis passé du spirituel au spiritueux.

Alice se mordit les lèvres. C'était pas gagné…

— Alors offrez-moi un verre.

Il eut l'air surpris, tourna la tête vers elle et la toisa un certain temps en silence.

Puis il fit un effort pour se lever et se pencher au-dessus de la table, inspectant les nombreux verres du regard. Alice réalisa qu'ils étaient tous sales.

— Nadine ! hurla-t-il. Un verre pour mademoiselle !

— Madame.

— Madame, répéta-t-il entre ses dents après un temps de silence.

Il y avait peu de chance que la dénommée Nadine eût entendu l'appel. Aussi Alice fut-elle surprise d'entendre quelques secondes plus tard des pas résonner dans l'escalier puis la galerie. Elle reconnut la femme qui l'avait accueillie. Celle-ci déposa le verre et s'éclipsa.

Pendant ce temps, Duvernet s'était emparé d'une bouteille de crémant qu'il déboucha dans un bruit sec qui résonna dans toute la cave.

Le vin pétillant coula dans les verres. Il en porta un devant ses yeux, puis sous son nez.

— Tripoz, dit-il. Brut. Nature. Parfait équilibre des arômes. Du grand art.

Il formulait ces termes flatteurs d'une voix rocailleuse, sur un ton à la fois déprimé et un peu agressif.

Il lui tendit le deuxième verre.

Prendre son temps.

Apprivoiser la bête.

— C'est vrai que son arôme est très délicat, dit-elle.

— Des bulles d'une finesse incroyable !

Son ton bourru contrastait avec la finesse annoncée. Elle en prit une gorgée. Elle manquait d'imagination pour entretenir une conversation autour du vin.

— Je reconnais qu'il est exceptionnel.

— Vous voyez…

— Oui, très bon. Vous avez raison.

— Ah…

— Vous le connaissez depuis longtemps ?

— Découvert assez récemment.

Ils se turent.

Ne pas laisser retomber le silence. Enchaîner.

— Belle découverte, dit-elle.

— Ouais, une sacrée trouvaille…

— Assurément.

— Il faut des années de travail, dit-il, des décennies, pour réussir un vin pareil !

— Oui, et une grande intelligence aussi, j'imagine. Il ne faut pas être un simple d'esprit.

— Sûr.

Alice prit son inspiration et se lança.

— Simple d'esprit… Je me suis toujours demandé pourquoi Lao-tseu disait « Mon cœur est celui d'un simple d'esprit ». C'est bizarre, non ?

Elle attendit, tendue, la réponse. Longtemps.

— À mon avis, il ne buvait pas que du thé, celui-là.

Alice réprima son envie de secouer Duvernet comme un prunier.

— De l'alcool de riz, peut-être ? dit-elle en se forçant à rire.

— C'est dégoûtant…

Elle gloussa pour la forme, puis patienta un instant.

— Que voulait-il dire selon vous ?

— Qu'il avait la bonté de l'idiot du village, sans
doute. Bête et gentil…

Alice sentit l'exaspération monter. Sa stratégie
échouait, elle perdait son temps avec ce type. Elle se
força à respirer pour garder son calme.

En vain.

— Quand est-ce que vous arrêterez de me prendre
pour une conne ?

— Quand vous cesserez de me prendre pour un con.

Ils se fixèrent pour la première fois dans les yeux,
intensément.

— Alors entre cons, on peut trinquer pour de bon.

Il eut l'air d'apprécier son propos, sourit pour la
première fois, et ils trinquèrent tellement fort qu'elle
crut briser les verres.

Elle prit une gorgée. C'est vrai qu'il est savoureux,
ce Tripoz.

— Maintenant vous allez répondre à mes questions.
C'est important pour moi.

Il prit une profonde inspiration, sorte de soupir
laborieux.

— Qu'est-ce que vous voulez savoir exactement ?

Sa voix avait changé de timbre. D'agressive, elle
était passée à caverneuse.

— Il y a quelques termes, quelques concepts, qui
m'échappent, et que je veux comprendre. Comme
cette notion de « simple d'esprit ».

Il but une longue gorgée, admira la teinte ambrée du breuvage, puis se mit à parler lentement. Ses formulations étaient précises mais la parole semblait lui coûter énormément, et il marquait fréquemment des pauses entre les phrases.

— Dans la bouche de Lao-tseu, l'esprit désigne ici le mental. Le taoïsme rejoint sur ce point l'hindouisme et le bouddhisme en appelant à se libérer du mental. Le mental, c'est cette cogitation incessante de la pensée qui prend l'ascendant sur le cœur et le corps, au détriment de l'intuition, de l'instinct, de la conscience d'être.

— De la conscience d'être ?

Plusieurs secondes de silence.

— Quand vous êtes dans le mental, c'est un peu comme si vous n'habitiez plus votre corps, n'écoutiez plus votre cœur, ne ressentiez plus votre existence : vous interprétez la réalité, le plus souvent en la déformant, vous prêtez aux autres des intentions qui ne sont pas les leurs, vous projetez vos peurs, vos problèmes, vos doutes, vos attentes. Vous réfléchissez les événements au lieu de les vivre. Ces spiritualités orientales invitent à se libérer de l'emprise du mental, afin de ressentir les choses comme elles sont, dans l'instant présent, alors que le mental ne connaît que le passé et le futur.

Que le passé et le futur...

— Je ne comprends pas le lien que vous faites entre le mental et le temps.

Il la regarda un instant puis reprit son inspiration. Aborder ces sujets lui pesait.

170

— Votre mental interprète l'événement qui arrive, ou la parole que quelqu'un prononce, en fonction de vos connaissances, de votre vécu personnel, de vos croyances et de vos convictions sur vous, les autres et le monde. Toutes ces choses émanent du passé. Et quand le présent vous fait ressentir de la peur, c'est que vous projetez mentalement dans un futur imaginaire vos interprétations issues du passé. Le mental vous coupe ainsi du présent.

— Et Lao-tseu se comparait à un simple d'esprit parce qu'il s'était libéré de son mental, c'est ça ?

Silence.

— Vraisemblablement.

Heureux les pauvres en esprit, disait Jésus. Il se référait à la même chose, indubitablement. Et non à l'esprit de pauvreté, comme le curé parisien le lui avait dit.

Duvernet attrapa la bouteille de crémant et les resservit.

Elle le laissa faire.

— Est-ce que... Est-ce qu'il y aurait un lien, quelque part, entre le mental et... l'ego ?

— L'ego est fondamentalement le fruit de la peur : peur de ne pas être *assez*, de ne pas avoir de valeur, notamment aux yeux des autres. Or les peurs infondées sont typiquement le produit d'un processus mental. Et ce sont aussi nos pensées qui nous amènent à nous prendre pour ce que nous ne sommes pas : le mental pousse l'ego à endosser des rôles. Le mental cultive l'ego.

Il but une gorgée avant d'ajouter :

— Le bouddhisme invite à se détacher de ces foutus rôles.

Il avait prononcé « foutus » avec un accent de colère.

— Le détachement bouddhiste... J'en ai déjà entendu parler mais ça m'a toujours posé problème : ça donne l'impression qu'il faut vivre dans un état détaché, sans rien ressentir pour ce qui se passe. Mais moi, je n'ai pas du tout envie de vivre détachée de mon mari, de mon petit garçon, de ceux que j'aime... Je n'ai pas du tout envie d'être neutre à leur égard, ou insensible. Évidemment, détachée d'eux, je souffrirais moins s'il leur arrivait malheur. Mais si tout va normalement, je ne vois pas en quoi je serais plus heureuse, bien au contraire !

Nouveau silence.

— Il ne faut pas tout prendre au pied de la lettre, reprit-il de sa voix grave et traînante. Dans le détachement bouddhiste, il faut surtout comprendre que l'on gagne à se libérer des attachements de l'ego. Votre ego s'attache à tout ce qui vous valorise mais qui n'est pas vous : les rôles que vous jouez, les belles choses que vous possédez, vos attributs les plus flatteurs... et, bien sûr...

Il marqua un temps, et baissa la voix pour ajouter en grommelant dans sa barbe :

— Vos putains de succès.

Ne pas tout prendre au pied de la lettre...

Alice se remémora la réponse de Jésus à ce riche jeune homme venu le voir pour lui demander conseil. Jésus lui avait dit « Vends ce que tu possèdes, donne-le aux pauvres, et tu auras un trésor dans le ciel. » Alice avait trouvé ce conseil bizarre : en quoi se séparer de toutes ses possessions allait-il apporter quoi que ce soit à cet homme ? La plupart des gens ne travaillent-ils pas la vie entière pour réussir à posséder une maison et deux ou trois autres choses ? En fait, le conseil de Jésus correspondait peut-être au détachement bouddhiste : peut-être avait-il senti que cet homme était *attaché* à ses biens, et que c'était cet attachement qui posait problème. Le message de Jésus ne signifiait alors peut-être pas qu'il est nécessaire d'être démuni pour être heureux, mais de ne pas être *attaché* à ses biens matériels.

— L'autre jour, reprit Duvernet, à Mâcon, j'ai vu un type démarrer au feu avec sa BMW alors qu'un autre, venant de la droite, avait sans doute grillé le sien. Le choc a été doux, la BMW a juste eu son aile déformée. Ils se sont arrêtés, le type est sorti, la quarantaine, et quand il a vu sa BM enfoncée, il s'est mis à pleurer. Pas de blessé, pas la moindre égratignure, juste un peu de tôle froissée, et le type se met à chialer comme un môme. Véridique. Je me suis approché, je lui ai dit :

— T'as mal quelque part ?
— Non.
— T'es pas assuré ?
— Si.
— Tu vas avoir un malus ?
— Non, ça va.

Il parlait avec le menton chevrotant.

Eh bien, en fait, c'est son ego qui chialait, parce que sa bagnole, c'était comme le prolongement de lui-même, elle contribuait à sa valeur personnelle, et il devait exister aussi à travers elle. Finalement, c'était un peu une partie de lui qui avait été défoncée et il pleurait.

— L'attachement aux choses matérielles m'amène à une autre question que je voulais vous...

— Ça va durer encore longtemps ?

— Bientôt fini !

— Tant mieux.

— J'aimerais avoir votre sentiment sur le péché, le fait de céder aux tentations...

Elle avait dit cela pendant qu'il se resservait un verre de vin.

La bouteille à la main, il posa sur elle un regard noir.

— Vous vous foutez de ma gueule, hein ?

— Pas du tout ! Lao-tseu parle à plusieurs reprises du désir, et je me demandais si on pouvait faire un parallèle avec la notion de péché dans le christianisme.

Il continua de la fixer d'un œil très méfiant quelques instants, puis prit tranquillement son verre qu'il leva lentement, semblant admirer la robe du vin. Il le huma de nouveau.

— Le désir dans les spiritualités orientales renvoie à l'ego : c'est l'ego qui désire un objet, une promotion, plus d'argent ou je ne sais quoi encore. Parce qu'avec l'objet du désir, l'ego ambitionne toujours de se renforcer, se valoriser. À travers ce qu'on désire, on cherche inconsciemment à accroître notre identité ou plutôt notre sentiment d'identité. Il faut dire qu'on tend à être confus sur qui on est, donc on ne sait pas trop comment être plus soi-même. On désire alors des choses pour tenter d'exister un peu plus grâce à elles.

Quand vous désirez un vêtement, une voiture ou n'importe quoi d'autre, vous croyez inconsciemment que ce vêtement, cette voiture va ajouter quelque chose à qui vous êtes, va vous rendre spécial, intéressant, va vous apporter de la valeur. Bref, va renforcer votre identité. C'est une illusion, bien sûr, et les spiritualités orientales comme le taoïsme, le bouddhisme ou l'hindouisme invitent à se libérer des désirs.

— Pourquoi, finalement ? Où est le problème ?

— Ça vire vite à l'esclavage. Comme le désir est basé sur une illusion, renforcer votre identité, l'objet du désir n'apporte pas ce qui est recherché, donc c'est une quête sans fin : vous désirez sans cesse de nouvelles choses, qui ne vous apportent jamais ce que vous recherchez. C'est pour ça que Lao-tseu disait : *Il n'est pas de pire calamité que le désir de posséder.* Ou encore : *Le Saint-Homme n'a d'autres désirs que d'être sans désir.*

Ça vire vite à l'esclavage… Alice se souvenait de cette parole de Jésus qui l'avait fait sourire : *Quiconque commet le péché devient esclave du péché.*

— Et y aurait-il un lien selon vous avec le péché chez les chrétiens ?

Il soupira.

— Ces mythologies n'ont vraiment rien à voir, alors c'est très difficile de comparer.

— Mythologies ?

— Euh… je voulais dire religions. Lapsus révélateur : lisez Campbell, le grand mythologue américain, et vous comprendrez qu'avec la Bible, on est assez proche d'une mythologie…

Alice nota le nom.

— Si on essayait quand même la comparaison ?

— Les chrétiens voient le péché comme une offense envers Dieu, une désobéissance à la loi divine, qui pourrait mener en enfer après la mort. C'est des conneries. Jésus parlait araméen et, des années plus tard, ses apôtres ont rapporté ses paroles en écrivant les Évangiles. Sauf qu'ils les ont écrits en grec ancien, donc en traduisant de l'araméen vers le grec les paroles prononcées par Jésus. On a ensuite traduit le grec ancien vers nos langues modernes. Aujourd'hui, plusieurs spécialistes en langues anciennes pensent que le mot employé par Jésus et traduit par « péché » n'évoquait pas une offense à l'égard de Dieu, mais une erreur, un comportement inapproprié, ce qui n'a rien à voir. En fin de compte, le seul problème avec le péché est qu'il maintient votre conscience dans une condition inférieure qui vous empêche de vous élever.

— C'est-à-dire ?

— Plus on se complaît dans les plaisirs sensoriels, moins on est porté à l'éveil spirituel. On ne fait de mal à personne, Dieu n'en a rien à foutre, mais on se tire soi-même vers le bas.

Alice médita cette idée quelques instants, pendant que Duvernet finissait son verre, cul sec.

— Et dans ce cas, ce que le christianisme appelle la renonciation au péché ou à la tentation se rapproche peut-être de la libération des désirs dans les spiritualités orientales ?

— On pourrait dire ça, mais ce n'est pas vécu comme tel par les chrétiens.

Alice se dit qu'entre le vécu actuel et l'intention à l'origine du message initial, il pouvait y avoir là aussi un décalage important.

— Et le ciel ? Dans le Tao-te-king, Lao-tseu utilise souvent ce mot. Ça signifie quoi exactement dans son esprit ?

— Dans les spiritualités orientales, le ciel désigne le monde des réalités non palpables, non sensibles. L'autre réalité à laquelle on accède par notre évolution, par notre éveil, comme disent les Indiens. Le terme « ciel » est mal choisi en français puisqu'il désigne dans notre langue un lieu physique : quand on dit *ciel*, tout le monde pense au ciel bleu, à l'espace. Les Anglais ont utilisé un terme différent pour le ciel bleu, *sky*, et le monde des réalités non sensibles, *heaven*. Chez eux, il n'y a pas d'ambiguïté, tandis que chez nous, le terme commun est source de confusion.

— Mais alors, quand Jésus dit au jeune homme qui vient le voir que s'il suit son conseil il aura un trésor dans le ciel, ce n'est pas forcément une métaphore de l'après-vie, du paradis auquel on accéderait après la mort ? Et le fameux « Royaume des cieux » promis par Jésus, que tous les chrétiens veulent atteindre, ce n'est peut-être pas non plus après la mort ? C'est peut-être cette autre réalité dont parle Lao-tseu ?

— Arrêtez de comparer le christianisme et le taoïsme, ils sont incomparables !

Duvernet commençait à s'énerver sérieusement. Changeons de sujet.

— Et dites-moi, à quoi pense Lao-tseu quand il dit *Celui qui meurt sans cesser d'être a acquis l'immortalité* ?

Duvernet soupira bruyamment.

— Vous m'aviez dit que c'était bientôt fini…

— Presque.

— Qu'est-ce que ça veut dire ?

— C'est ma dernière question.

— À la bonne heure, grommela-t-il.

Il prit son inspiration.

— Dans la plupart des spiritualités orientales, le travail consiste à faire mourir l'ancienne personne en nous pour renaître.

— Pourquoi diable ?

— Par exemple, dans toute la pensée védique, c'est à partir de…

— La pensée quoi ?

— La pensée védique. Les Védas sont un ensemble de textes sacrés indiens d'où découle l'hindouisme ancien. Je disais que dans toute la pensée védique, c'est à partir de la mort que la vie s'envisage. L'éveil n'est pas juste une évolution, un progrès, c'est une véritable bascule, comme un changement de nature en vous. Vous êtes là, dans cette vie terre à terre, esclave de vos désirs, avec votre ego et tous les problèmes qu'il engendre, et vous parvenez à basculer dans cette autre réalité de la vie, libre d'ego, libre de désirs, dans une plénitude de l'être. C'est donc comme si vous mouriez à un certain niveau pour revivre à un autre niveau.

— Mais c'est génial ! Je comprends enfin les paroles de Jésus quand il disait *Quiconque voudra sauver sa vie la perdra, mais quiconque perdra sa vie à cause de moi la trouvera !*

Duvernet eut un geste d'impatience.

— Arrêtez de comparer les spiritualités chrétiennes et orientales ! Ça n'a rien à voir !

— Mais enfin, pourquoi est-ce que ça n'aurait rien à voir ?

— Parce que la plupart des spiritualités orientales sont non dualistes alors que le christianisme est dualiste.

— Là, c'est du chinois, pour moi. Il va falloir être plus clair.

— Trop tard : vous avez déjà posé votre dernière question.

— Ce n'est pas une question, c'est une demande.

— C'est synonyme.

Alice fit la moue.

— Alors… disons… que c'est un ordre.

— Vous êtes folle.

— Ça vous plaît bien.

Il soupira en secouant la tête, mais elle devina un léger sourire.

— Quand on regarde le monde qui nous entoure, on voit des choses très diverses.

— Certes.

— Eh bien derrière cette diversité apparente, il y aurait une unité fondamentale, selon ces spiritualités orientales. Cette unité se manifesterait à nous sous des formes apparentes variées. Mais il nous appartiendrait, pour réaliser notre vraie nature, de percevoir, de sentir cette unité cachée, et de comprendre que l'homme ne fait qu'un avec tout.

— Tout ? C'est quoi, tout ?

— Tous les êtres vivants qui peuplent l'univers.

— Allons bon… C'est toujours peu clair pour moi. Je suis moi, vous êtes vous, nous sommes bien distincts, non ?

— Nous sommes distincts, en apparence, à un certain niveau de réalité. Et pourtant, quelque chose nous relierait, nous unirait, même si j'ai du mal à me croire relié à la jeune impertinente qui m'emmerde.

— Et moi au vieil aigri qui voudrait cuver seul son amertume au lieu de partager ce qu'il a de précieux.

En guise de réponse, il se resservit du crémant sans en offrir à Alice, puis resta silencieux un long moment. Alice crut qu'il ne dirait plus rien, et envisageait de prendre congé quand il reprit, sur un ton beaucoup plus calme :

— Vous voyez, ce qui nous oppose, à l'instant, oppose en fait nos ego, c'est-à-dire ce sentiment d'identité qu'on a, ce sentiment de soi, ce sentiment que nous sommes un être indépendant. Et ce que l'on ne sait pas, c'est que ce sentiment d'exister indépendamment des autres est une sorte d'illusion que l'on a sur un certain plan de conscience. Quand on réussit à changer de plan de conscience, on peut avoir accès à une autre réalité, et percevoir les choses très différemment…

Il s'interrompit quelques instants, et savoura tranquillement quelques gorgées de vin avant de reprendre.

— Les bouddhistes et les hindouistes utilisent fréquemment une métaphore pour illustrer ce phénomène : c'est celle de la vague et de l'océan. Si elle avait un cerveau, la vague pourrait se voir unique, indépendante, et d'une certaine façon ce serait vrai : prenez une photo de l'océan en plan large, et choisissez une vague. Regardez bien : parmi des millions, il n'y en a pas deux comme elle, de la même dimension, de la même hauteur, de la même forme, avec les mêmes rides formées par l'eau à sa surface… Elle est absolument unique. Et pourtant, cette vague est indissociable de l'océan, elle constitue l'océan et l'océan la constitue. D'une certaine façon, elle est l'océan.

Il s'interrompit. Alice ne le quittait pas des yeux.

Il reprit d'une voix une peu rêveuse.

— Si je suis une vague, c'est sans doute agréable, valorisant, de me sentir une vague unique, de me sentir exister indépendamment de tout, je peux être fière d'être une belle vague… Et… si je cesse de m'accrocher à mon identité de vague, si je la laisse se dissiper, si j'accepte de la laisser mourir, alors je vais progressivement, lentement, me mettre à ressentir que je suis l'océan. Alors je deviens pleinement l'océan et… ouahou… c'est fort, d'être l'océan…

Il se tut et ses mots semblèrent résonner dans l'espace.

Alice inspira. Elle commençait à ressentir de l'intérieur la portée de ces idées.

— Et, dit-elle, si on revient à l'homme…

Il resta silencieux un instant, puis prit une longue inspiration, et parla d'une voix lente et profonde.

— Pour les spiritualités non dualistes, l'homme qui renonce à son identité… réalise… qu'il est Dieu.

Les vibrations de sa voix restèrent comme en suspens dans les airs.

Alice, tout athée qu'elle était, se sentit troublée par cette pensée.

— La non-dualité orientale, reprit-il en formulant lentement chacun de ses mots, c'est l'identité de l'homme et de Dieu. L'homme, par un travail d'éveil, devient pleinement Dieu.

Il tourna alors son regard vers elle.

— Vous comprendrez que ce n'est pas comparable avec le christianisme, pour qui une telle pensée est carrément blasphématoire. Cette religion est dualiste : Dieu est vu comme un être tout-puissant, à qui le croyant s'adresse, qu'il adore, qu'il implore, à qui il demande pardon… Le chrétien croit que la dévotion le libérera après la mort. Le bouddhiste, l'hindou ou le taoïste croit que la Connaissance peut le libérer maintenant, de son vivant.

Duvernet leur resservit du crémant à tous les deux.

— Le chrétien croit en l'existence du paradis, de l'enfer, comme des lieux réels où il ira un jour. Les hindous savent que tout est en nous, tout : le paradis, l'enfer, Dieu. C'est la grande découverte des Upanishads, huit siècles avant Jésus-Christ.

— Les Upanishads ?

— Des textes philosophiques indiens.

Alice commençait à sentir qu'au-delà de son attitude désagréable, parfois agressive, Duvernet était, au fond, quelqu'un de bien. Elle réalisa qu'elle l'aimait bien, finalement.

— Vous évoquiez à l'instant un travail d'éveil. Ça consiste en quoi ?

— À se libérer de notre ego.

— On en revient là.

— Forcément ! Puisque notre état de conscience ordinaire ne nous permet pas de réaliser notre nature divine, nous ressentons un certain flou sur qui nous sommes, et c'est angoissant. Comme je vous le disais, nous avons peur de ne pas exister assez, de ne pas avoir de valeur. C'est là que nous nous créons une fausse identité rassurante : notre ego. Or plus on développe cette fausse identité, plus on s'éloigne de sa vraie nature, sa nature divine. Et plus on est alors malheureux : vivre dans l'ego, c'est vivre l'enfer.

— Je commence à comprendre.

— Notre ego veut que l'on soit unique, pour avoir une existence propre, indépendante, et pour se sentir unique il faut se sentir différent. Donc l'ego nous sépare des autres... et nous éloigne de plus en plus de notre vraie nature, qui au contraire tend à l'union, à l'unité. S'il le faut, notre ego peut pousser certains d'entre nous à l'opposition, au conflit, à la division...

Il toussa et reprit.

— Division. Di-vision. Vision double : mon ego ne veut pas voir l'unité, il veut de la dualité. Certaines personnes ont besoin de conflits pour se sentir exister !

Il sourit.

— Vous voyez, reprit-il : le diable aussi est en nous. C'est une tendance interne et non un personnage extérieur...

— Le diable ? Pourquoi me parlez-vous du diable ?

— Le diable, du grec ancien *diabolos*, est ce qui désunit.

Il but une gorgée avant de reprendre calmement.

— Mais si la vague est séparée de l'océan, elle disparaît, elle meurt pour de bon. Elle ne savait pas que l'océan, c'était elle.

Alice regarda autour d'elle. L'immense cave voûtée était magnifique. Les grandes appliques en fer forgé projetaient une lumière jaune sur les pierres et les nombreux fûts de chênes alignés, créant une atmosphère très particulière. Comme un temple mystérieux.

— Les gens ont besoin d'entrer en contact avec leur nature divine, dit Duvernet. Mais ils ne le savent pas. Même les athées ont besoin de transcendance. Vous êtes-vous déjà demandé pourquoi les salles de cinéma continuaient de se remplir ? À notre époque, on peut télécharger tous les films qu'on veut pour quelques euros et regarder ça peinard dans son canapé. Alors pourquoi les gens vont-ils encore au cinéma, avec la tête du type devant eux qui leur cache l'écran, les genoux de celui de derrière qui leur rentrent dans le dos, et les pop-corn collants de celui d'à côté qui tombent sur leur pantalon ? Pourquoi ?

— Bonne question.

— Parce qu'un cinéma, c'est un temple.

— Hein ?

— Les gens s'y rendent pour ressentir, tous ensemble, au même moment, les mêmes émotions, les mêmes sentiments, être transportés ensemble pendant deux heures dans un autre univers... Si vous prenez un peu de recul, c'est presque une expérience d'union spirituelle.

Un peu chamboulée par les propos de Duvernet, Alice commençait à se sentir attirée par cette vision orientale non dualiste...

— Vous avez parlé à plusieurs reprises de nos états de conscience, qui nous permettent ou non de percevoir cette nature divine en nous. Qu'est-ce qui peut nous aider à accéder au bon état de conscience ?

— Selon les spiritualités orientales, c'est la méditation. La méditation permet déjà de recentrer son esprit, en s'appuyant sur des techniques qui varient selon les écoles spirituelles. Par exemple, certaines invitent à se détendre tout en se concentrant sur sa respiration, d'autres sur une partie du corps, d'autres sur une idée ou une phrase poétique. Cela amène à se relaxer, à apaiser son mental agité d'Occidental, à canaliser son attention et, petit à petit, à force de pratique, à comprendre que l'on n'est pas ce à quoi l'on s'identifie, et à ressentir en soi un flux de conscience. La méditation peut ainsi nous guider vers l'état permettant d'expérimenter quelques instants la vie sans ego. C'est le but, par exemple, des méditations bouddhistes. Bouddha a parfois été appelé *anatma vadin*, celui qui enseigne le non-ego. On trouve d'autres formes de méditation dans toutes les spiritualités orientales.

— Quelques instants sans ego... Et pour s'en libérer définitivement ?

— La pratique, la pratique, des années de pratique... Certains vous diront toute une vie.

Alice fit une moue pensive.

Elle se souvint des paroissiens de Cluny en prière. Elle se rendait bien compte qu'ils atteignaient eux aussi un état modifié de conscience.

— Je trouve que la méditation se rapproche de la prière chrétienne.

— Sauf que la prière s'adresse à un...

— Dieu extérieur. Je sais.

— Vous n'êtes pas rapide, mais vous finissez par comprendre.

Elle sourit.

— Et vous : avec toutes vos connaissances en la matière, pourquoi avez-vous laissé votre ego vous pourrir la vie ?

Il se crispa.

— Pourquoi dites-vous ça ?

— Tout le monde connaît votre histoire… Si vous vous êtes mis à faire n'importe quoi une fois célèbre, et que votre existence est partie en vrille, c'est bien que le succès vous est monté à la tête, non ? C'est bien votre ego, non ? Alors pourquoi ? Vous étiez bien placé pour connaître le risque…

Il détourna son regard contrarié et resta silencieux un long moment.

— Les connaissances ne changent pas grand-chose, dit-il d'une voix sombre. Il y a une grande différence entre connaissance intellectuelle et transformation intérieure. Je suis sur ce point un pur Occidental : ici, dès qu'on a compris quelque chose intellectuellement, que ce soit dans le domaine psychologique ou spirituel, on est convaincu que le travail est fini…

— Et… vous n'avez pas pratiqué la méditation ?

Il se tourna de nouveau vers elle et la fixa droit dans les yeux.

— Est-ce que j'ai une tronche à méditer deux heures par jour, assis en position de lotus devant trois galets superposés près d'un bassin à nénuphars ?

19

Le bureau érigé dans le ciel de la tour Montparnasse était inondé d'une lumière aveuglante, ce lundi matin.

Bon, se dit Alice. Les hindous croient Dieu à l'intérieur, les chrétiens à l'extérieur, moi, nulle part, même si mon ego a très envie que les hindous aient raison !

Soudain, elle fut prise d'un doute.

Qu'avait répondu précisément Jésus sur ce point ? Elle se souvenait qu'on lui avait posé la question mais avait oublié la réponse. Si la vision de Jésus pouvait être cohérente avec celle des hindous, alors évidemment, ça changeait tout…

Elle se précipita sur son code civil, pleine d'espoir, et mit du temps à retrouver le passage, malgré son expérience. Elle avait lu au moins sept ou huit fois les Évangiles, et commençait à bien connaître le texte.

Elle finit par mettre la main dessus, c'était dans le verset 21 du chapitre XVII de l'Évangile de Luc. Jésus y répond à une question d'un groupe de pharisiens, et il leur dit : *Le Royaume de Dieu est parmi vous.*

Alice referma la Bible très déçue.

Tant pis. De toute façon, elle n'avait jamais cru en Dieu.

Le plus important restait cette découverte troublante : le christianisme aussi bien que l'hindouisme, le bouddhisme ou encore le taoïsme invitait à se libérer de l'ego. On se rapprochait de la perspective grisante qu'elle avait entrevue, perspective d'une vérité universelle.

Elle se laissa aller en arrière dans son fauteuil et s'étira.

La vision d'un Dieu intérieur était la seule qui aurait pu retenir son attention. Comment croire, en effet, en une force créatrice extérieure quand on est allée à l'école, qu'on a fait des études ? Adam et Ève, le jardin d'Éden, c'est une jolie histoire, mais bon, maintenant, on sait qu'il y a eu le big bang…

Elle se tourna vers son collègue, absorbé comme d'habitude par son ordinateur.

— Rachid ?

Il émit un grognement en guise de réponse, le regard vissé à l'écran.

— Dans tes fichiers de conférenciers, t'as pas un physicien, par hasard ? Ou même plutôt un astrophysicien ?

Il soupira.

Alice attendit quelques instants pendant qu'il tapotait sur son clavier.

— Jacques Laborie, docteur en astrophysique, spécialisé dans l'astronomie extragalactique, chercheur à l'Institut d'astrophysique de Paris. Ça te va ?

— Génial ! On l'a placé à combien de reprises ?

— Voyons… On lui a fait faire quatre conférences chez nos clients.

— Très bien, il ne refusera pas de m'aider un quart d'heure ! Tu pourrais m'arranger un petit rendez-vous téléphonique ?

— Je ne suis pas ton assistante…

— S'il te plaît…

— Je vais voir ça.

— T'es un ange.

Alice n'y pensa plus et plongea dans ses dossiers jusqu'à l'heure du repas. Ce jour-là, elle ne se rendit pas au restaurant d'entreprise pour déjeuner. Elle avait du retard dans son travail et s'accorda juste une rapide pause sandwich à son bureau. Elle mit la radio sur son ordinateur. Rire & Chansons. Parfait pour faire un petit break et se changer les idées en dégustant un jambon-beurre sur le pouce.

C'est vous qui voyez.

La voix traînante de Régis Laspalès, dans le sketch du train pour Pau avec Philippe Chevallier, l'amena bien vite à sourire.

Mais l'esprit d'Alice revint à l'abandon de l'ego. Puisqu'il semblait y avoir un consensus – même méconnu – de nombreuses religions sur ce point, elle était de plus en plus motivée pour se l'appliquer à elle-même, et peut-être parvenir ainsi à…

Y en a qu'ont essayé.

… retrouver cet état si extraordinaire vécu quelques instants chez Hermès.

Se libérer de l'ego…

Ça ne devrait pas être trop dur pour elle. Elle n'avait pas le sentiment d'avoir un ego particulièrement fort, quand elle…

Ils ont eu des problèmes.

… se comparait à toutes ces personnalités imbues d'elles-mêmes qu'elle voyait couramment autour d'elle, à la direction de son entreprise, à la salle de sport qu'elle fréquentait parfois et, bien sûr, à la télé où un ego enflé semblait être la condition pour être invité dans une émission. La palme revenait bien sûr au monde politique qui, dans ce domaine, collectionnait les caricatures.

Ah, y a des vedettes, hein, là !

Elle voulait commencer tout de suite, saisir toutes les occasions se présentant à elle pour s'entraîner à lâcher prise.

— Salut Alice.

Elle leva les yeux. C'était Laure, du service RH. Une jeune femme blonde, toujours très apprêtée et un peu hautaine.

— Salut Laure, ça va ?

Vous me cherchez !

— Ah... t'écoutes Rire & Chansons ?

Elle avait dit ça sur un ton légèrement condescendant.

Alice perçut tout de suite le mépris exprimé par son petit sourire, et se sentit honteuse.

— Je viens d'allumer la radio, je ne sais pas ce que c'est...

— Te justifie pas, dit Laure d'un air pincé. T'es pas obligée d'écouter France Culture.

— J'me justifie pas mais...

Si, vous me cherchez !

— Tiens, je pose là un dossier pour Rachid. Si tu peux le prévenir quand il rentrera de déjeuner.

Elle s'en alla.

Alice ravala sa colère. Colère contre cette collègue qui la prenait de haut. Colère contre elle-même qui échouait sitôt ses bonnes intentions formulées...

Elle prit une inspiration et essaya de se calmer.

Pourquoi avait-elle eu honte ? Elle était libre d'écouter une radio pas intellectuelle ; où était le problème ?

Ça ne disait rien de son niveau, de son intelligence ! Tout le monde a le droit de se détendre, non ?

Et puis, quand bien même elle passerait pour une idiote auprès de cette rabat-joie, qu'est-ce que ça pouvait bien faire ? Ça ne changeait pas qui elle était vraiment, alors pourquoi s'était-elle sentie aussi mal et avait-elle réagi malgré sa résolution ?

C'est pas évident !

Elle se repassa mentalement le film de leur échange, comme le conseillait souvent Toby Collins, et finit par comprendre : ce n'était pas les propos de Laure, finalement assez neutres, qui avaient déclenché la réaction de l'ego d'Alice, mais l'attitude méprisante de sa collègue, perceptible dans son sourire, le ton de sa voix, son menton un peu haut... Et qu'est-ce qui poussait Laure à adopter cette attitude condescendante ? Son ego, bien sûr... C'est donc l'ego de Laure qui avait activé le sien !

Il me cherche !

En tout cas, je vous ai trouvé, et c'est pas ce que j'ai fait de mieux.

C'était bien ça, elle en était maintenant persuadée : au naturel, elle avait assez peu d'ego, ne se prenait pas pour je ne sais qui, et s'identifiait relativement peu à ses rôles. Mais l'ego des autres avait le pouvoir d'enclencher le sien en un quart de seconde, quand ils cherchaient à exister à ses dépens, à se hisser au-dessus d'elle pour mieux se valoriser.

Cela dit, il est très rapide.

Alice comprit alors qu'elle n'était pas libre. Si l'attitude des autres avait le pouvoir de la tirer vers le bas, elle qui cherchait maintenant à s'élever spirituellement, alors elle n'était pas libre. Elle voulait s'affranchir de son ego, et l'ego des autres la ramenait dans le sien.

Si, monsieur, il atterrit. Mais il repart aussitôt.

Elle se rappela alors une scène de la veille au soir, en rentrant de Cluny, dans le parking souterrain de son immeuble. Elle était tombée sur la voisine du dessous, aussi apprêtée un dimanche soir qu'un jour de bureau. Alice venait de garer sa Renault Scenic poussiéreuse et traînait ses baskets vers l'ascenseur quand l'autre était sortie de sa Mini flambant neuve avec ses hauts talons. Alice avait fait l'effort, coûteux, d'être très aimable et même sympathique à son égard, sauf que l'autre lui avait répondu en la toisant, un sourire supérieur aux lèvres qui signifiait clairement « Nous ne sommes pas du même monde ». Alice avait eu une furieuse envie de lui faire savoir que son appartement avait une pièce de plus que le sien, et qu'avec cette seule pièce elle pouvait facilement s'offrir deux ou trois Mini et toute une collection de Louboutin.

Ah, mais rien ne l'arrête !

Et pourtant, elle savait depuis longtemps que sa valeur était sans rapport avec ses possessions, que c'était juste son ego qui se récriait. Mais c'était plus fort qu'elle, son ego était comme un diable contenu dans une boîte, une boîte que les autres ego ouvraient à leur guise, la faisant immanquablement souffrir au passage. L'ego était finalement sa plus grande source de souffrance.

Je suis pas rendu…

Alice prit une profonde inspiration.

Il devait bien y avoir moyen, sans aller jusqu'à faire deux heures de méditation par jour…

192

Après tout, elle avait quand même le sentiment d'avoir un peu évolué en quelques années, sans avoir entrepris de travail spécifique sur son ego, dont elle ignorait même l'existence, juste en développant de l'estime de soi, de la confiance en soi, en les autres, dans la vie. C'est vrai : elle se souvenait avoir été beaucoup plus réactive autrefois aux piques égotiques des autres. C'est un peu comme si, en apprenant à s'aimer, elle avait naturellement perdu un peu d'ego. Cela semblait paradoxal, bien sûr... Et si l'excès d'ego et le manque d'estime de soi étaient les deux faces d'une même pièce ? Finalement, peut-être que les personnes fortement identifiées à leur ego, imbues d'elles-mêmes, très arrogantes, sont en fait celles qui, tout au fond d'elles, ont souffert de blessures à leur amour-propre ?

Alice le sentait : continuer de développer sa confiance en soi et dans la vie, se rassurer sur sa valeur véritable l'aiderait à moins réagir aux attaques, à moins manifester son propre ego. Et si l'arrogance des autres avait pour cause des souffrances cachées, la compassion envers eux était peut-être plus appropriée que la réaction ?

Merci mon Dieu, il a été touché par la grâce.

Si seulement, se dit Alice, je parvenais à calmer mon ego, à m'en défaire, à m'en libérer, je serais heureuse, fière d'y être parvenue... Fière ? Fière ? Mais qui serait fière ??? Mon... ego ? Au secours ! Mon ego cherche à accaparer ma nouvelle identité de personne en démarche spirituelle !!! Comme le personnage du dessin de Voutch !

Mais... dès lors... comment est-ce que ça peut marcher ?

C'est vous qui voyez !

20

Lundi soir.

— Alice ? Ça n'a pas l'air d'aller…

— Si, si, tout va bien. Juste un peu fatiguée.

En vérité, les conversations juridiques autour de cet apéritif dînatoire chez un confrère de Paul, lui-même marié à une avocate, l'ennuyaient prodigieusement et elle se réfugiait dans ses pensées. Et puis quelle idée d'avoir accepté une invitation un lundi soir ! La meilleure façon d'être crevée toute la semaine.

Elle but une gorgée de champagne et prit une gougère sur un plateau.

Dans un coin du salon, l'un des enfants de la famille regardait la télé, affalé sur un pouf plus grand que lui. Un spot publicitaire de parfum pour homme promettait de vous transformer en surhomme irrésistible. Alice sourit.

L'ego était un levier tellement facile à actionner. Les publicitaires jouaient sur du velours. Quoi de plus simple pour vous vendre un produit que de vous encourager à vous faire une image flatteuse de vous-même ? La simple évocation que tel ou tel produit va renforcer la fausse identité que l'on croit être soi, qu'il va accroître notre valeur aux yeux des autres et aux nôtres, et ce produit devient irrésistible. Le virus du désir s'est faufilé dans notre esprit et n'en sortira plus, jusqu'à ce que l'on cède. Et c'est ainsi que l'argent, serviteur de ces désirs inoculés, devient progressivement notre maître, notre Dieu...

Tout le monde souffre de l'ego, du sien et de ceux des autres. Et aujourd'hui, non seulement rien ne nous invite à nous en libérer, mais au contraire, la société tout entière pousse à l'inflation de l'ego. Parce que notre modèle économique y a intérêt.

Sur l'écran de télévision, la séquence de publicité était finie et la chaîne diffusait l'interview d'un politique. Dans le passé, Alice s'était passionnée pour les débats politiques, où chacun défendait sincèrement sa vision de la société. Aujourd'hui, chacun défendait sa carrière, son élection, son intérêt personnel. Certes, tout le monde ne peut pas être Jaurès ou de Gaulle, mais bon.

Alice capta quelques bribes des échanges. Le journaliste lui-même s'intéressait moins aux questions de fond sur la résolution des problèmes de la société qu'au jeu politique en soi : la plupart de ses questions visaient la stratégie de carrière, ou la façon dont cet homme politique allait réussir ou non à prendre le pouvoir.

En y pensant, Alice se dit que même le clivage gauche-droite était induit et entretenu par l'ego des hommes, l'ego qui a besoin de diviser, de créer des clans qui s'opposent, pour se sentir exister au sein d'un clan et surtout contre l'autre. D'ailleurs les politiques de tous bords le savent bien : pour resserrer leurs rangs et amener les électeurs aux urnes, il suffit de sortir l'épouvantail de l'autre camp, de crier au loup, et chacun vient gentiment se ranger dans son camp sans avoir à réfléchir. Le clivage gauche-droite est un puissant anesthésiant démocratique.

Le regard du gamin semblait happé par la télé alors qu'il ne devait pas comprendre grand-chose.

Dans un autre coin du salon, l'ado de la famille s'excitait avec un jeu de hockey sur coussins d'air, face à son grand frère. Il devait s'être beaucoup entraîné car il avait des réflexes étonnants.

Alice grignota la gougère en les regardant.

Les démarches spirituelles n'étaient pas sa spécialité et elle se sentait démunie, sensation qu'elle réprouvait. Sa longue expérience du développement personnel le lui avait appris : dans toute situation, il faut garder confiance. L'état de confiance permet d'accéder à ses ressources, lesquelles sont nécessaires pour trouver des solutions aux difficultés. Le découragement est mortifère.

L'ado faisait agilement glisser son poussoir sur la table à coussins d'air pour frapper le palet vers le but adverse et contrer les coups de son frère. Le palet se déplaçait à une vitesse folle, l'air pulsé supprimant tout frottement, toute résistance.

Toute résistance…

Alice sourit. Ce serait bien si l'on pouvait s'envoyer de l'air pulsé dans les méninges pour dissiper la résistance de l'ego !

Elle se souvint subitement de l'approche de Toby Collins, en thérapie, pour gérer la résistance au changement. Toby disait toujours « il est vain de lutter, mieux vaut ruser ». Et le fait est qu'il avait mis au point un certain nombre de techniques, parfois drôles à mettre en œuvre, permettant de contourner les résistances.

Alice but une gorgée de champagne.

Et si elle transposait ces techniques de développement personnel ? La psychologie moderne au service de la spiritualité... Pourquoi n'y avait-elle pas pensé plus tôt ?

Si le développement personnel manquait parfois de profondeur spirituelle, la spiritualité manquait cruellement d'outils psychologiques pour permettre aux gens d'en tirer profit dans leur vie.

Elle se sentit portée par cette vision, et quelques premières idées à mettre en œuvre émergèrent dans son esprit.

Enthousiasmée, elle attrapa la bouteille de champagne et s'en resservit une rasade.

— Ça a l'air d'aller mieux ! lui dit la femme du confrère de Paul.

Alice lui sourit et acquiesça.

— C'est pas drôle, tu gagnes tout le temps, dit le grand frère en s'en allant.

Il s'avachit dans un pouf près du cadet devant la télé.

— Baissez un peu le son, dit leur mère.

L'ado croisa le regard d'Alice.

— Vous voulez faire une partie, m'dame ?

— Une partie ? dit-elle en riant. Je n'ai jamais joué à ça !

— C'est facile, c'est comme un foot.

— Je n'ai jamais fait de foot de ma vie.

— Ah ouais ? C'est pas un problème...

Alice hésita un instant puis se leva. Elle saisit le poussoir laissé par le frère et prit place face à l'ado. C'était sans doute plus amusant que les débats juridiques.

Il commença par donner une légère impulsion au palet en direction d'Alice, qu'elle retourna sans peine d'un petit choc du poussoir qu'elle glissait sur la table. Voyant sans doute qu'elle ne se débrouillait pas trop mal, il accéléra progressivement la cadence.

Tout semblait être une question de réflexes, de concentration pour mobiliser toutes ses facultés afin de réagir au quart de seconde. Et pourtant, Alice ne se concentrait pas. Pas du tout. Elle était au contraire très détendue. Sa position d'adulte en dehors du coup la délivrait de toute attente, de tout score à défendre, de toute réputation à tenir. Il n'y avait aucun enjeu d'aucune sorte. Elle était donc particulièrement libre et sereine, et répondait à chaque envoi du palet sans réfléchir, sans se poser de questions tactiques, juste avec l'envie de bien faire. Son bras et sa main agissaient comme par instinct, et Alice avait presque le sentiment de les laisser faire, sans chercher à contrôler par la volonté.

Elle marqua un but, ce qui la laissa indifférente, et continua de se laisser aller à jouer sans avoir la moindre idée en tête. Elle enchaîna les buts, et vit le rythme des échanges s'accélérer encore. De plus en plus vite. Elle était dans un état un peu second, ni investie mentalement, ni impliquée émotionnellement, mais pas non plus spectatrice dissociée de ses actes. Elle était présente à ce qu'elle faisait, tout en jouissant d'un lâcher-prise inhabituel pour elle. C'était comme si ses gestes obéissaient à une sorte d'intuition du corps, comme si sa main savait ce qu'elle faisait sans obéir à un ordre du cerveau. Et ça marchait avec une précision d'orfèvre, dans une grande fluidité de mouvements. Elle enchaînait les buts, dans un jeu qui atteignait une vitesse extrême, sans aucun effort.

À un moment, l'ado décréta la fin de la partie et la victoire d'Alice. Elle réalisa alors qu'il était trempé de sueur et n'avait pas marqué un seul but.

— C'est incroyable, dit-il, j'ai jamais vu ça. Je m'entraîne depuis quatre mois, aucun de mes potes ne m'a jamais battu. Vous êtes une pro, en fait, hein ?

— C'est la première fois que je joue.

— J'peux pas croire ça. Eh ! Arthur ? T'as suivi ?

— Hein ? dit l'autre sans lever les yeux de la télé.

Il semblait scotché aux images sordides que diffusait le JT.

— Laisse tomber, dit l'ado. Maman ?

— Oui mon chéri.

— T'as vu ton amie ? Elle joue à une vitesse pas croyable.

— Tu me fais rougir, dit Alice.

— Non mais, montrez-lui, c'est dingue. Regarde, maman !

Il reprit son poussoir en main ; Alice saisit le sien, flattée par ces propos élogieux. Finalement, elle était contente d'être venue à la soirée !

La partie recommença sous l'œil intéressé de la mère.

Alice, fière d'être l'objet de tant d'attention, se concentra et la partie redémarra de suite à une vitesse maximale. Elle joua du mieux qu'elle put. Mais elle se rendit compte bien vite que la magie avait cessé d'opérer, et malgré un jeu intense, elle s'inclina face à l'adolescent.

— C'est vrai qu'elle joue bien, conclut la mère.

— Elle jouait beaucoup mieux tout à l'heure, t'as loupé, c'était dingue !

Alice le remercia et rejoignit les adultes.

Dans son coin, la télé continuait d'égrener les nouvelles du jour devant le garçon hébété.

Alice déclina le champagne et les briochettes au saumon qu'on lui présenta. Elle se sentait sur un petit nuage. Elle gardait à l'esprit ce qu'elle venait de vivre.

Ce n'était pas un match de hockey.

Ce n'était pas un match.

Ça n'avait rien à voir avec le sport, la compétition, ni même la victoire ou l'échec.

C'était *autre chose*.

Une prise de conscience. Une compréhension.

Si elle agissait en confiance et que ses actes étaient posés comme tels, sans répondre à une motivation égotique ni servir un intérêt personnel, ils pouvaient alors revêtir une puissance incroyable, presque surnaturelle. C'est comme si elle était dotée d'un pouvoir dont elle n'avait pas le contrôle, un pouvoir dont elle ne serait que le vecteur. La vague qui porte en elle la force de l'océan.

Alice respira profondément. Elle entrevoyait tout ce qu'une telle découverte pouvait signifier. Ce qu'elle pouvait induire dans la vie.

Et elle repensa à Jésus.

Il insistait pour guérir les malades à l'abri des regards, et demandait qu'on n'ébruite pas les résultats obtenus. Était-ce pour ne pas perdre ses pouvoirs en laissant son ego s'emparer de ses prouesses ? Ou était-ce par souci d'exemplarité, pour montrer à tous qu'il existe un lien entre la renonciation à la gloire et la puissance de nos actes ?

Elle se passa les mains dans les cheveux.

Chez Hermès, elle avait réussi à échapper quelques instants à son ego et en avait ressenti un bien-être fou. Lors de ce jeu de hockey, elle venait d'entrevoir la puissance des actes dénués d'ego. Alice en était de plus en plus convaincue : « le Royaume des cieux » dont parlait tout le temps Jésus n'avait rien à voir avec un paradis après la mort ou à la fin des temps, ni même à l'avènement d'un prétendu règne divin. D'ailleurs quand ses disciples – qui semblaient ne jamais rien comprendre – lui demandaient quand est-ce qu'ils pourraient le voir, Jésus répondait invariablement qu'il ne venait pas comme un fait observable, et qu'en fait, il avait déjà commencé. Il ne s'agissait donc pas d'un événement ou d'une situation positionnés dans le temps.

Le Royaume, et elle l'avait pressenti lors de son échange avec Raphaël Duvernet dans les caves de son château, le Royaume devait être cette autre réalité dans laquelle elle avait peut-être basculé quelques minutes à deux reprises. Une réalité parallèle à la réalité connue de tous. L'une était temporelle, l'autre spirituelle. La réalité quotidienne se déroulait chronologiquement, chaque acte se positionnant dans le temps. La réalité spirituelle était… en dehors du temps. C'était comme une autre dimension non tributaire de celui-ci. D'ailleurs, quand elle avait joué au hockey, la première fois, elle avait perdu toute notion du temps, mais aussi toute préoccupation s'inscrivant dans le temps, comme l'attente d'un but ou d'une victoire. La seconde fois, après que son ego se fut emparé du succès, elle se souvenait avoir eu à l'esprit de marquer des buts, de remporter la partie : son esprit anticipait le futur qu'il espérait vainqueur. Elle était revenue dans le temporel.

Elle sourit en repensant à cette parole de Jésus qu'elle avait initialement perçue comme un mauvais conseil : *Demain s'inquiétera de lui-même*. Comment peut-on, s'était-elle insurgée, conseiller aux gens de ne pas être prévoyants ? Elle comprenait maintenant que Jésus ne se préoccupait guère des réalités quotidiennes de la vie temporelle. Son message concernait une autre dimension dans laquelle il invitait les gens.

Peut-être que c'était ça, d'ailleurs, la *vie éternelle* qu'il promettait sans cesse ? Une vie éternelle parce que non temporelle ? Elle se souvenait vaguement de cette affirmation qui l'avait particulièrement fait rire, quelque chose du genre « Celui qui écoute ma parole aura la vie éternelle et passera de la mort à la vie ». Fallait-il être crédule, s'était-elle dit, pour gober de tels propos, croire qu'une fois mort on se réveillera un jour et que notre corps se reformera autour de nos os desséchés ! Par la suite, elle avait émis l'idée que Jésus utilisait peut-être le terme de « mort » pour désigner la vie égotique : quand on est sous l'emprise de son ego, on est tellement à côté de la plaque, on se trompe tellement sur qui on est que l'on ne vit pas sa vie, on est comme mort. Puis Raphaël Duvernet lui avait appris que les sagesses orientales considéraient que l'éveil spiriturel consistait à mourir à un certain niveau pour renaître à un autre…

Tout cela semblait lié. Toutes ces hypothèses, toutes ces interprétations convergeaient. La vie éternelle n'était pas le paradis où se retrouvent les gentils morts qui ont bien agi durant leur existence. La vie éternelle était cette autre réalité qu'Alice avait effleurée, une réalité accessible dès maintenant aux vivants !

— Vous avez l'air toute bizarre, Alice, à quoi diable pensez-vous ?

Alice sursauta. C'était le collègue de Paul.

— À la vie éternelle. Et vous ?

— Ah ! Ah ! Jolie façon de botter en touche.

Il baissa la voix pour ajouter :

— Vous devez avoir des pensées inavouables…

— Disons juste inentendables…

Il rit et remplit d'office sa flûte de champagne. Ils trinquèrent.

Inentendables pour beaucoup de gens, pensa-t-elle. Pas faciles à partager.

Elle soupira. Il était sans doute plus sage de garder tout ça pour soi. Éviter de se ridiculiser ou de passer pour folle. Comment comprendre, comment imaginer un seul instant la possibilité d'une autre réalité, une sorte de monde parallèle délivré du temps, si on ne l'a pas expérimenté soi-même, ne serait-ce que quelques instants dans un contexte ou un autre, comme elle en avait eu la chance inouïe ? Qui pouvait se représenter ce qu'elle avait vécu à cette occasion ?

Elle sentait confusément que très peu de gens pouvaient entendre de telles choses et leur accorder quelque crédit.

Elle-même n'y aurait pas cru, juste quelques mois en arrière…

Elle repensa à son pdg, dont l'annonce d'une humiliante hausse générale des salaires avait déclenché son intuition à elle d'appliquer le précepte chrétien de l'autre joue tendue. Le point de départ de l'aventure…

Elle soupira encore.

Garder pour soi est plus sage.

Elle but une gorgée de champagne.

Et en même temps, c'est égoïste, non ?

Égo-ïste…

Elle se mordit les lèvres.

— Impossible ! lâcha-t-elle à mi-voix.

— Pardon ? demanda l'ado.

— Rien.

Il fallait faire en sorte que tout le monde puisse en bénéficier, que tout le monde se voie offrir la possibilité d'arrêter de se gâcher la vie avec son ego ! Tout le monde… à commencer par ceux auprès desquels elle pouvait agir rapidement, facilement…

Ceux de…

— Vous faites quoi ce week-end ? demanda le collègue.

— On n'a rien prévu, répondit Paul. On ira peut-être se promener dans le Marais…

— Non, dit Alice. Ce week-end, on va à Cluny !

TROISIÈME PARTIE

C'est l'heure de vous réveiller enfin du sommeil [...].
La nuit est avancée, le jour approche.
Dépouillons-nous donc des œuvres des ténèbres,
et revêtons les armes de la lumière.

Épître de Paul aux Romains, XIII, 12

21

La vieille porte en bois doublée de cuir capitonné grinça sur ses gonds, puis se referma dans un bruit étouffé de soufflet. En entrant dans l'église, Alice retrouva l'odeur familière de pierre humide légèrement mêlée d'encens. La voix de Jérémie terminant la messe résonnait dans la nef. Elle rejoignit discrètement un bas-côté pour attendre. Dans la pénombre, elle remarqua pour la première fois une plaque commémorative vissée au pied d'une statue de la Vierge, après la restauration de cette dernière quelques années plus tôt. « Inaugurée en présence de Monseigneur François d'Aubignier, évêque d'Autun ». Son nom avait été soigneusement gravé dans le bronze pour la postérité…

Alice remonta en silence le bas-côté. Le nombre de fidèles était tout à fait honorable et elle se sentit heureuse pour Jérémie. Elle reconnut madame de Sirdegault, bien droite sur sa chaise du premier rang au bord de l'allée, avec son éternel pendentif en croix serti d'un gros rubis, et juste derrière, Victor, le vieux vigneron à moitié sourd, avec Étienne, son ami bègue. De l'autre côté de l'allée centrale, Germaine et Cornélie, chaussées de lunettes demi-lune, leur missel dans une main et un chapelet dans l'autre.

L'autel était baigné de lumière naturelle et Jérémie, avec sa soutane noire et son petit col blanc, se détachait sur les murs de pierre ternes.

Il prononça les derniers mots et les grandes orgues retentirent tandis que les paroissiens se levaient pour rejoindre la sortie, portés par la musique poignante de Jean-Sébastien Bach. Alice sentit les larmes lui monter aux yeux, comme à chaque fois qu'elle entendait *Jésus que ma joie demeure*. Certains artistes parviennent vraiment à vous toucher au plus profond de vous-même.

Celle qu'elle avait surnommée sœur Ikéa, la sourde-muette, s'approcha d'elle en silence et lui glissa dans la main un petit papier avant de disparaître. Alice le déplia : un nouvel extrait des Évangiles griffonné à la main.

Elle attendit patiemment que l'église se vide complètement. L'orgue s'arrêta et le dernier accord résonna sous l'immense voûte avant de se laisser mourir. Le silence reprit possession des lieux. Alice s'avança vers Jérémie. Il leva les yeux en l'entendant approcher, et l'accueillit d'un large sourire.

— Je reviens, dit-elle en souriant à son tour.

— Tu reviens...

— Je reviens travailler avec toi.

Elle fit quelques pas autour de l'autel, tranquillement, en prenant tout son temps. Ses pas résonnèrent dans l'église vide.

— Je crois, dit-elle, qu'il y a encore quelques petites choses à changer ici...

Elle vit que Jérémie l'écoutait avec un mélange de crainte et d'amusement.

— On va passer aux choses sérieuses, dit-elle. À partir de maintenant, on va transmettre la *véritable teneur* des messages de Jésus.

Il leva un sourcil.

— Bref, dit-elle, on va arrêter les bêtises.

Il eut un petit mouvement de recul, à peine perceptible.

— Tu aimes bien provoquer, n'est-ce pas ? dit-il sur un ton amusé.

Elle lui adressa son plus beau sourire. Ses pas continuaient de résonner dans l'église. De toutes parts, sur les vitraux, les saints semblaient l'observer avec une attention soutenue. En haut de sa colonne, le Pidou Berlu semblait écarquiller les yeux de ses trois visages de pierre.

— Tu as une idée de l'âge auquel on lit la mythologie grecque, en général ? dit-elle.

— Dix, douze ans ?

— Sais-tu qu'elle contient des réflexions philosophiques d'une profondeur abyssale ? Le genre de réflexions qui te donnent des vertiges métaphysiques. Et pourtant, rares sont les adultes qui lisent ça, n'est-ce pas ? Pourquoi ? Pourquoi en laisse-t-on la lecture aux gamins de dix ans qui n'en comprennent pas le sens profond alors qu'il y a de quoi nourrir un intellectuel de cinquante ? Parce que la mythologie est globalement vue comme un ensemble d'histoires rocambolesques, bonnes pour faire rêver les enfants. C'est dommage, non ?

Ses derniers mots résonnèrent dans la nef.

— Je vois où tu veux en venir.

— Je me suis intéressée aux symboles et métaphores des spiritualités orientales, je viens de lire Campbell, des centaines de pages d'analyse des mythologies du monde entier. Et... j'ai compris un certain nombre de choses sur la Bible que je n'avais jamais entendues dans une messe.

— Tu n'en as peut-être pas suivi assez...

Alice pouffa de rire.

— J'ai notamment compris que les événements extérieurs qui s'y trouvent décrivent une réalité... intérieure, en nous. Si on ne nous le dit pas, alors les événements en question nous font rire parce qu'on les trouve, au mieux, infondés, au pire, grotesques.

Jérémie se figea un peu. Elle reprit :

— Si vous ne nous dites pas que le déluge de Noé représente symboliquement le flot de nos pulsions et des émotions qui nous déstabilisent, et que vous vous contentez de nous vanter l'épisode de l'arche et de ses gentils animaux qui restent sagement sur le radeau, on rigole : même les enfants de cinq ans comprennent que le lion ne va pas tenir la gazelle par la patte pour la consoler du mal de mer... Si vous continuez de raconter l'Exode comme si Moïse avait réellement conduit son peuple de la terre d'esclavage vers la Terre promise, alors ça fait rire tous ceux qui savent que les archéologues ont retourné de long en large le Sinaï sans jamais découvrir le moindre fragment de poterie qui prouverait que six cent mille familles y ont vécu pendant près de quarante ans... On serait un peu plus réceptifs, en revanche, si vous expliquiez que ce texte est un mythe illustrant le cheminement intérieur qui peut conduire chacun de nous de l'esclavage mental à la liberté… Quand vous dites que Jésus est monté au ciel sans nous expliquer ce que désigne le mot « ciel », les gens qui ont passé un peu de temps sur les bancs de l'école rigolent. Si vous fustigez le péché sans jamais nous expliquer que se laisser aller à trop de plaisirs compromet juste nos chances de nous éveiller à autre chose de plus beau, alors on vous voit comme des castrateurs rabat-joie. Et c'est bien sûr vrai pour toutes les paraboles racontées par Jésus : si vous ne donnez pas les clés pour les décoder et capter les messages utiles pour avancer dans notre vie, alors tout le monde en rit – moi la première – et déserte les églises.

Jérémie soupira.

— Tu es un peu dure, je trouve…

— À un moment donné, il faut savoir mesurer le résultat de ses actions.

— Tu as l'air très sûre de toi quant à la mesure des nôtres, en tout cas…

Elle sourit.

— Tiens : un sondage récent. 34 % des Français croient en l'existence du diable en tant que personne. Voilà le résultat de vos actions ! Et 59 % des Américains. Vous avez encore mieux réussi là-bas.

Le silence retomba dans l'église.

— Tu caricatures peut-être un peu nos actions ? avança-t-il timidement.

Alice sourit de nouveau.

— Regarde tes bigotes…

— Qui ça ?

— Germaine et Cornélie ! Elles connaissent leur missel par cœur. Tu trouves qu'elles ont l'air éveillées ?

211

Alice devina qu'il réprimait un sourire. Puis il secoua la tête d'un air désapprobateur.

— Jésus a dit : « Pourquoi vois-tu la paille qui est dans l'œil de ton frère et ne remarques-tu pas la poutre qui est dans ton œil ? »

— OK, j'accepte le compliment. Mais moi, je n'ai pas passé soixante ans à fréquenter assidûment un lieu de culte…

Il soupira en guise de réponse, l'air un peu désarmé.

— On est au vingt et unième siècle, Jérémie ! Réveillez-vous ! Réveillez-vous pour espérer nous éveiller…

Il garda le silence un long moment avant de parler.

— Donc tu voudrais qu'on explicite les métaphores, c'est ça ?

— Oui.

— Le problème est que tout le monde n'est pas mûr pour recevoir ces messages. C'est pour ça que Jésus s'exprimait en paraboles quand il s'adressait à la foule, alors qu'il n'hésitait pas à tout expliciter aux apôtres dont il était proche.

Jérémie avait l'air partagé. Alice sentait qu'elle avait ébranlé sa conviction mais qu'il résistait encore.

— Tu évoquais, dit-il, les spiritualités orientales. Les maîtres spirituels asiatiques ont pour principe d'attendre que le disciple vienne à eux et pose des questions. Ils recommandent eux-mêmes de ne jamais dire aux gens ce qu'ils ne sont pas prêts à entendre.

— Je suis sûre que beaucoup de gens sont prêts.

Il secoua la tête pensivement.

— Jésus conseillait d'être très prudent dans ce domaine…

— À être trop prudent, on ne fait rien.

— Il disait même : « Ne donnez pas aux chiens ce qui est sacré, ne jetez pas vos perles aux porcs, de peur qu'ils ne les piétinent et que, se retournant, ils ne vous déchirent. »

— Tes paroissiens apprécieront la comparaison.

Jérémie éclata de rire.

— Ne me fais pas dire ce que je n'ai pas dit, ni pensé !

Il secoua la tête avant d'ajouter :

— Tu es vraiment incorrigible ! Et tu ne vois pas où tout ça risque de nous mener…

— C'est pas ma faute, j'ai une poutre dans l'œil.

Il soupira profondément.

— Bon… Donc tu veux expliquer les paraboles. Quoi d'autre ? Parce que je présume que ça ne s'arrête pas là…

Elle sourit.

— On ne peut rien te cacher.

— Alors ?

— Il y a un autre problème à l'église selon moi, c'est qu'on nous demande de croire sans vérifier, sans expérimenter. L'hindouisme, lui, appelle à l'expérience.

— Et que proposes-tu ?

— Je veux proposer des exercices spirituels inspirés du développement personnel, pour permettre à ceux qui le souhaitent de se libérer de l'ego, du mental, et expérimenter un tant soit peu l'autre réalité, *l'autre rive*, comme disait Jésus.

— Alice, avec toute la bonne volonté du monde, on est à l'église, c'est un lieu de culte ! On ne peut pas se mettre à faire des *exercices*. On n'est pas chez Toby Collins ! Il faut respecter les traditions de l'Église…

— Les traditions ? Mais Jésus était le premier pourfendeur des traditions ! Il lui est arrivé de guérir des malades le dimanche alors que c'était rigoureusement interdit par la tradition. Il mangeait ce qu'il voulait, alors que la tradition imposait des règles alimentaires strictes.

— Alice, je suis obligé de suivre les codes liturgiques, tu comprends ?

— Dois-je te rappeler les paroles d'Ésaïe que Jésus répétait lui-même à l'époque ? *Ce peuple m'honore des lèvres, mais son cœur est très éloigné de moi. C'est en vain qu'ils me rendent un culte, en enseignant des doctrines qui ne sont que préceptes humains.* Quant aux lieux de culte, il ne faut pas non plus les sacraliser plus que ça. D'ailleurs Jésus les fréquentait peu, sauf pour aller faire la castagne avec les marchands.

Jérémie secoua la tête en souriant. Mais Alice sentait bien qu'elle le mettait dans l'embarras.

— Ne confondons pas la fin et les moyens, dit-elle. Vos traditions, ce sont des discours et des rituels imaginés à une époque reculée comme le meilleur moyen de transmettre les messages aux gens. Mais l'époque a changé, les gens ont évolué, et vos traditions devraient rester immuables ? Il y a deux mille ans, la science était à l'état larvaire, personne ne comprenait l'univers, les gens étaient pétris de peur, de superstitions et de croyances stupides. Il suffisait peut-être d'ajouter de nouvelles croyances pour qu'ils vous suivent, les êtres humains ayant besoin de sens. Pas aujourd'hui : les gens sont intelligents, cultivés, et plus personne ne peut croire des sornettes. On a besoin de comprendre. Il faut expliciter les choses et aussi les faire expérimenter par les gens.

Jérémie ne répondit pas.

— Regarde l'hindouisme, dit-elle : il y a deux mille huit cents ans, les maîtres des Upanishads se sont détachés du ritualisme védique pour se rapprocher du sens profond des messages du Veda. Il est temps de faire de même aujourd'hui dans le christianisme plutôt que de s'accrocher au nom d'une prétendue tradition à un discours qui a perdu tout sens aux yeux de l'immense majorité des gens.

Jérémie fit la moue.

— Que proposez-vous, dit-elle, comme méthode pour aider vos fidèles à se défaire de l'ego ? La flagellation ? Le cilice ?

— Ce qui est bien avec toi, c'est que ce n'est jamais caricatural.

Alice pouffa de rire.

— La culpabilisation, en tout cas. Cela fait des siècles qu'elle pourrit la vie des chrétiens sans rien leur apporter. Et si on essayait autre chose ?

Jérémie resta silencieux, l'air songeur.

— Il y a plus de deux milliards de chrétiens dans le monde, reprit Alice. Combien parmi eux ont pu entrevoir la lumière ? Combien ont pu accéder à l'autre réalité qui s'ouvre à soi quand l'ego s'efface ? Ça fait pourtant deux mille ans que vous êtes à l'œuvre ! Jésus doit s'en retourner dans sa tombe !

Il leva lentement les yeux vers elle.

— Il n'y est plus, Alice.

22

— Il n'y est plus.

— Insistez ! Il est peut-être parti aux toilettes.

La secrétaire ne répondit pas, et Alice entendit de nouveau les longues sonneries qui se suivaient. Ça faisait au moins quinze jours que le rendez-vous téléphonique avait été pris avec Jacques Laborie, le célèbre astrophysicien. Il ne pouvait pas lui poser un lapin.

Les sonneries se succédèrent puis, enfin, on décrocha.

— Monsieur Laborie ?

— Lui-même.

Alice se sentit soulagée.

— Nous avons rendez-vous, je suis Al...

— Oui, nous avions rendez-vous à 14 heures et je ne suis plus guère disponible.

— 14 heures ? J'avais noté 14 h 30, je suis confuse...

— Il me reste très peu de temps, il va falloir remettre notre entretien, à moins qu'une dizaine de minutes suffisent à vous répondre. Tout dépend si votre question est complexe...

— Pas du tout : je veux juste comprendre la création du monde !

Elle l'entendit rire.

— En effet...

— Je peux me contenter de la version courte. Et si possible simple : mes connaissances en physique sont plus que rudimentaires...

— D'accord.

Il y eut un court silence.

— Tout est parti du vide, dit-il. Un vide extrêmement petit et dense, rempli d'énergie, dans lequel il y a eu une gigantesque explosion, à l'origine de l'univers.

— Le big bang, je présume.

— Voilà. C'était il y a près de 14 milliards d'années. L'énergie libérée a été telle que l'univers s'est étendu dans toutes les directions. Depuis, il ne cesse de s'étendre, si bien que les galaxies s'éloignent de plus en plus les unes des autres. Du chaos du big bang sont nées quantité de particules qui se sont agrégées pour former des systèmes complexes. Les seuls éléments chimiques que le big bang a donnés, l'hélium et l'hydrogène, sont des éléments très simples qui se sont refroidis et contractés sous leur propre poids. Les atomes se sont alors associés en molécules. La matière s'est concentrée et fragmentée. Soumis à une compression extrême, le gaz surchauffé s'est embrasé. C'est le feu de la fusion thermonucléaire. Les premières étoiles sont nées.

— La vie est apparue à ce moment-là ?

— La vie au sens biologique du terme est apparue bien plus tard. Il y a d'abord eu la formation du Soleil, une étoile entourée de huit planètes parmi lesquelles la Terre, il y a 4,5 milliards d'années. La vie y est apparue il y a 3,8 milliards d'années, et l'homme, il y a seulement quelques millions d'années.

— Qu'est-ce qui a permis l'apparition de la vie ?

— La fusion thermonucléaire au cœur des premières étoiles a synthétisé des éléments chimiques lourds. Quand ces étoiles, sortes d'énormes soleils, ont explosé, elles ont ensemencé l'espace de ces éléments chimiques, fruits de leurs entrailles. Sur la planète Terre, ces fragments d'étoiles se sont assemblés pour donner la vie. Le moindre atome de notre corps n'est rien d'autre qu'une poussière d'étoiles, pour reprendre la formule chère à Hubert Reeves.

Une poussière d'étoiles...

Alice repensa à la notion d'unité fondamentale dans les spiritualités orientales dont parlait Raphaël Duvernet. Ses mots résonnaient encore à son esprit : *Il nous appartient, pour réaliser notre vraie nature, de sentir cette unité cachée et de comprendre que l'homme ne fait qu'un avec tout.*

— J'ai une autre question qui me taraude...

— Désolé, je n'ai plus le temps. Reprenons tout de suite rendez-vous, si vous voulez. Je pars trois semaines à l'observatoire de Middlebury, je peux vous proposer de se parler à mon retour. Que diriez-vous du mercredi 10 août à 14 heures ?

— Parfait !

— Vous notez bien 14 heures, n'est-ce pas ?

Alice raccrocha. Elle se sentait confortée dans son opinion, dans sa vision des choses. Si elle n'avait pas d'explication au monde parallèle qu'elle avait entrevu, la création du monde matériel s'expliquait bien, quant à elle, par la physique. Aucun Dieu ne semblait nécessaire dans les réactions chimiques de l'univers !

L'après-midi était douce, dans le jardin ombragé de son père. Bien installés autour de la table en fer forgé, à l'ombre du vieux noyer, Alice et Jérémie dégustaient un cake à l'orange. La théière fumante exhalait des parfums de rose et de jasmin.

Les 5 % de hausse de salaire ne suffisant pas à financer un voyage familial en Australie, Alice avait décidé de passer les vacances à Cluny. Moins exotique, certes, mais au moins, pas d'araignées venimeuses ni de crocodiles dans les rivières ! Paul avait protesté, alors elle avait appuyé sur son point faible : « Inscris-toi tout l'été au cours de dessin de J.-P. Gillot, dans la rue Mercière. Ce type est tellement doué qu'il pourrait transformer en Rembrandt un peintre en bâtiment. » Paul s'était laissé convaincre.

Elle croqua une bouchée de cake en écoutant Jérémie lire son texte à voix haute.

Mmmm… délicieux…

Cela peut sembler paradoxal, mais pour vous libérer de votre ego, il est conseillé de commencer par développer en vous l'ego, mais un ego sain. En effet, si votre ego est blessé, par exemple en raison d'une histoire personnelle ayant freiné le développement d'une bonne estime de soi, la souffrance qui en résulte va vous pousser inconsciemment à surcompenser cette blessure par des attitudes égotiques disproportionnées : votre ego va chercher à reprendre le dessus, à exister envers et contre tout, et il va se développer de manière déséquilibrée. Vous risquez alors de vous perdre dans l'abîme des fausses identités auxquelles votre ego s'accrochera.

— Je ne peux pas faire un sermon avec ça, dit Jérémie. C'est totalement vide de doctrine. Je suis prêtre, pas prof !

— Continue, on en parlera après !

Il soupira, visiblement contrarié, mais reprit la lecture.

Lutter contre votre ego n'est pas non plus une solution : cela aurait pour seul effet de le renforcer, tout en induisant en vous une culpabilité déstabilisante, un conflit interne. Jésus disait d'ailleurs : « Tout royaume divisé contre lui-même est dévasté. »

— Ce point-là est très important, dit-elle. Tu pourrais faire l'analogie avec un régime : lutter contre ses envies de chocolat ne marche pas.

— Du moment qu'on ne l'illustre pas avec une parole de Jésus sortie de son contexte, du genre « Heureux vous qui avez faim car vous serez rassasiés »...

Alice éclata de rire.

— Allez, continue !

Elle croqua une autre bouchée de cake à l'orange pendant qu'il reprenait :

C'est la raison pour laquelle nous avons, dans cette église, depuis quelques mois, appris à s'aimer. Une fois l'estime de soi trouvée, il est plus facile de se libérer de l'emprise de l'ego. Il s'agira alors de lâcher ses fausses identités, les rôles que l'on joue, de se réunifier avec soi-même puis de découvrir la valeur de son être indépendamment de ce que l'on fait ou de ce que l'on a, et puis, ensuite, apprendre non pas à s'oublier, mais à dépasser sa propre personne, et là, n'y

cherchant pas de bénéfice personnel, vous découvrirez
le pouvoir et la puissance que vos actes revêtent alors.

— Bon, dit Alice, qu'en dis-tu ?

Il ne répondit pas, ce qui était plutôt bon signe.

— Tu peux l'accommoder à la sauce catho si tu veux, ajouta-t-elle.

Jérémie restait silencieux, l'air songeur.

Elle but une gorgée de thé chaud.

— À quoi penses-tu ? dit-elle.

— Au curé d'Ars.

— Qui est-ce ?

— Un curé du XIXe siècle.

— Ah bon. Pourquoi penses-tu à lui ?

Il mit un certain temps avant de répondre.

— Je pense souvent à lui, c'est un peu mon mentor... Ses supérieurs trouvaient ses sermons faibles en doctrine, d'ailleurs son évêque fit tout ce qu'il put pour en empêcher la publication. Pourtant, tout le monde reconnaissait qu'il avait contribué à changer la vie de ses paroissiens. Certains le voyaient même comme un saint.

Alice se retint de crier victoire, mais elle savait qu'elle avait gagné.

Quand elle le raccompagna jusqu'au parvis de l'église, un peu plus tard, elle était confiante. Il saurait faire passer les messages, des messages si utiles pour les gens.

Elle le vit s'éloigner puis disparaître dans le presbytère.

— S'il vous plaît, madame ?

Elle se retourna.

Un couple d'une trentaine d'années la regardait d'un air un peu timide. Ils se tenaient par la main comme des enfants, c'était assez touchant.

— Bonjour, dit-elle en leur souriant.

Les deux conjoints échangèrent un regard, comme si chacun attendait de l'autre qu'il prenne la parole. Ils avaient tous les deux des visages très doux. Les cheveux châtains de la jeune femme étaient rassemblés grossièrement en queue-de-cheval. C'est finalement elle qui prit la parole.

— Est-ce que vous savez où c'est que s'trouve le père Jérémie ?

— Vous n'avez pas de chance, il vient de partir et je sais qu'il n'est plus disponible.

Ils eurent l'air très déçus.

— Il dit la messe ce soir, ajouta-t-elle, vous pourrez sûrement lui parler après.

— Ça va pas y être possible, ce soir.

— On n'est pas de la paroisse, ajouta l'homme. On vient d'Charolles, c'est loin.

— Mon mari est veilleur de nuit, il travaille ce soir, on ne peut pas rester.

Alice les sentait préoccupés, et un peu gênés en même temps, comme s'ils vivaient une situation très embarrassante.

— Voulez-vous que je lui transmette un message ?

De nouveau, ils échangèrent un regard.

— En fait, dit la jeune femme, on voudrait qu'il baptise notre dernier enfant.

— Vous connaissez le père Jérémie ?

— Non, il faut qu'on lui parle, dit l'homme. On reviendra.

Alice les regarda s'éloigner, main dans la main. Pourquoi diable faire baptiser son enfant à Cluny quand on habite Charolles, à quarante kilomètres ?

Elle reprit le chemin de la maison de son père, en pensant à Jérémie.

Il craignait de voir ses fidèles s'en aller. Elle était intimement convaincue qu'ils resteraient, et même qu'il en gagnerait d'autres. Mais bien sûr, c'était un pari, et elle n'avait rien à perdre. Elle pouvait se tromper, se fourvoyer, et n'en subir aucune conséquence. Pour Jérémie, en revanche, l'enjeu était de taille : il avait choisi de consacrer sa vie à l'Église, et sa tutelle hiérarchique le voyait déjà d'un mauvais œil à cause d'elle. Mais peut-être fermaient-ils les yeux en raison de son succès populaire. Que ses fidèles lui tournent le dos, et c'en était fini de son ministère…

Elle en avait conscience, le gardait à l'esprit, et pourtant, rien n'y faisait, quelque chose la poussait à entraîner Jérémie dans cette voie. Elle le sentait comme un appel mystérieux.

23

— Qui êtes-vous ? demanda la femme d'une voix douce et profonde.

C'était une brune d'une quarantaine d'années, qui faisait partie des nouvelles paroissiennes. Elle avait tourné sa chaise paillée pour faire face à son voisin, dans la dernière rangée de l'église.

— Je suis… quelqu'un de travailleur, répondit l'homme, jeune trentenaire.

— Vous êtes quelqu'un de travailleur, et vous êtes peut-être aussi parfois quelqu'un de paresseux, dit-elle calmement sur un ton très bienveillant. Et c'est agréable de savoir que vous pouvez être les deux en même temps.

L'homme acquiesça lentement, accueillant à son rythme ces propos inhabituels.

— Qui êtes-vous ? demanda à nouveau la femme.

— Je suis… quelqu'un de reconnu, dit-il.

— Vous êtes quelqu'un de reconnu, et vous êtes peut-être aussi parfois ignoré. Et c'est agréable de savoir que vous pouvez être les deux en même temps…

Alice fit quelques pas dans le bas-côté et écouta de loin un autre binôme. Elle était anxieuse car la présentation de cet exercice un peu psychologisant avait été accueillie très froidement par les fidèles. Jérémie avait dû faire preuve de beaucoup de finesse et de pédagogie pour l'expliquer et le justifier.

Alice remonta silencieusement l'allée. Finalement, dans l'église, tout le monde semblait se prêter au jeu, même si certains parmi les anciens grinçaient des dents.

Les fidèles s'étaient répartis par groupes de deux, et chacun semblait suivre scrupuleusement les consignes de l'exercice.

Jérémie était resté près de l'autel. Il scrutait attentivement l'auditoire, l'air soucieux.

Alice avait imaginé cette séquence en s'inspirant librement d'un exercice du grand psychologue américain Stephen Gilligan. Le but était triple : se désidentifier des rôles ou attributs que l'on se donne, accepter l'autre face de la pièce souvent présente en nous mais refoulée, et enfin réunifier en nous ces éléments opposés tout en lâchant prise sur notre image ou notre besoin de perfection. Accepter ses limites et s'abandonner à une certaine vulnérabilité aide aussi à basculer vers un état d'éveil à l'instant présent.

La réunification de nos tendances contradictoires nous libère des tensions internes, des conflits internes, et nous élève à une harmonie unifiée.

Jérémie, précautionneux, avait pris son temps pour présenter l'exercice aux paroissiens. Il l'avait introduit en citant Jésus : *Ce n'est pas pour eux seulement que je prie, mais encore pour ceux qui croiront en moi par leur parole, afin que tous soient un, […] afin qu'ils soient un comme nous sommes un […] afin qu'ils soient parfaitement un.*

Vu de l'extérieur, l'exercice pouvait sembler très étrange, mais l'expérimenter soi-même ne laissait pas indifférent et chacun y trouvait une paix intérieure nouvelle. Alice sourit en pensant qu'un visiteur entrant à l'improviste aurait sans doute l'impression de débarquer dans une drôle de secte.

Elle s'approcha discrètement de deux femmes.

— Qui êtes-vous ? demanda la première d'entre elles.

L'autre, une personne d'une cinquantaine d'années avec un air très triste, resta silencieuse un long moment avant de répondre d'une voix faible.

— Je suis une femme seule.

— Vous êtes une femme seule, et vous êtes peut-être aussi parfois une femme reliée aux autres… Et c'est agréable de savoir que vous pouvez être les deux en même temps.

Elle attendit quelques instants avant de reprendre.

— Qui êtes-vous ?

— Je suis… incomprise.

L'autre prit son inspiration.

— Vous êtes incomprise, et vous êtes peut-être aussi parfois… comprise. Et c'est agréable de savoir que vous pouvez être les deux en même temps.

Alice sursauta en sentant une main sur son épaule et se retourna vivement. C'était sœur Ikéa qui lui tendait un bout de papier plié en petit. Alice le déplia. C'était comme d'habitude un extrait des Évangiles.

Elle la gratifia d'un sourire et fit quelques pas en rangeant machinalement le billet dans son sac, jusqu'à être à portée de voix d'Étienne et Victor.

— Quoi ?

— Qui… qui es-tu ? bégaya Étienne.

— Comment ? Je ne comprends rien à cet exercice !

— Dis… dis-moi juste qui… qui tu es ! dit Étienne en forçant la voix pour se faire entendre.

— Qui je suis, qui je suis… Je suis… quelqu'un d'intelligent, assurément, répondit Victor d'un ton affirmé.

— Tu… tu es quel…quelqu'un d'in…telligent, et tu es peut… peut-être aussi pa… parfois quel… quelqu'un de bè…bè…bèbête.

— Quoi ?

— Tu… tu… es bè…bèbête.

— Hein ?

— Tu es bè… bè… bèbête, dit Étienne, exténué.

— Parle plus fort !

— Tu… T'es con ! hurla-t-il.

Victor fut tellement choqué qu'il gifla Étienne qui pouffa de rire.

— Et c'est a… agréable…

Juste devant eux, un homme de vingt-cinq ou trente ans avec des lunettes bleues faisait face à madame de Sirdegault, visiblement exaspérée par l'exercice.

Jérémie s'approcha d'eux discrètement.

— Qui êtes-vous ? demandait l'homme.

— Mais tout le monde le sait, voyons !

— Oui, mais pour l'exercice il faut répondre.

Elle soupira bruyamment.

— J'ai un titre de baronne, vous ne l'ignorez pas, jeune homme !

— Vous avez peut-être ce titre, mais qui êtes-vous ?

— Mais enfin ! J'ai une réputation que tout le monde connaît…

— Oui, j'entends ce que vous avez, mais qui êtes-vous ?

— Je n'arrête pas de vous le dire, enfin ! J'ai un nom suffisamment établi dans la région… La famille de Sirdegault avait même une plaque à son nom sur ce banc d'église bien avant que vous ne veniez au monde, mon pauvre ami !

— Je ne vous demande pas ce que vous avez, mais qui vous êtes…

— C'est ridicule, tout ça ! J'ai la foi, moi, j'ai la foi, alors pourquoi m'embête-t-on ?

— Vous avez aussi la foi, vous avez beaucoup de choses, en effet.

Madame de Sirdegault était furibonde.

— Ça me rend folle, ça me met hors de moi ! cria-t-elle.

Juste derrière elle, Victor, qui avait enfin compris l'exercice et croyait que ces paroles s'adressaient à lui, lui répondit :

— Et ça vous rend aussi saine et bien dans votre peau, et c'est agréable.

— Amen, murmura Jérémie, un petit sourire aux lèvres.

Le programme liturgique d'Alice, si l'on peut appeler ainsi ce cocktail de développement personnel et d'éveil spirituel visant à transmettre ce qu'elle avait perçu des messages de Jésus, dura plusieurs semaines. Il alternait des sermons explicatifs, des exercices pratiques, et des prières visant à guider les paroissiens dans l'expérimentation de l'*autre rive*, l'autre réalité, expérimentation qui était le but de la méditation bouddhiste selon Duvernet.

Nous sentons bien en nous la voix d'un autre monde, mais nous ignorons quel est ce monde, disait Ernest Renan. Alice était convaincue que l'expérimenter était le meilleur moyen de l'apprivoiser.

Elle avait insisté, en vain, pour rebaptiser « méditations » un certain nombre de prières afin de pouvoir toucher un plus grand nombre de gens que le seul mot de « prière » pouvait rebuter. Jérémie s'y était refusé :

— Tu vas trop loin, on est quand même dans une église !

— Avoue que c'est la même chose.

— Pas tout à fait : une prière s'adresse à Dieu.

Alice avait fait la moue.

— Dois-je te rappeler que Jésus confiait : « Ce ne sont pas tous ceux qui me disent Seigneur ! Seigneur ! qui entreront dans le Royaume des cieux » ?

Mais elle n'avait pas insisté.

Les fidèles avaient fini par s'habituer à cette nouvelle liturgie et même à en ressentir les bienfaits. Le bouche-à-oreille fonctionnait et l'église continuait de se remplir progressivement de semaine en semaine.

Mais ce qui attirait le plus de gens était encore les confessions, une fois de plus revisitées par Alice. Elle avait inventé le concept de *pénitences paradoxales*, dont l'objectif était de se libérer de son ego en dédramatisant ses tendances égotiques et en apprenant à en rire. Le rire crée une distance sur les événements, et rire de soi-même a des vertus salvatrices. L'idée était aussi de provoquer une vraie prise de conscience de nos tendances, une fois celles-ci rendues naturellement ridicules afin que l'ego puisse difficilement continuer de s'en repaître. L'ego est à l'inconscient ce que le dentifrice est au tube : quand on l'a fait sortir, essayez donc de l'y faire rentrer de nouveau...

Les deux bigotes, Germaine et Cornélie, avaient bien compris qu'Alice avait sa part de responsabilité dans le changement de leurs habitudes paroissiales. Elles lui jetaient sournoisement des regards acrimonieux et détournaient les yeux dès qu'elle passait à proximité. Alice s'en méfiait comme de la peste et les surveillait du coin de l'œil.

Un dimanche matin sur le parvis de l'église, elle avait surpris quelques bribes d'une conversation avec madame de Sirdegault.

— Il faut agir, avait dit Germaine.

— Ça ne peut plus continuer, avait renchéri Cornélie.

— Vous qui avez le bras long, vous pouvez bien faire quelque chose !

— Je ne vous ai pas attendues, avait lâché, hautaine, madame de Sirdegault.

Les deux bigotes l'avaient regardée s'éloigner, puis s'étaient dirigées vers Étienne pour poursuivre leur travail de sape.

*

Jérémie se contorsionna pour parvenir à détendre ses jambes. Victime du succès de l'opération, il était depuis plus de deux heures enfermé dans l'étroit confessionnal et commençait à avoir des crampes.

— Quelqu'un m'a contredite, mon père, dit la voix féminine. Un ami de mon mari avec qui on prenait un verre en terrasse. Il m'a contredite et j'ai bien compris qu'il cherchait à me montrer que j'avais tort. Je me suis sentie… vexée, presque… un peu humiliée. Rejetée. C'est peut-être de ma part un péché d'orgueil…

— C'était la première fois que ça vous arrivait ?

— Non, en fait, ça m'arrive régulièrement, et pas qu'avec lui. Je me sens mal quand on me contredit. J'aimerais tellement avoir le sens de la repartie, mais ça me fait défaut.

Jérémie réfléchit quelques instants.

— La prochaine fois que vous vous retrouvez dans cette situation, dites-vous « Je suis mes opinions ».

— Je suis mes opinions ?

— Voilà. J'existe essentiellement à travers mes opinions, mes idées, mes propos.

— Je ne comprends pas.

— Dites-vous « Ma valeur personnelle se limite à celle de mes propos. S'ils sont erronés ou perçus comme tel, c'est que je ne vaux rien ».

Silence.

— Vous pensez vraiment, mon père ?

— Dites-vous : « En me contredisant, cet homme s'en prend à moi. »

— Peut-être, en effet…

— Ensuite, obligez-vous à prouver que c'est vous qui avez raison. N'attendez même pas que l'autre ait formulé jusqu'au bout sa pensée. Dès que vous devinez qu'il exprime un désaccord, interrompez-le et affirmez votre point de vue, sans le laisser parler. S'il répond, coupez-le et répétez vos propos. Il faut que

231

vous ayez le dernier mot. Quand c'est fait, dites-vous
« J'ai préservé ma valeur, on va me respecter ». Et si
jamais, à l'instant où vous entendez la première objection de l'autre, vous réalisez qu'il a raison et que vous
vous êtes trompée, ne le reconnaissez surtout pas, ne
revoyez jamais votre point de vue et au contraire prenez soin de vous enfermer dans votre idée initiale :
affirmez-la, assénez-la, imposez-la. Renouvelez cette
expérience une dizaine de fois.

— Mais… je… ne peux pas faire une chose pareille…

— Si vous n'y arrivez pas, prenez exemple sur les
hommes politiques, ils sont très doués pour ça.

— Je… ne suis pas sûre que ce soit une bonne idée…

Bien qu'à l'abri des regards derrière sa grille en bois
ouvragé, Jérémie se retint de sourire, de peur que son
sourire ne s'entende dans sa voix.

— Vous me contredisez ?

— Eh bien… disons que je ne suis pas tout à fait
d'accord.

Il prit une voix très peinée.

— C'est bien ça, vous me contredisez.

— Je suis désolée, mais là… j'ai du mal à approuver.

Il laissa le silence retomber, puis prit un ton particulièrement blessé, déprimé.

— Vous rejetez votre prêtre, n'est-ce pas ma fille ?

— Mais non, pas du tout ! s'empressa-t-elle de
répondre pour se justifier.

— Vous ne m'estimez plus du tout…

— Mais si !

— Vous ne me respectez plus, je l'entends bien…

— Ça n'a rien à voir !

Il y eut un silence…

Puis elle se mit à rire, elle éclata de rire, d'un rire qui résonna dans toute la nef.

Jérémie jeta un coup d'œil par le rideau et aperçut Germaine et Cornélie dans l'allée centrale, l'air indigné.

— Merci mon père, dit la voix féminine. Je crois que je vivrai la controverse différemment, désormais.

— Ainsi soit-il.

Une minute plus tard, après s'être tant bien que mal étiré les jambes, Jérémie entendit la voix d'un homme.

— Bonjour mon père. L'autre jour j'ai accompagné mon fils chez son copain. Une fête d'anniversaire, quoi. J'ai parlé un peu avec le père, une petite conversation comme ça, très cool. Sur le moment, je me suis dit qu'on pourrait sympathiser et se revoir. Mais quand j'ai appris qu'il était directeur d'une usine, ça m'a fait bizarre. C'est bête mais je me suis senti… un peu honteux de pas être au même niveau. Pourtant, habituellement, je suis fier de mon parcours. Je suis technico-commercial. Avant, j'étais technicien et j'ai travaillé dur pour être promu, et j'en suis fier. Mais là… quand il m'a dit son poste… je me sentais pas à la hauteur, comme si j'étais… inférieur. Je me suis dit que j'avais pas envie de le revoir. Ou alors plus tard, quand j'aurais décroché un poste plus valorisant.

Jérémie prit son inspiration.

— La prochaine fois, dans un cas de figure pareil, dites-vous que cet homme existe plus que vous.

— Vous êtes dur…

— Pour mériter son amitié, il faut vous élever socialement.

— Ça c'est vrai.

— À partir de là, cessez de voir vos proches et votre famille pour consacrer vos soirées et week-ends à travailler plus afin d'avoir une promotion. Quand vous l'aurez obtenue, ne vous endormez pas sur vos lauriers. Pour rester motivé à travailler plus, continuez de vous sentir amoindri en présence de ceux ayant encore une position sociale plus haute. Vous verrez, c'est très efficace.

— D'accord.

— Reprenez alors le travail pour gravir d'autres échelons. Et pensez bien à vous sentir mal tant qu'il y aura quelqu'un de plus haut placé.

Cette fois, il y eut un silence. Quand l'homme reprit la parole, sa voix avait perdu son enthousiasme.

— Mais… il y aura toujours quelqu'un au-dessus !

— C'est bien pour ça qu'il ne faudra jamais cesser de vous consacrer corps et âme à votre ascension sociale. Vous n'existerez vraiment que le jour où vous serez en toute première position.

Comme l'homme ne répondait pas, Jérémie ajouta :

— Je vous invite à méditer tout ça quelque temps…

Mais il savait que l'idée faisait déjà son chemin.

Il commençait à faire chaud. Le confessionnal, c'est bien l'hiver, mais l'été, ça se transforme vite en four.

Le prochain à se confesser était encore un homme, dont le problème typiquement masculin fit sourire Jérémie : il était irrité, piqué au vif… à chaque fois que l'on démarrait avant lui au feu.

— Très bien, lui dit Jérémie. La prochaine fois que ça arrive, dites-vous : « Je n'existe plus, je n'ai plus aucune valeur, je ne vaux plus rien car ma valeur personnelle dépend de mon accélération au démarrage. Je dois avoir honte d'avoir échoué et toute ma famille présente dans l'habitacle doit avoir honte pour moi, et tous les passants ayant assisté à la scène me regardent comme un être décadent, un sous-homme qui a raté sa vie. »

L'homme éclata de rire. Jérémie enchaîna.

— Obligez-vous à démarrer le premier au prochain feu, et si vous y parvenez, félicitez-vous : « Ça y est, je suis quelqu'un de bien, tout le monde va voir ma valeur, tout le monde va m'admirer, j'ai réussi ma vie. » Répétez l'opération une dizaine de fois, quoi qu'il advienne.

Il sortit du confessionnal en riant.

— Quand une femme est plus belle que moi, je suis malheureuse, confessa la suivante. Hier on a vanté devant moi la beauté de la secrétaire du service commercial, et je me suis sentie mal.

— Vous avez raison d'être malheureuse, parce que cette femme est aussi plus intelligente que vous...

Silence.

— Que...

— Elle jouit d'une meilleure santé que vous...

— Mais...

— Elle est aussi plus cultivée, elle...

— Mais... qu'en savez-vous, je...

— Elle est plus spirituelle que vous...

— Mais...

— Elle s'épanouit plus que vous dans son travail, elle...

— Mais c'est faux !

La voix résonna dans l'église.

Jérémie laissa le silence retomber, avant d'ajouter, dans un souffle :

— La séance est terminée.

24

Lorsque madame de Sirdegault sortit de sa voiture qu'elle venait de garer sur le petit parking privé du club de bridge de Chalon, elle vit madame Fontaine, une autre joueuse du club, claquer sa portière au même moment. Brune aux cheveux courts, un peu d'embonpoint savamment caché par des vêtements élégants, c'était une femme dont la sympathie était réservée à quelques personnes bien choisies. Quelques personnes dont madame de Sirdegault ne faisait pas partie.

— Comment allez-vous ? demanda madame Fontaine avec un sourire anormalement jovial.

Madame de Sirdegault comprit très vite la raison de cette gaieté inhabituelle : elle arborait sur son épaule le dernier-né des sacs à main Vuitton, celui que toute la presse féminine mettait en avant, celui que toutes les femmes désiraient.

Elle se força à la saluer d'un bref signe de tête puis lui tourna le dos pour glisser sa clé dans la serrure manuelle de sa voiture. Elle était vieille, certes, mais au moins, c'était une Jaguar !

Mais l'autre, qui habituellement se tenait à distance, avait subitement des envies de proximité.

— Vous êtes en avance, aujourd'hui ! lança-t-elle.

De toute évidence, elle s'en fichait comme de l'an quarante, c'était juste prétexte à se pavaner.

Elle continuait de la coller en lui mettant son sac sous les yeux.

Madame de Sirdegault, suivie de près, hâta le pas vers la porte du club. Elle en avait un pincement dans le ventre, comme si un sadique lui tordait lentement les viscères.

— C'est agréable, ce soleil, poursuivit l'autre. Il faut dire qu'on l'a attendu, cette année !

Une poule, se dit madame de Sirdegault. On dirait une poule qui caquette.

Le soir, seule dans la pénombre du vieil hôtel particulier clunisois que son mari lui avait concédé lors du divorce, elle repensa à cet épisode irritant. À chaque fois, c'était pareil. Dès que quelqu'un mettait en avant des possessions qu'elle-même n'avait pas, elle sentait la colère monter en elle, avec quelques pointes de haine. Colère d'être ainsi insultée, colère surtout de ne plus pouvoir rivaliser depuis que son divorce lui en avait ôté les moyens. Ça lui gâchait la journée, parfois la soirée également, et dès que les coupables croisaient de nouveau son chemin, le ressentiment ressurgissait en elle comme de vieilles braises qui s'enflamment dans la cheminée alors que tout le monde croyait le feu éteint.

Elle avait confié ses démons au prédécesseur du père Jérémie. Elle se souvenait encore de sa réponse. Citant Jésus, il avait dit : « Là où est ton trésor, là aussi sera ton cœur. » C'était très beau, cela l'avait touchée, bien sûr, et elle y avait souvent repensé. Seulement voilà : ça ne changeait pas son ressenti, ses automatismes émotionnels, ses pensées incontrôlables en présence d'une poule comme madame Fontaine.

Elle pensa au père Jérémie. Elle n'aurait pas le courage d'aller le voir, elle qui se récriait contre ses méthodes irrespectueuses de la tradition et avait même alerté l'évêque à plusieurs reprises.

Elle ouvrit le buffet, prit une bouteille de prunelle de Bourgogne, et en versa quelques larmes dans un petit verre à liqueur.

Le verre à la main, elle s'approcha de la haute fenêtre à petits carreaux. Le vieux parquet en point de Hongrie gémit sous ses pas. Les vitres anciennes, à la surface légèrement ondoyante, déformaient quelque peu la vision de l'extérieur. Par-dessus les toits des maisons médiévales, le clocher de l'église semblait se pencher légèrement vers elle.

La plupart des paroissiens appréciaient les méthodes du père Jérémie. Surtout les nouveaux venus, des jeunes pour l'essentiel. Elle soupira. Peut-être était-elle déjà trop vieille dans sa tête pour apprécier la nouveauté…

Elle but une gorgée de prunelle, et savoura les délicats arômes d'amande. La liqueur Jacoulot… Elle sourit en pensant qu'elle prenait toujours la même depuis… au moins trente ans.

Le clocher sembla se pencher un peu plus vers elle.

Les paroissiens se confessant au père Jérémie avaient l'air ravi. Les conversations de parvis tournaient beaucoup autour des échanges ayant eu lieu en confession. Certains en riaient, d'autres évoquaient le bénéfice qu'ils en avaient retiré.

Évidemment, c'était tentant…

Même Germaine et Cornélie semblaient malgré tout intriguées. Certes, elles continuaient de dénoncer avec virulence les pratiques du prêtre rapportées par les confessés, mais une dénonciation acharnée ne cache-t-elle pas une convoitise refoulée ?

Elle but une nouvelle gorgée de prunelle et se demanda subitement si cette réflexion ne s'appliquait pas à elle-même. L'idée la dérangea, et ce soir-là, elle se coucha désorientée.

Le lendemain matin, elle prit sa décision au réveil. Elle se prépara, se vêtit et se maquilla comme chaque jour avec grand soin, puis mit ses bijoux. Elle avait conscience du caractère absurde de la situation : se parer de tous ses atours pour aller confesser son attachement au matériel et à l'image. Mais on ne se refait pas, et d'ailleurs il était pour elle inconcevable de mettre un pied dehors sans avoir travaillé son apparence pour tenir son rang et préserver sa réputation de femme la plus élégante de Cluny.

Quand elle fut enfin prête, elle se rendit à l'église. Plusieurs personnes attendaient dans la pénombre du bas-côté, et elle dut patienter dans la petite file d'attente, ce qui lui déplut fortement. Elle finit par pénétrer dans le confessionnal. Le parfum de celle qui l'avait précédée flottait encore dans les lieux. Un parfum ordinaire.

Elle se doutait bien que le père Jérémie allait reconnaître sa voix, et cela lui coûtait de livrer ainsi ses turpitudes.

Elle s'efforça de le faire avec dignité.

Quand elle eut fini, le silence retomba et elle attendit, stoïque, que le prêtre prononce sa pénitence.

— À partir de maintenant, vous allez réunir vos plus beaux vêtements…

— Très bien.

— Et tous les revêtir.

Elle fronça les sourcils.

— Tous les revêtir…

— Oui.

— Mon père, je crois que vos propos méritent quelque éclaircissement.

— C'est très simple : vous allez superposer vos vêtements.

— Les superposer ?

— Tout à fait.

— Je ne comprends pas.

— Je crois que si.

Comment pouvait-on exiger d'un pénitent quelque chose d'aussi ridicule ?

Elle sentit la colère l'envahir et s'efforça de respirer profondément pour se contenir. Il ne fallait pas que sa voix trahisse son agacement.

— Soyons réalistes, ce n'est pas envisageable.

Qu'est-ce qui lui avait pris d'aller se confier à ce jeune freluquet ?

— Vous allez ensuite réunir vos bijoux…

— Mes bijoux…

— Et tous les porter.

— Porter tous mes bijoux ?

— Oui.

— Tous à la fois ?

— C'est exact.

N'importe quoi.

Elle sentit sa tension monter de plusieurs crans.

— Ensuite, reprit-il, vous allez préparer tous vos produits de maquillage.

— Mon maquillage.

Elle contrôlait tellement sa colère que ses lèvres en tremblaient et sa voix en ressortait fluette.

— Vous allez mettre plusieurs couches de fond de teint…

— De fond de teint.

— Plusieurs couches de fard à paupières…

— Du fard.

Sa voix devenait à peine perceptible à ses propres oreilles.

Pourquoi laissait-on un pervers sadique officier à Cluny ? Elle se sentait comme une cocotte-minute au couvercle vissé à fond.

— Trois couches de mascara…

— Du mascara.

Que faisait l'évêché, bon sang ?

— Quatre couches de rouge à lèvres…

— Mais ça ne rime à rien ! finit-elle par exploser. Imaginez-moi un instant accoutrée de la sorte ! Je vais étouffer ! Si j'ai tout ça, on ne peut même plus me voir !

Sa voix résonna dans l'église, et dans sa tête.

Le prêtre ne répondit rien.

Absolument rien.

Elle quitta le confessionnal décontenancée, déroutée. Elle rentra chez elle et s'y enferma pour le restant de la journée. Les derniers mots qu'elle avait prononcés tournaient en boucle dans sa tête, hantaient son esprit.

Je vais étouffer… Si j'ai tout ça, on ne peut même plus me voir.

Le soir, un verre de prunelle à la main, la bouteille presque vide à proximité, la pression retombée, elle médita sur tout ce que signifiaient ces phrases qui avaient jailli de sa bouche dans cet instant de colère.

L'avoir éloigne de soi.

Plus on cultive son image, plus on étouffe son être.

25

La mine réjouie de Théo faisait plaisir à voir. Bien assis sur sa chaise bistrot turquoise, accoudé à la petite table métallique rose fuchsia, il savourait l'énorme boule de glace à la pêche de vigne qui débordait de son cornet.

Alice adorait venir chez *Louise*, le glacier placé juste sous l'ancienne porte de l'abbaye. Depuis la terrasse improvisée sur le sol cahoteux aux vieux pavés mal jointoyés, parmi les vestiges de pierre dorée qui restituaient agréablement la chaleur du soleil, on jouissait d'une vue plongeante sur les ruines ensoleillées.

Alice buvait tranquillement son café quand elle aperçut au loin le couple de Charolles qui avait voulu rencontrer Jérémie un samedi. Ils la reconnurent et vinrent à elle.

— Vous tombez très bien, dit la femme. On a justement cherché à vous voir.

— Moi ?

— Le père Jérémie y est jamais là quand on vient, et puis… notre demande est un peu particulière… On nous a dit que si on y passait par vous, on avait plus de chance de l'convaincre.

Alice était stupéfaite.

— Qui vous a dit ça ?

— Une femme sur le parvis de l'église.

— Bon… Mais vous n'avez pas besoin d'être appuyée pour une demande de baptême, vous savez…

La femme, visiblement mal à l'aise, chercha des yeux le soutien de son mari. Il regarda ses pieds.

— En fait, le curé de Charolles a refusé de baptiser notre enfant, alors on y a demandé à ceux des villages autour.

— Il a refusé ? Pourquoi diable a-t-il refusé ?

La femme chercha de nouveau en vain le regard de son mari.

— Eh bien, en fait, quand on avait baptisé l'aîné, on s'était engagés à l'y mettre au catéchisme. Et… on l'a pas fait. C'est pas notre faute : il veut pas. On lui en a parlé, on a essayé de l'pousser. Il veut pas. On va pas le forcer… Mais le curé dit que dans ces conditions, il baptisera pas le petit.

Alice se demanda en quoi ça posait problème au curé de baptiser le second. Quelque chose devait lui échapper.

— Et du coup, reprit la femme, les curés des autres paroisses autour y ont refusé eux aussi, parce que tout le monde est au courant, vous voyez ? On est coincés…

Alice soupira.

— Vous tenez vraiment à ce qu'il soit baptisé ?

Ils écarquillèrent les yeux.

— Mais oui… On y tient absolument ! dit la femme.

— Ce serait terrible s'il l'était pas, ajouta son mari.

Alice ne voyait pas ce qu'il y avait de si terrible à ça, mais il y avait un tel accent de sincérité dans leur attitude qu'elle en fut touchée.

— Je vais en parler au père Jérémie, finit-elle par dire.

— Oh merci !

Elle crut qu'ils allaient tous les deux tomber à genoux devant elle.

— Je suis convaincue qu'il acceptera, ajouta-t-elle pour les rassurer.

— C'est vrai ?

— Je pense.

— Oh, merci ! Merci !

— Je vous en prie.

— Vous nous le promettez, hein ?

Alice les regarda, se tenant par la main, l'air suppliant. Ils étaient touchants. Elle acquiesça.

*

L'évêque fit tourner nerveusement l'améthyste autour de son annulaire, tout en marchant le long des hautes fenêtres de son cabinet épiscopal. Au-dehors, les nuages s'accumulaient dans le ciel. Le vent se levait, l'orage annoncé serait bientôt là. L'air en portait déjà le parfum.

— Vous avez été très patient jusque-là, Monseigneur, dit le vicaire.

Il se tenait debout, raide comme à l'accoutumée, les cheveux gris et les traits marqués par l'intransigeance malgré son jeune âge.

L'évêque ne répondit pas.

Il avait toujours été favorable à une certaine liberté au sein des paroisses, mais c'est vrai que le père Jérémie allait un peu loin.

— Il ne nous écoute pas, insista le vicaire en pinçant les lèvres.

Dehors, les premières gouttes de pluie apparaissaient. Les hirondelles volaient au ras du sol, dans un ballet précipité.

L'évêque repensa aux témoignages reçus. Tous concordaient. Le père Jérémie s'égarait…

— Nous devons persévérer, dit l'évêque. Essayez de le raisonner.

— Peine perdue. Il ne tient absolument pas compte de nos conseils.

La pluie tombait maintenant à torrent. Les jeunes poulains du pré voisin partirent au galop.

— Jésus recommande d'aller chercher la brebis égarée, dit l'évêque.

— Celle-là ne veut pas rentrer au bercail, Monseigneur.

L'évêque soupira. Son vicaire avait raison, de toute évidence.

— C'est toute l'image du diocèse qui risque d'en pâtir, dit le vicaire.

La vérité n'était pas aussi simple. Il y avait très peu de risque que les dérives du père Jérémie remontent au Saint-Siège. L'accroissement conséquent du nombre de fidèles, en revanche, ne pouvait que le servir, lui : le pape appréciait les évêques capables de ramener les ouailles dans le giron de l'Église.

— Je vais réfléchir, dit-il. Le Seigneur guidera ma décision.

*

Mercredi 10 août, 14 heures précises.
Alice prit son téléphone et composa le numéro.

246

La secrétaire décrocha, annonça Alice à son interlocuteur, et passa l'appel.

— Alors, quelle est cette question qui vous taraude ? dit Jacques Laborie.

Alice sourit. Reprendre au pied levé une conversation commencée quelques semaines plus tôt avait un côté surréaliste.

— Eh bien... Vous m'avez expliqué l'explosion initiale, le big bang, la formation des étoiles et des planètes, l'apparition de la vie issue des étoiles ou de leur explosion, et je m'interroge sur un point très particulier. J'ai souvent entendu des scientifiques répondre aux croyants que Dieu n'a pas créé l'univers, puisque c'est le big bang qui en est à l'origine.

— Oui.

— Très bien. Le big bang a créé l'univers. Et ma question est alors : qui a créé le big bang ?

Le physicien se mit à rire.

— Je vois où vous voulez en venir. Mais si vous cherchez un Dieu quelque part, il vaut mieux vous pencher sur ce qu'il s'est passé juste *après* le big bang.

— Après ?

— Je dirais que c'est là où réside un mystère qui pourrait laisser entrevoir certaines hypothèses.

— Vous m'intriguez...

— Je vous ai expliqué la dernière fois que la vie provenait de fragments d'étoiles qui se sont assemblés.

— Oui, que nous étions ainsi tous des poussières d'étoiles.

— Voilà. Il faut comprendre que s'il n'y avait pas eu d'étoiles, il n'y aurait pas eu de vie. L'univers créé par le big bang aurait été stérile.

— Je comprends.

— Il convient alors de se pencher sur ce qui a rendu possible l'apparition des étoiles dans l'univers.

— OK.

— Et là, on se rend compte qu'il fallait qu'un certain nombre de conditions soient réunies lors de la création de l'univers, des conditions extrêmement précises.

— D'accord.

— Cela touche aux propriétés de l'univers. Il fallait que l'univers ait des propriétés *très* particulières, *très* spécifiques. Sinon, les étoiles ne seraient pas apparues.

— Et qu'est-ce qui détermine les propriétés de l'univers ?

— Un certain nombre d'éléments, comme le taux de matière noire, le taux d'expansion initiale, la masse des protons, la vitesse de la lumière, la masse des électrons, la constante de gravité, et bien d'autres encore.

— D'accord.

— Il fallait absolument que chacun de ces éléments se retrouve à un niveau extrêmement précis pour que l'univers rassemble les propriétés nécessaires à l'apparition des étoiles.

— OK.

— C'est comme s'il avait fallu opérer un réglage ultra-fin de chacun de ces éléments, parce que si un seul d'entre eux était réglé différemment, d'une différence microscopique, infinitésimale, alors les conditions n'auraient pas été réunies pour la création des étoiles. Et comme je le disais : pas d'étoile, pas de vie.

Alice réfléchit quelques instants.

— La question qui vient alors à l'esprit est : qui a fait ce réglage ?

— Voilà !

— Ne serait-ce pas possible que ce soit… le hasard ? Il y a le big bang, ça explose et hop ! par le plus grand des hasards, l'univers qui apparaît adopte d'un seul coup toutes les propriétés nécessaires à la formation des étoiles, le bon taux de matière noire, le bon taux d'expansion, la bonne masse des protons et tout le reste. Non ?

— C'est une possibilité.

— Mais ? Je ne vous sens pas convaincu…

Il prit son inspiration.

— Il aurait suffi qu'un seul des éléments déterminant les propriétés de l'univers change d'un rien pour que les conditions ne soient pas réunies, et que les étoiles et la vie n'apparaissent jamais. Il faut comprendre qu'il s'agit d'un réglage d'une précision extrême.

Alice acquiesça pensivement.

— Et quelle est la probabilité qu'un tel réglage se soit quand même fait par hasard ?

— De l'ordre de 10^{-60} : vous changez un seul chiffre à la soixantième décimale, et c'est perdu : pas d'étoile, pas de vie. Le vide.

Alice se tut, songeuse.

Jacques Laborie reprit :

— Mon illustre collègue Trinh Xuan Thuan utilise une image pour illustrer cette probabilité de 10^{-60} que la vie soit le fruit du hasard : c'est la probabilité pour un archer d'atteindre une cible d'un centimètre carré placée aux confins de l'univers, à 14 milliards d'années-lumière.

26

Debout près du bénitier, Germaine observait, intriguée, la file des paroissiens devant le confessionnal.

— C'est quand même fou, dit-elle.

— Jamais je n'aurais imaginé voir de mon vivant l'église se remplir, dit Cornélie.

— Tu pensais le voir après ta mort ?

— Tu te moques de moi, gémit Cornélie.

Germaine toisa un nouvel entrant, un homme d'une trentaine d'années.

— Il y a même des gens qu'on ne connaît pas.

Cornélie fit la moue.

— C'était mieux quand on était entre nous.

Germaine fronça les sourcils et lança le menton en direction du confessionnal.

— Je me demande bien pourquoi ça plaît aux gens. Ce qu'on nous a raconté ne m'a pas convaincue.

Cornélie hocha la tête.

— J'aimerais bien être une petite souris…

Germaine regarda son amie et se dit qu'elle ressemblait plutôt à un gros rat.

— Si seulement, reprit Cornélie, je pouvais me glisser à l'intérieur sans être vue…

— Commence un régime tout de suite.

Une femme sortit du confessionnal, à moitié hilare.

Germaine la suivit du regard pendant qu'elle remontait le bas-côté.

— C'est pas normal, dit-elle en secouant la tête. La religion, c'est pas fait pour rire.

— Tu crois ?

— On doit être à l'image de Jésus.

Cornélie leva lentement les yeux vers le Christ crucifié, puis acquiesça mollement en soupirant d'un air contrit.

La femme passa devant elles tout sourire pour sortir de l'église.

Germaine était déchirée entre sa réprobation et la curiosité qui la dévorait.

— J'ai une idée ! Tu vas aller te confesser. Comme ça on saura vraiment ce qu'il s'y passe !

Cornélie pâlit.

— Oh non… J'oserais pas…

— Qu'est-ce que tu risques ? Allez, vas-y !

— J'aurais pas le courage. T'as qu'à y aller, toi.

— Mais moi, j'ai rien à me reprocher.

Cornélie leva les épaules et les laissa retomber dans un signe d'impuissance.

— Eh bien… t'as qu'à parler de notre petit défaut…

Germaine fronça les sourcils.

— Lequel ?

— Tu sais bien…

— Non.

— Nos p'tites médisances… Quand on dit aux gens ce qu'on pense des autres…

— C'est pas médire, ça. C'est leur ouvrir les yeux.

Cornélie resta silencieuse le temps que l'information soit traitée par son cerveau.

— Eh bien dans ce cas, fais semblant de dire que c'est un défaut. De toute façon c'est pas grave : c'est anonyme.

— Ben tiens ! Il reconnaîtra ma voix !

— Il est tenu au secret.

Germaine fit la moue. Ça méritait réflexion.

*

Alice prit le petit billet que lui tendait sœur Ikéa, qui la regardait les yeux lumineux de bonté, et lui sourit en retour. Avec au moins une dizaine d'autres dans son sac à main, elle s'était habituée à ce petit rituel dont le sens lui échappait toujours.

Elle le déplia en sortant de l'église, se sentant un peu comme un gamin décachetant une pochette Panini dans l'espoir d'avoir mis la main sur une pièce manquant à sa collection. À ce détail près qu'elle avait déjà la collection complète.

Aveuglée par la lumière violente du soleil en quittant la pénombre, elle eut du mal à déchiffrer les mots griffonnés à la main.

Jésus disait : Celui qui connaît le Tout, s'il est privé de lui-même, il est privé de tout.

Elle relut le message trois fois, avec une drôle de sensation.

Cette parole ne provenait pas des Évangiles.

Elle en était certaine.

Autour d'elle, la place était vide. Les touristes avaient dû fuir la chaleur du début d'après-midi pour se mettre au frais dans un salon de thé ou les grottes d'Azé ou de Blanot. Elle rentra chez son père et connecta son ordinateur portable à Internet.

Elle tapa le texte du message et lança la recherche.

Plusieurs sites le reproduisaient à l'identique. Tous se référaient à la même source.

Évangile de Thomas.

Jamais entendu parler.

Alice eut alors un doute. Elle sortit de son sac à main les précédents billets remis par la sourde-muette, les défroissa et les étala sur le bureau devant elle. Elle relut une à une les paroles de Jésus recopiées par la sœur. Provenaient-elles bien des Évangiles de la Bible, comme elle l'avait pensé ? Il lui semblait que oui.

Elle hésita puis, pour en avoir le cœur net, elle retapa le texte de l'un des papiers sur Internet, *Heureux serez-vous quand on vous haïra, lorsqu'on vous persécutera, nul ne trouvera le lieu où vous n'êtes pas persécutés*, et lança la recherche.

Évangile de Thomas.

Allons bon…

Elle prit sa Bible, relut en diagonale différents passages des quatre Évangiles, et retrouva ceux qu'elle cherchait. Pour chacun d'eux, le sens était voisin, mais la formulation différente.

Elle fit de même avec le texte des autres papiers griffonnés. À chaque fois, la signification était proche, ce qui l'avait induite en erreur, mais les phrases différentes.

Alice inspira profondément en regardant par la fenêtre le jardin de son père, avec la grande bignone en fleur qui courait le long du mur de vieille pierre.

Tous les petits mots de la sourde-muette provenaient de l'Évangile de Thomas, dont elle ignorait l'existence jusque-là…

Elle fit quelques recherches sur Internet et en trouva rapidement l'origine.

En 1945, près de Nag Hammadi, en Haute-Égypte, un paysan avait trouvé par hasard une vieille jarre dans une grotte. Elle contenait cinquante-trois manuscrits rassemblés en une douzaine de cahiers de papyrus que les archéologues nomment codex. L'un d'eux était l'Évangile de Thomas, rédigé en langue copte, une langue proche des anciens hiéroglyphes égyptiens. Les archéologues connaissaient déjà l'existence d'un tel Évangile dont seuls quelques fragments avaient été découverts dans des fouilles à Oxyrhynque, autre site égyptien exploré à partir de 1896. Le manuscrit découvert à Nag Hammadi serait un exemplaire reproduit au IIe siècle du texte d'origine dont un faisceau d'indices placerait l'écriture au Ier siècle.

Selon les historiens, il contiendrait des éléments antérieurs à l'écriture des Évangiles dits canoniques, c'est-à-dire reconnus officiellement par l'Église.

Alice poursuivit ses recherches et trouva que le dénommé Thomas, l'un des douze apôtres de Jésus, était réputé avoir évangélisé la Syrie, dans la région d'Édesse. Une communauté chrétienne y aurait été fondée par un de ses disciples. Elle concevait la foi comme une façon de vivre, une voie, et non comme un dogme…

Une façon de vivre, une voie. C'était précisément ce qu'Alice percevait des paroles du Christ.

Le Vatican avait à l'époque choisi de déclarer apocryphe l'Évangile de Thomas, c'est-à-dire non authentique, même si, des années plus tard lors d'une audience générale, le pape Benoît XVI en avait timidement rappelé l'importance. Quelles pouvaient bien être les raisons de ce rejet ?

Elle se procura en ligne l'Évangile de Thomas.

Jésus n'ayant rien écrit de son vivant, toutes les paroles que nous connaissons de lui ont été rapportées par ses disciples ou leurs proches, ce qui explique des différences dues à la mémoire ou l'interprétation, chacun étant malgré lui influencé dans son écoute par ses propres préoccupations, ses convictions, ses croyances…

Les quatre Évangiles canoniques, ceux de Matthieu, Marc, Luc et Jean, sont des textes racontant chacun la vie de Jésus à travers les yeux de leur auteur. Matthieu et Jean étaient des disciples de Jésus. Marc et Luc, proches de disciples du Christ, n'avaient pas connu Jésus directement. Les quatre versions sont très similaires, celles de Marc et Matthieu en particulier.

Alice trouva l'Évangile de Thomas bien différent : il ne s'agissait cette fois pas d'une histoire racontant la vie de Jésus. On n'y trouvait donc aucune anecdote, aucun miracle, rien sur sa condamnation à mort, rien sur sa résurrection… Cet Évangile se contentait de rapporter les paroles du Christ à l'état brut, sans fioritures ni commentaires.

Dès le début de sa lecture, Alice se sentit troublée : ces paroles lui faisaient penser à celles d'un maître oriental : obscures et parfois paradoxales, dont le sens ne saute pas aux yeux de prime abord, mais qui éveillent quelque chose en nous, mystérieusement.

Quand elle eut fini, elle se laissa aller en arrière dans le fauteuil et regarda un long moment par la fenêtre les fleurs, les oiseaux, les nuages.

Ce qui transparaissait à la lecture de cet Évangile, c'est que Jésus semblait jouir d'une vision non-dualiste qui rejoignait assez bien celle de Lao-tseu et des maîtres spirituels orientaux, en contradiction avec la vision dualiste que l'Église lui prêtait, vision dualiste qui sépare l'homme du reste du monde, qui sépare l'homme de Dieu...

Dans cet Évangile, Jésus invitait à l'introspection, à la connaissance de soi et insistait pour dire que Dieu était aussi à l'intérieur de soi.

À l'intérieur de soi... Mais alors pourquoi disait-il le contraire dans les Évangiles canoniques ? Alice se souvenait avoir vérifié quelques semaines plus tôt la formulation qu'il employait à ce sujet : Jésus, en réponse à un groupe de pharisiens lui demandant où était le Royaume de Dieu, avait répondu sans ambiguïté « Il est parmi vous », et non pas « en vous ». Pourquoi cette contradiction ? L'un des évangélistes avait-il mal retranscrit les paroles du Christ, ou ce dernier était-il incohérent ?

Alice soupira, pensive. Elle regarda dans le jardin une hirondelle chanter sur la branche du cerisier, face à trois autres alignées sur le fil à linge. Elle sourit en pensant qu'elle délivrait peut-être un message spirituel aux autres oiseaux, que d'autres rapporteraient encore deux mille ans plus tard, peut-être en le déformant un peu ! Elle aurait aimé pouvoir traduire son langage…

Cela lui donna envie de vérifier que le « parmi vous » de Jésus n'était pas le fruit d'une mauvaise traduction. Elle retrouva le passage en question : verset 21 du chapitre XVII de l'Évangile de Luc. Quelques clics lui suffirent pour accéder en ligne aux principales traductions de la Bible, les plus connues et les plus diffusées.

Dans la Bible de Jérusalem, Alice retrouva, déçue, la même expression : « parmi vous ». Puis elle repéra une note en bas de page précisant « On traduit aussi par "au-dedans de vous", ce qui ne semble pas indiqué par le contexte ». Tiens tiens…

Elle continua sa recherche.

La très respectée T.O.B., Traduction œcuménique de la Bible, utilisait aussi « parmi vous », avec un astérisque renvoyant là encore à une note de bas de page, qu'Alice s'empressa de lire : « On traduit parfois : "en vous", mais cette traduction a l'inconvénient de faire du Règne de Dieu une réalité seulement intérieure et privée. »

Elle surfa jusqu'à trouver un site publiant la version grecque d'origine de l'Évangile de Luc, isola le verset 21, et y repéra l'expression utilisée :

entos ùmôn estin.

Elle vérifia sur plusieurs sites de traduction en ligne. Tous traduisaient par :

il est à l'intérieur de vous.

Craignant une éventuelle approximation, elle approfondit ses recherches sur le terme *entos*, et apprit qu'il désignait non seulement l'intérieur, mais même l'intimité profonde de l'être.

Alice se rejeta en arrière dans son fauteuil.

C'était tout simplement énorme.

Les traducteurs avaient délibérément remplacé « Dieu est à l'intérieur de vous » par « Dieu est parmi vous », parce que cette idée les dérangeait.

Monumental.

Alice avait pensé que chaque évangéliste pouvait avoir involontairement déformé les paroles du Christ par le filtre biaisé de son écoute. Mais que des traducteurs les aient volontairement modifiées dépassait l'entendement.

Et bien sûr, ça changeait tout…

Plus on approchait une vision non dualiste, où chacun de nous, poussière d'étoiles, serait un fragment du Tout et donc un fragment de Dieu, plus on esquissait une conception à laquelle Alice se sentait pouvoir adhérer – même si elle ne savait pas trop quoi mettre derrière cette notion de « Dieu » : une puissance créatrice ? Une conscience commune dont chacun de nous détiendrait une parcelle ?

Ces propos de Jésus malmenés par la traduction donnaient à penser que d'autres éléments de son langage ou de sa vision de la vie avaient pu être de même altérés… Comment le savoir ?

Alice retourna à son clavier, fit des recherches, en vain : les publications autour de la Bible étaient tellement nombreuses qu'il était impossible d'y trouver rapidement quoi que ce soit sans orienter précisément ses recherches.

Son sang ne fit qu'un tour. Raphaël Duvernet. Le spécialiste des spiritualités orientales. Il avait probablement des connexions avec des spécialistes du christianisme. Forcément.

Elle décrocha son téléphone, appela le château et fit du forcing auprès de son entourage pour obtenir de lui parler. Elle l'imaginait au fond de sa cave, dans son fauteuil Louis XV posé sur le grand tapis persan, entouré de tonneaux, de bonnes bouteilles et de verres sales, ayant donné des consignes strictes pour ne pas être importuné. Mais l'expérience de la prospection commerciale eut raison de la résistance de l'entourage, et elle finit par entendre au loin la voix familière, risiblement agressive, du spécialiste déchu.

— Qu'est-ce qu'elle vient m'emmerder encore, l'entendit-elle dire alors qu'il devait s'approcher du combiné.

Elle ne put s'empêcher de rire.

— Qu'est-ce que vous voulez cette fois ? dit-il sans ambages.

— Votre carnet d'adresses, dit-elle le plus tranquillement du monde.

— Vous êtes la femme la plus gonflée que j'aie jamais connue.

Et il obtempéra.

27

La petite route sinueuse n'en finissait pas de serpenter sur les flancs de la montagne. Les nuages noirs s'accumulaient à vive allure dans un ciel contrasté de fin de journée. Alice arriverait bien avant la nuit. Elle espérait juste que l'orage n'éclaterait pas avant son retour. Elle aurait pu attendre le lendemain pour voir tranquillement Jérémie à l'église ou à la maison, mais Théo s'était couché de bonne heure. Autant profiter de cette soirée de liberté.

Un tracteur en panne bloquait l'accès au sommet de la montagne de Suin. Elle abandonna sa voiture sur le bas-côté et traversa à pied le bois de Morphée parsemé d'étranges rochers qui semblaient tombés du ciel. À la sortie du bois, elle emprunta le sentier qui s'élevait dans la lande parfumée, au milieu des genêts et des bruyères cendrées. À près de 600 mètres d'altitude, l'air était plus frais que dans la vallée.

Elle aperçut très vite la statue de la Vierge, tout là-haut au sommet de la butte, puis, en s'approchant encore, elle reconnut de loin la silhouette de Jérémie, de dos.

Faiblement éclairée par les rayons ocre d'un soleil mourant, sa soutane noire se détachait sur le ciel, un ciel pourtant tourmenté par des colonies de nuages sombres qui semblaient pressés de rejoindre le Mont-Blanc, là-bas à l'horizon.

Avalé par les vents, le son des cloches de l'église romane en contrebas s'éleva péniblement jusqu'à elle.

Elle s'approcha. Jérémie se retourna et la regarda venir à lui, le visage impassible.

— Je suis passée chez ta mère, dit-elle, essoufflée. Elle m'a dit que tu serais ici.

Il ne répondit pas, se contentant de l'observer avec un certain détachement bienveillant tandis que le vent agitait ses cheveux. Elle reprit sa respiration en admirant la vue très aérienne. Dans toutes les directions, les vallées, collines, bocages et forêts s'étendaient à l'infini, jusqu'à se perdre au loin à l'horizon.

Ils firent quelques pas côte à côte en silence, s'approchant des rochers qui s'adossaient les uns aux autres au sommet de la butte, dominés par la statue.

— Quelqu'un m'a raconté une vieille légende hindoue, dit-elle. Elle parle d'un temps où tous les hommes étaient des dieux. Mais les hommes abusèrent tellement de leur divinité que Brahmâ, le dieu créateur, décida de la leur retirer et de la cacher à un endroit où ils ne pourraient pas la retrouver. Les dieux secondaires suggérèrent de l'enterrer profondément, mais Brahmâ répondit que les hommes creuseraient et la trouveraient. Au fond de l'océan ? Non, ils finiraient par y plonger et la récupérer. Les dieux secondaires s'avouèrent à court d'idées : il n'existait pas d'endroit que l'être humain ne soit capable d'atteindre un jour. Brahmâ dit alors : « Nous cacherons la divinité de l'homme au plus profond de lui-même, car c'est le seul endroit où il n'ira jamais la chercher. » La légende conclut que depuis ce jour, l'homme a exploré la terre entière et le fond des océans, à la recherche de quelque chose qui se trouve en lui.

Jérémie sourit sans rien dire.

Ils firent quelques pas, se hissèrent sur l'un des rochers, puis s'assirent les pieds dans le vide.

Au loin, vers la vallée de la Loire à l'ouest, un éclair zébra le ciel en silence.

— J'ai mis la main sur l'Évangile de Thomas. Jésus y développe une vision non dualiste très différente de la doctrine de l'Église.

Jérémie resta imperturbable, un léger sourire sur les lèvres.

— Du coup j'ai mené une enquête, dit-elle. Je viens de parler à des spécialistes avec qui on m'a mise en relation, des gens passionnants à qui on donne rarement la parole. Et j'ai appris des choses que j'ignorais totalement. Il semblerait que depuis toujours, l'Église ait tout fait pour effacer cette vision non dualiste et présenter Dieu comme une entité extérieure à soi-même. Dans les Évangiles canoniques, on a transformé des paroles de Jésus en ce sens. Même les protestants, pourtant attachés depuis l'origine au respect des écrits bibliques, ont cru bon d'ajouter des choses. Dans la prière du *Notre-Père*, la seule que Jésus ait dictée à ses apôtres, ils ont délibérément ajouté à la fin « Car c'est à toi qu'appartiennent le règne, la puissance et la gloire, pour les siècles des siècles »…

Jérémie restait silencieux. Elle leva les yeux vers la statue de la Vierge. L'air sentait l'orage approchant.

— Sans doute pour accentuer encore cette vision d'un Dieu extérieur tout-puissant, l'Église a créé de toutes pièces le dogme de la virginité perpétuelle de Marie. Le problème est que Jésus avait des sœurs et quatre frères, qui sont cités dans les Évangiles : Jacques, José, Simon et Jude. Pas facile de rester vierge en ayant autant d'enfants. Alors l'Église les a officiellement rebaptisés « cousins », pour préserver le dogme, et cela reste encore la position officielle aujourd'hui…

Jérémie ne réagit pas.

— Pourtant, reprit Alice, la divinité de l'homme, que la légende hindoue met en scène, se retrouve aux quatre coins de la planète. Dans le judaïsme, il est écrit dans les Psaumes « Vous êtes des dieux ». Les bouddhistes disent « Nous sommes les consciences de Bouddha ». Et Jésus lui-même disait « Le Père et moi sommes un », après avoir affirmé que son Père est aussi le nôtre… Cela lui a valu d'être poursuivi par les Juifs pour blasphème, et condamné à mort. Le comble est que, tout en agissant en son nom, l'Église n'a eu de cesse de poursuivre également pour blasphème ceux qui rejoignaient cette vision non dualiste… Tu m'as fait découvrir ce grand mystique dominicain du Moyen Âge, Maître Eckhart. J'ai appris que l'Église l'avait poursuivi devant le tribunal d'Inquisition pour avoir révélé au grand public sa vision de la divinisation de l'homme. Le pape en personne l'a condamné.

Jérémie continuait de l'écouter en silence. Alice était étonnée qu'il ne se montre ni contrarié ni même surpris par ses propos.

— Jésus, reprit-elle, allait jusqu'à affirmer que chacun de nous pouvait comme lui accomplir des miracles : « Il fera, lui aussi, les œuvres que moi je fais, et il en fera de plus grandes. » Et tu vois, Jérémie, ce qui m'a le plus troublée, c'est de réaliser le sens de ces mots adressés à ses disciples : « Tout ce que vous demandez en priant, croyez que vous l'avez reçu, et cela sera à vous. » Les traducteurs ont préféré changer la fin en « et cela vous sera accordé », sous-entendu par un Dieu tout-puissant extérieur à vous... Ce qui me frappe, c'est que Jésus ne dit pas « Croyez que vous allez le recevoir », espérance projetée dans l'avenir, mais « Croyez que vous l'avez reçu », affirmant que la réalité se retrouvera conforme à notre perception. C'est évidemment surprenant, un peu dérangeant pour qui a un esprit rationnel. J'y ai beaucoup pensé, ces derniers jours, et je pense avoir trouvé une piste : imaginons que Dieu existe...

— Cela ne me demande pas trop d'effort, tu sais...

Alice se mit à rire.

— Si j'espère obtenir quelque chose, la formulation de cette pensée présuppose que je n'ai pas cette chose : si je veux ça, c'est que je ne l'ai pas. « Je ne l'ai pas » est alors le message que j'envoie à Dieu. À l'inverse, si je crois que je l'ai reçue, si je réussis à croire que c'est acquis, c'est le message envoyé à Dieu. Peut-être que Dieu se conforme alors à ma vision, parce que Dieu... est en moi. Si je suis un fragment de Dieu, il y a donc en moi une force créatrice. Une force créatrice qui concrétise mes pensées, qui réalise ce que je crois vrai. Peut-être est-ce aussi la raison pour laquelle Bouddha affirmait : « Avec nos pensées, nous créons notre monde » ? Et tu te souviens de nos séminaires de développement personnel avec Toby Collins ? Pour nous aider à réaliser nos rêves, il nous conseillait de faire *comme si* on en avait les capacités...

Les nuages noirs se déplaçaient en masse vers le Beaujolais, dégageant à l'ouest un horizon aux teintes cognac et or, et libérant par endroits le soleil qui projetait alors sur le bocage des zones lumineuses mouvantes. Quelques grands oiseaux de proie planaient calmement en maîtres du ciel, leurs silhouettes noires se détachant sur la nature en contrebas.

Assise au bord du rocher au sommet de la montagne, les jambes dans le vide et le visage caressé par un vent aux parfums de pluie et d'orage, Alice se sentait aux premières loges d'un spectacle d'une immensité saisissante.

— Cette vision d'un Dieu intérieur invite à un mélange de confiance en soi et de confiance en la vie, dit Alice. C'est peut-être ça, la foi...

Jérémie sourit.

— Si l'on était au Moyen Âge, cette vision inviterait surtout mes supérieurs à te jeter sur un bûcher où l'on te brûlerait comme hérétique !

Alice éclata de rire.

— Cette notion de confiance, de foi qui crée la réalité me rappelle l'histoire de Jésus marchant sur l'eau, dans la Bible. La première fois que je l'ai lue, j'ai ri comme une baleine, mais si on s'accommode du côté surnaturel, il y a quelque chose d'intéressant là-dedans. Je ne me souviens plus des mots exacts, mais...

— *La barque se trouvait déjà au milieu du lac, battue par les vagues, car le vent était contraire*, récita Jérémie de mémoire. *À la fin de la nuit, Jésus alla vers eux en marchant sur le lac. Quand les disciples le virent marcher sur le lac, ils furent affolés et dirent : « C'est un fantôme ! » et, dans leur frayeur, ils poussèrent des cris. Jésus leur dit aussitôt : « Rassurez-vous, c'est moi. N'ayez pas peur ! » Pierre lui répondit : « Seigneur, si c'est toi, ordonne-moi d'aller vers toi sur l'eau. » Jésus lui dit : « Viens ! » Pierre sortit de la barque et marcha sur l'eau pour aller vers Jésus, mais, voyant que le vent était fort, il eut peur et, comme il commençait à s'enfoncer, il s'écria : « Seigneur, sauve-moi ! » Aussitôt Jésus tendit la main, l'empoigna et lui dit : « Homme de peu de foi, pourquoi as-tu douté ? » Ils montèrent dans la barque, et le vent tomba.*

— Voilà, c'est ça. Jésus ne dit pas que ce pouvoir surnaturel vient d'une puissance divine extérieure. Il laisse entendre qu'il vient de l'état de confiance. Lorsque le doute s'insinue chez Pierre, il perd son pouvoir.

Deux éclairs successifs fendirent les nuages noirs en direction du Beaujolais. L'orage se déplaçait vers le sud.

— Dans l'Évangile de Thomas, reprit-elle, Jésus donne une autre piste pour accéder à ce pouvoir : « Si vous ne vous connaissez pas vous-même, vous êtes dans le vain, et vous êtes vanité. » Autrement dit, la connaissance de soi aide à se libérer de l'ego, faute de quoi on n'a aucun pouvoir.

Alice regarda au loin.

Les ailes déployées, un faucon porté par le vent planait à vive allure sans effort apparent, comme s'il glissait entre les nuées dans le ciel.

— Cette vision de la divinité intérieure me donne aussi le sentiment qu'il y a une dimension dans laquelle le temps n'a plus cours, dit Alice, ce que certains physiciens sont d'ailleurs en train de démontrer. J'existe peut-être en dehors du temps, mon incarnation dans ce corps n'est peut-être pas essentielle, ce fragment d'étoiles que je suis, ce fragment du Tout existe peut-être dans une autre réalité au-delà de ce monde terrestre temporel : en me libérant de mon ego qui me sépare des autres et du tout, je sors de la dualité, et en quittant la dualité, je sors de la temporalité. « Avant qu'Abraham fût, je suis », disait Jésus. Ce que j'avais pris pour une faute de conjugaison est peut-être en fait la phrase la plus profonde et la plus troublante qui soit.

Au sud, l'orage commençait à s'éloigner, le ciel se dégageait lentement, et sur la butte le vent se calmait un peu.

Alice regarda Jérémie.

— Quand je t'ai parlé de l'Évangile de Thomas, tu ne m'as pas demandé comment je l'avais découvert.

Il ne répondit rien mais elle crut déceler un infime sourire sur son visage impassible.

— C'est toi qui as manœuvré la sœur sourde-muette ! Avoue !

Il soupira en souriant.

— Tu m'avais fait promettre de ne jamais te parler de Dieu. J'ai tenu ma promesse.

— Mais… ça veut dire que tu partages cette vision de la nature divine de l'homme ?

Jérémie resta immobile un instant.

Puis il fit la moue.

Enfin, lentement, il acquiesça.

— Alors je me demande bien pourquoi tu continues d'appartenir à cette Église qui a tout fait pour lutter contre.

— Je n'appartiens pas à une Église, Alice, j'appartiens à Dieu. C'est l'ego qui pousse quelqu'un à se revendiquer catholique, bouddhiste ou musulman. L'ego cherche l'appartenance à un camp pour se distinguer des autres et se désunir. Tout élan spirituel véritable vise au contraire à s'affranchir des appartenances, des identifications de l'ego, pour se relier aux autres, à l'univers, à Dieu…

En reprenant le sentier vers sa voiture, Alice repensa aux pouvoirs surnaturels de Jésus. Depuis qu'elle avait lu Campbell et ses analyses de centaines de mythes du monde entier, elle ne pouvait s'empêcher de voir dans la succession d'événements ayant jalonné la vie du Christ une mythologie porteuse de messages. Sauf que Jésus, à la différence des êtres mythologiques, était un personnage historique, un homme qui avait bel et bien vécu… Pourtant, elle rechignait évidemment à prendre au premier degré la guérison des aveugles, des paralytiques, le rappel à la vie des morts, la résurrection… Son esprit rationnel avait du mal à croire au surnaturel, et elle ne pouvait s'empêcher d'y voir des histoires inventées pour renforcer les messages du Christ.

Quand on lisait dans la Bible que Jésus guérissait des aveugles, comment ne pas y voir une illustration de sa volonté de nous ouvrir les yeux ? Il intimait aux paralytiques l'ordre de soulever leur sac, se lever et marcher. N'était-ce pas pour nous inviter à prendre en main notre vie ? Quand il réveillait des morts, n'était-ce pas pour nous appeler à l'éveil en nous amenant à réaliser que vivre uniquement au plan matériel équivaut à ne pas vivre ? Si on nous racontait sa mort et sa résurrection, n'était-ce pas pour nous inviter à mourir pour renaître, c'est-à-dire à éteindre notre ego pour faire éclore notre nature divine ?

Soit ses disciples avaient raconté son histoire en la jalonnant d'événements imaginés dans le but de renforcer le message de leur maître, et il était alors étonnant que des hommes pieux aient pu mentir à ce point alors que la Bible affirme à de multiples reprises que les menteurs sont bannis de la présence de Dieu...

Soit Jésus avait vraiment accompli des miracles, le déroulement de sa vie illustrant jusqu'au bout ses messages, et, dans ces conditions, il ne pouvait pas être un simple humain...

Moi, disait-il, je suis le chemin, la vérité et la vie.

28

Jérémie plaça ses jambes en biais dans le confessionnal pour les étirer. Il entendit qu'on tirait le rideau à côté.

— Mon père, je viens confesser… mes médisances.

Il ne put s'empêcher de sourire en entendant cette voix familière de vieille femme, aux accents de contrition un peu forcés…

— Racontez-moi, ma fille, qu'avez-vous à vous reprocher ?

— Me reprocher…

Sa voix avait subitement repris de l'assurance.

— Disons, reprit-elle, qu'il me semble parfois nécessaire d'alerter les paroissiens sur les méfaits des autres, alors que je devrais peut-être les laisser à leur naïveté.

— J'entends…

— Vous comprenez, certains se laissent berner… Il faut bien leur ouvrir les yeux !

— Ma fille, Jésus disait : « Prenez garde à ce que vous entendez. On vous mesurera avec la mesure dont vous vous serez servi. »

— Mais… je ne fais que dévoiler des actes contraires à la charité chrétienne !

— Ma fille, venez-vous confesser vos péchés ou les justifier ?

Comme elle ne répondait pas, il ajouta :

— Saint Jean disait : « Celui qui prétend être dans la lumière, tout en haïssant son frère, est encore dans les ténèbres. »

Elle ne pipa mot.

Il se souvint de la pénitence prescrite un jour par le curé d'Ars, son modèle, à une paroissienne qui confessait ses médisances.

— Voici ce que vous allez faire, ma fille : allez demander un sac de plumes à la basse-cour Cannata, et renversez-les au milieu des ruines de l'abbaye. Puis revenez sur les lieux le lendemain et ramassez-les toutes.

— Toutes les plumes ? Mais c'est impossible ! elles se seront dispersées avec le vent. C'est irrattrapable !

Jérémie resta silencieux, la laissant méditer ses propres paroles.

Elle partit en marmonnant que c'était plus simple quand on lui prescrivait dix *Notre-Père*.

*

— C'est une façon de défier votre autorité, Monseigneur.

L'évêque faisait les cent pas devant la longue enfilade de hautes fenêtres de son cabinet. Quand il avait une décision difficile à prendre, il fallait qu'il marche. Le mouvement libère la pensée.

— Vous êtes certain qu'une date a été arrêtée pour le baptême de cet enfant ?

Le vicaire acquiesça, les lèvres pincées.

— Dimanche 28 août, à l'issue de la messe.

— Et le père Jérémie sait que le curé de Charolles l'avait refusé à la famille ?

— Oui, Monseigneur.

— Vous en êtes sûr ?

— Certain.

L'évêque le fixa quelques instants avant de se remettre en marche.

Quand il cherchait à maîtriser son agacement, le vicaire terminait toujours ses phrases en pinçant ses lèvres, qui formaient alors une pointe ressemblant à s'y méprendre au cul d'une poule de Bresse.

— Il vous teste, Monseigneur. C'est une provocation à votre égard. Si vous ne réagissez pas, plus rien ne l'arrêtera. Et après il sera trop tard.

— Il n'est jamais trop tard.

— Il a beaucoup de paroissiens derrière lui. De plus en plus. Attendez encore, et ils en feront un saint. Vous aurez les poings liés, alors. Vous serez obligé de faire avec. Il sera pour vous une épine dans le pied, à perpétuité.

L'évêque s'assit à son bureau. Le vicaire le fixait, bouche pincée et regard tendu. Il n'avait pas tort. Madame de Sirdegault l'avait elle-même alerté à deux reprises dans le passé. Il ne l'avait pas vue depuis longtemps, d'ailleurs.

— Il pourra tout se permettre, Monseigneur...

L'évêque soupira.

— Il faut sanctionner, dit le vicaire. Et le calme reviendra dans la paroisse de Cluny.

L'évêque hésita. Comment une sanction serait-elle perçue par les autres prêtres ? Cela allait-il asseoir son pouvoir ou au contraire le discréditer ?

— Songez à tout ce qu'il a osé faire en l'espace de quelques mois, insista le vicaire. Laissez-le agir et il deviendra incontrôlable. Le Saint-Siège nous rappellera à l'ordre en vain et nous passerons pour des incompétents.

L'évêque fit tournoyer l'améthyste sur son annulaire.

Il commençait à se lasser des problèmes émanant de Cluny. Sa patience ne devait pas se muer en indécision dont il paierait tôt ou tard les conséquences.

*

L'homme attendit patiemment son tour dans la queue. C'était bien la première fois qu'il voyait une file d'attente devant un confessionnal. Lui-même n'y avait jamais mis les pieds. À l'église non plus, d'ailleurs. Sauf pour des concerts, parfois. Et les seules fois où il avait prié, c'était quand son père était gravement malade, puis sa mère, en désespoir de cause. Mais là, sa cousine avait tellement insisté qu'il s'était finalement laissé convaincre de faire le trajet depuis Mâcon.

Quand son tour fut venu, il se glissa dans l'espace étroit et referma le rideau derrière lui. Il avait l'impression d'être dans un photomaton. Sauf qu'il n'y avait pas de tabouret. Juste une sorte de banc au ras du sol et mal placé. Il dut s'accroupir pour s'y asseoir, et sentit alors l'étagère appuyer sur ses omoplates. Rudimentaire, comme confort. Mais vu que c'est gratuit, on ne peut pas être trop exigeant. Au moins il ne s'endormirait pas comme sur le divan du psy qu'il avait vu une fois, des années plus tôt.

— Je vous écoute, mon fils.

— Bonjour monsieur, je viens vous voir parce que j'ai un problème avec mon voisin du dessus. J'habite dans un immeuble, à Mâcon, et mon voisin me prend de haut, il me snobe totalement, et j'en arrive à me sentir mal dès que je sors de chez moi parce que si je le croise, ça va me mettre de mauvais poil pour le reste de la journée. Et manque de chance : on a les mêmes horaires. On se voit presque tous les jours...

— Décrivez-moi un peu le contexte.

— Oh c'est simple, je monte souvent dans l'ascenseur avec lui. Il habite l'étage au-dessus. Il me parle de façon condescendante. Je sens bien qu'il me méprise, qu'il se croit supérieur à moi, très supérieur, même.

— Vous n'êtes pas responsable de ce que croient les autres...

— Mais il n'a pas à se croire supérieur !

— C'est son problème, pas le vôtre...

— Mais c'est très désagréable, ça m'horripile !

— Ça, c'est votre problème...

— Comment ça ?

— Qu'il se croie supérieur, c'est *son* problème, vous n'y pouvez rien, vous n'êtes pas son psy. Que ça vous fasse mal, c'est *votre* problème.

Le silence retomba pendant qu'il réfléchissait à la portée de ces propos.

— Mais... c'est normal d'avoir mal... je ne suis pas insensible...

— Est-ce que ça change votre valeur, que cette personne se croie supérieure à vous ?

— Non, bien sûr.

— Alors qu'est-ce que ça change ?

Il s'accorda le temps de la réflexion.

— Peut-être... mon ressenti de ma valeur, admit-il.

— C'est parce que vous n'êtes pas assez convaincu de votre valeur que vous êtes sensible à l'opinion des autres à votre égard.

— Peut-être...

— Et si ce voisin se comporte de manière si hautaine, devinez quelle peut en être la raison...

— Aucune idée.

— C'est sans doute qu'il doute aussi de sa propre valeur... Dans ce cas, il a le même problème que vous. C'est juste que son ego le manifeste autrement. Faut-il en vouloir à quelqu'un qui souffre comme vous ?

— Il se peut qu'on souffre autant, sauf que moi je ne le fais payer à personne.

— Peut-être.

— Vous en doutez ?

— On n'est pas toujours conscient du mal que l'on fait involontairement aux autres...

— Bon. Alors quelle est la solution dans le cas présent, face à ce type qui me prend de haut ?

— Quand l'ego de l'autre vous interpelle, si vous répondez à son ego, vous l'entretenez. Si vous parvenez à voir la personne au-delà de l'ego et à vous adresser à elle, vous la libérez de la prison où elle s'enfermait : dans les relations, l'ego de l'autre est une cage dont les barreaux s'effacent quand vous parvenez à voir la personne à travers.

L'homme soupira.

— Mais concrètement, là, qu'est-ce je dois faire ?

Il y eut quelques instants de silence avant que le prêtre ne répondît.

— Jésus disait : « Tout ce que vous voulez que les hommes fassent pour vous, vous aussi, faites-le de même pour eux. »

Le lendemain soir, l'homme rentrait du bureau quand il tomba sur le fameux voisin du dessus, devant les boîtes aux lettres de l'entrée de l'immeuble. Il le salua en se forçant à adopter un ton chaleureux. L'autre le toisa en le gratifiant d'un bref « bonsoir » du bout des lèvres tout en levant le menton de sorte que ses yeux se baissent vers lui un instant, dans une attitude puante à souhait.

Si vous répondez à son ego, vous l'entretenez.

Il décida de lui adresser en retour un sourire particulièrement jovial.

L'autre détourna les yeux rapidement.

Ils entrèrent dans la cabine en bois du vieil ascenseur et le portillon intérieur coulissant se referma au ralenti, tandis que la lourde porte vitrée en fer forgée se rabattait sur eux.

Il se tourna vers son voisin, qui fixait un point invisible au plafond tandis que l'ascenseur s'élevait, dans une lenteur infinie. La promiscuité était pesante, tout comme le silence qui les entourait.

Il prit doucement la parole, et fut lui-même troublé d'entendre chaque vibration de sa voix fendre le silence.

— Hier, je suis allé à l'église...

Il sentit immédiatement la crispation de son voisin, qui fixa encore plus intensément le point invisible au plafond.

Il reprit :

— Et j'ai prié pour vous.

Les yeux de l'autre s'écarquillèrent sans quitter le point invisible, comme s'il était hypnotisé par quelque parole magique.

Le silence retomba mais les mots semblèrent continuer de résonner. Le vieil ascenseur poussif continua de s'élever avec peine.

— J'ai prié pour que les gens parviennent à voir votre bonté derrière le masque de votre apparence.

Il vit les lèvres du voisin commencer à trembler, comme pour bredouiller, mais aucun son n'en sortit. L'ascenseur arriva à son étage et les portes s'ouvrirent péniblement.

Il sortit, se retourna et ajouta :

— Car moi, je sais qu'au fond vous êtes quelqu'un de bien.

Plus jamais l'autre ne le prit de haut.

29

Une assiette de madeleines toutes chaudes et une théière fumante disposées devant elle sur la table de jardin, Alice était plongée dans sa bible à l'ombre du vieux noyer.

— Viens prendre des madeleines ! cria-t-elle à Théo. Difficile de rivaliser avec la balançoire…

— Sinon je vais les finir et prendre deux kilos, ajouta-t-elle en baissant d'un ton.

Elle arracha de sa bible la couverture de code civil qui partait en lambeaux.

Elle était enthousiasmée par ce qu'elle venait de comprendre. Jésus donnait une piste essentielle pour se libérer de l'ego, qu'elle n'avait jamais réalisée jusque-là. Du coup, elle avait déjà à l'esprit toute la trame du prochain sermon de Jérémie.

Elle entendit un bruit de pas et se retourna.

— Tiens ! Je pensais à toi, justement ! lui dit-elle pendant qu'il la rejoignait. J'ai une suggestion pour la messe de dimanche prochain. Prends une chaise.

Il s'assit et elle lui tendit l'assiette de madeleines, qu'il déclina.

Il fit un petit signe amical de la main à Théo, et promena son regard tout autour de lui, dans le jardin,

comme s'il en savourait la vision ou voulait s'en imprégner. Ses yeux finirent par revenir sur elle et il lui
sourit, de son sourire plein de bonté et... dans lequel
elle crut déceler une pointe de tristesse.

— Quelque chose ne va pas, Jérémie ?

Il continua de sourire avec bienveillance, mais elle
sentit qu'il cherchait à prolonger cet instant de légèreté, et cela l'inquiéta davantage. Il finit par parler,
d'une voix posée, contenue.

— Ce sera ma dernière messe à Cluny.

— Hein ?

Il acquiesça.

— Mais... pourquoi ça ?

— Je suis nommé à Yaoundé.

Alice le regarda, incrédule, avant de réaliser vraiment le sens et la portée de ses propos.

Elle en resta sans voix.

C'était comme si tout s'effondrait d'un coup. Tout.
Tout ce qu'ils avaient fait, tout ce qu'ils avaient mis en
place, tous ces efforts pour faire venir les paroissiens,
tous les bienfaits ressentis par les gens...

Elle se sentit subitement emplie de tristesse, de
déception, de dégoût...

— Pourquoi ? Pourquoi ont-ils fait ça ?

Il ne répondit pas.

— Mais... ils ont le droit de te muter au Cameroun
du jour au lendemain, comme ça ?

Il acquiesça, soulevant les épaules en signe d'impuissance.

— L'évêque m'a rappelé que les apôtres ont toujours été itinérants.

— Et... tout ce qu'on a réalisé...

— Un nouveau prêtre sera nommé.

— Qui va tout défaire.

— Pas forcément…

Elle se sentait effondrée.

— L'idée que l'on remette en place les chansonnettes niaises et tout le tintouin me fiche le bourdon. Ça fera fuir tout le monde.

— On ne peut pas savoir, Alice.

Elle secoua la tête, dégoûtée.

— Tu pars quand, exactement ?

— Jeudi matin à l'aube. Le vicaire de l'évêché vient me prendre au presbytère pour m'emmener en voiture à l'aéroport de Genève.

— Jeudi ? Pourquoi si vite ?

— Sans doute est-ce nécessaire. J'en saurai plus dimanche matin, je suis convoqué à l'évêché avant la messe.

Elle avait beaucoup de mal à concevoir qu'il ne serait bientôt plus là, qu'ils se verraient rarement… Il allait manquer aussi aux paroissiens, c'est sûr.

— La famille de Charolles a beaucoup de chance que le baptême ait été fixé à dimanche. Une semaine de plus et c'était mort. Eux qui y tenaient comme à la prunelle de leurs yeux…

— Oui, j'ai l'impression.

— En tout cas, c'est injuste de te muter, pile au moment où l'on récoltait les fruits de tout ce travail !

Il soupira puis sourit calmement.

— L'essentiel est d'avoir agi en notre âme et conscience, Alice, plus que d'en recueillir soi-même les fruits. Jésus disait : « Que ta main gauche ne sache pas ce que fait ta droite. »

— Je ne dois pas avoir atteint ce niveau de sagesse…

Il posa sur elle un regard plein de bonté.

— Qui sait la portée exacte de nos actes ? Qui sait ce que nous aurons appris de cette expérience ? Dans la vie, les choses semblent parfois nous échapper. C'est juste que, dans l'instant, nous en ignorons le sens profond.

*

Germaine tenait son cabas contre son ventre en traversant la place du marché.

— Manipuler des plumes, c'est de la magie noire !

— C'est à peine croyable, dit Cornélie. Si on m'avait dit qu'on verrait ça à Cluny, quand même…

— Jésus avait bien dit qu'il y aurait de faux prophètes.

— C'est vrai, dit Cornélie.

Germaine baissa la voix.

— Le père Jérémie est un agent du diable !

— Tais-toi, j'ai peur…

— C'est pas étonnant qu'il parte en Afrique. Ça doit être pour y retrouver des sorciers vaudous.

— Oh ! Mon Dieu…

— Depuis le début, je le dis, qu'il faut se méfier de lui. Depuis le début !

— Nous, au moins, on s'est pas fait avoir, dit Cornélie. Et c'est pas faute d'avoir prévenu les autres.

— Regarde madame de Sirdegault. Elle a pris sa défense, l'autre jour !

— Avant, elle était bien, cette femme-là…

— Il a dû l'ensorceler !

— La pauvre…

Germaine secoua la tête d'un air entendu.

Soudain, elle se figea et stoppa Cornélie en mettant son bras en travers de son corps.

— Regarde qui va là !

De l'autre côté de la place, le père Jérémie descendait la rue de la République, avec sa longue soutane noir corbeau.

— Mon Dieu, dit Cornélie en faisant le signe de croix.

Germaine garda tout son sang-froid, prit à pleines mains son crucifix, et le tendit dans la direction du prêtre en murmurant d'une voix sentencieuse :

— *Vade retro, Satana* !

30

Alice se sentait pleine de nostalgie avant l'heure quand elle arriva sur la place de l'église.

Il y avait, comme chaque semaine, encore un peu plus de monde sur le parvis, dans une atmosphère joyeuse et insouciante. La nouvelle du départ de Jérémie n'avait pas dû commencer à se répandre.

Le soleil matinal éclairait les façades médiévales de la place en donnant à leurs pierres des reflets mordorés. La plupart des fenêtres étaient encore grandes ouvertes, dans l'espoir de faire entrer dans les maisons les derniers instants de fraîcheur de la journée.

Elle salua les têtes familières et entra dans l'église pour rejoindre Jérémie. Des paroissiens étaient déjà installés sur les chaises, surtout des anciens, qui craignaient que les nouveaux venus ne leur prennent leur place en les reléguant au fond de l'église.

Elle croisa le regard du couple de Charolles assis sur un banc près des fonts baptismaux avec un garçon de sept ou huit ans, le bébé dans les bras du papa et du monde autour d'eux, sans doute de la famille et des amis. Les parents se levèrent et vinrent à sa rencontre les yeux brillants.

— On voudrait encore vous remercier. C'est grâce à vous qu'il sera baptisé aujourd'hui.

— Je vous en prie.

Elle traversa la nef. Jérémie n'était pas encore là, la sacristie était vide. L'entrevue avec l'évêque avait dû durer un peu...

Elle reprit le bas-côté pour sortir de l'église. Sur le parvis, les conversations battaient leur plein. Il y avait une certaine légèreté dans l'air, et Alice peinait à croire que c'était la dernière fois qu'ils se rassemblaient pour la messe de Jérémie.

Mais quand allait-il arriver ?

*

— J'ai fait de mon mieux pour le retenir, mais là, mieux vaut le recevoir, Monseigneur, sinon je ne réponds plus de rien.

Assis derrière son grand bureau paré de dorures, l'évêque leva un sourcil.

— Faites-le entrer.

Le vicaire se retira dans l'antichambre.

— Il faut que j'y aille, dit le père Jérémie en le voyant entrer. Vous m'excuserez auprès de l'évêque et lui direz que je dois sacrifier à mes obligations envers les paroissiens. Je suis prêt à revenir après la messe s'il le souhaite. Vous me préviendrez.

Il tournait déjà les talons. Le vicaire lui toucha le bras.

— Attendez...

— Je ne peux plus attendre.

— Monseigneur vous reçoit tout de suite, dit le vicaire.

Le père Jérémie hésita un instant.

— Je suis désolé, mais je n'ai plus le temps.

Il se tournait déjà vers la sortie quand la voix de l'évêque surgit de son cabinet.

— Entrez, père Jérémie !

Le prêtre se figea.

— Suivez-moi, chuchota le vicaire.

Ils entrèrent dans le cabinet.

— Asseyez-vous, père Jérémie, dit l'évêque en prenant place lui-même dans le fauteuil monumental au bout de la longue table rectangulaire.

Le vicaire recula pour se tenir discrètement le long des hautes fenêtres, près de la porte.

— Je ne vais malheureusement pas pouvoir rester, Monseigneur, car la messe de Cluny commence dans…

— Détendez-vous. Nous avons tout notre temps. Je suis désolé pour mon retard mais il faut absolument que l'on prépare votre départ.

— Mais je suis attendu à 10 heures pour la messe.

— Ne vous en faites pas. Nous ferons part d'un cas de force majeure, les gens comprendront.

Le prêtre ne répondit pas.

Le vicaire respira, soulagé.

La messe n'aurait pas lieu. Pas de discours d'adieux ni d'effusion de sentiments. Le diocèse ne fabriquerait pas de victime.

Mieux vaut tailler la branche d'un coup sec et passer à autre chose.

*

10 h 15.

Le retard de Jérémie devenait très embarrassant.

Alice s'était bien dit qu'une réunion à l'évêché avant la messe matinale était une mauvaise idée.

Elle aperçut une religieuse parmi les paroissiens et se dirigea vers elle.

— Le père Jérémie n'est pas là, lui dit-elle tout bas. Allez au presbytère appeler l'évêché et demandez-leur à quelle heure il en est reparti.

La sœur sembla hésiter un instant, puis obtempéra.

Les gens regardaient leur montre et montraient des signes d'impatience. Le parvis s'était peu à peu vidé et l'église se remplissait.

Le vieux Victor vint à elle. Il avait appris le départ de Jérémie et le déplorait. Il commença à énumérer les noms des prêtres l'ayant précédé. Mais Alice ne l'écoutait pas. Elle était trop préoccupée par l'absence de son ami.

Pourvu qu'il ne lui soit rien arrivé sur la route…

10 h 25

La religieuse revint enfin.

— Le père Jérémie est retenu à l'évêché, dit-elle. La messe est annulée, et on m'a dit de prévenir les paroissiens.

— La messe est annulée ?

La sœur hocha la tête. Elle avait l'air de partager sa déception.

— Vous ne pourriez pas vous charger… de l'annoncer à tout le monde ? dit-elle d'un regard presque suppliant.

Alice acquiesça.

La sœur s'évanouit en direction du presbytère.

Retenu à l'évêché.

Ça ne pouvait pas tomber plus mal.

Le baptême promis...

Le sermon qui lui tenait à cœur...

Sale coup pour tout le monde. Le pauvre Jérémie ne pourrait même pas dire au revoir à ses fidèles réunis. Le convoquer à l'évêché, à plus d'une heure de route de Cluny, le matin de la messe, était très bizarre. Pourquoi pas la veille, l'après-midi, ou le lendemain ? Et maintenant, il s'y retrouvait retenu... Étrange.

Et si c'était pour empêcher le baptême ?

Elle n'avait pas confiance en ces gens-là. Surtout depuis la mutation arbitraire de Jérémie. Elle les sentait capables de tout.

Déprimée, Alice entra dans l'église pour aller annoncer, à contrecœur, la mauvaise nouvelle. Cela lui donnait l'impression de se retrouver malgré elle complice des manœuvres de l'évêché.

Son cœur se serra quand elle vit de nouveau la famille de Charolles. Elle prit sur elle et s'approcha d'eux.

— Il y a un problème, dit-elle. Le père Jérémie a été retenu à l'évêché. La messe va être annulée.

— Annulée ? dit la mère les yeux écarquillés.

— Mais... et le baptême ? dit le père.

— Je suis sincèrement désolée pour vous, je suis confuse...

Leurs visages affichèrent une telle déception qu'elle n'eut pas le courage d'ajouter que le père Jérémie ne ferait pas d'autres messes, et que ce baptême n'aurait sans doute jamais lieu.

— S'il vous plaît, faites quelque chose…

Alice regarda, impuissante, leurs yeux implorants.

Ils avaient remué ciel et terre et elle leur avait promis que l'enfant serait baptisé.

— Je suis désolée…

Elle se retira et marcha en direction du chœur. La grande déception de ces gens s'ajoutait à la sienne, à sa tristesse, à son désarroi, à sa colère.

Elle passa à côté des cierges dont les pauvres flammes oscillaient avec mélancolie. Le souffle de son amertume suffirait à les éteindre.

Comme toujours quand les choses lui échappaient, elle ressentait l'envie d'agir, de reprendre en main la situation, de ne pas capituler devant les événements, qu'ils soient fortuits ou calculés par des âmes malveillantes. Mais dans le cas présent, il n'y avait rien à faire, et cela amplifiait son ressentiment.

Parvenue au pied de l'estrade, avant d'y monter, elle se tourna vers l'assistance. La nef était aux trois quarts pleine. Elle eut un pincement au cœur en repensant à la première messe à laquelle elle avait assisté, cinq ou six mois plus tôt. Douze fidèles y participaient… Aujourd'hui, ils étaient deux ou trois cents. Et ils seraient encore plus nombreux si tous les visiteurs du confessionnal étaient présents.

Combien en resterait-il à la fin de l'année ?

Elle aperçut madame de Sirdegault, fidèle à sa place du premier rang, et elle se demanda pourquoi elle avait l'air aussi troublé. Elle reconnut aussi Étienne un peu plus loin. Elle croisa de nouveau le regard du jeune couple, leur garçon sur les genoux, le bébé dans les bras, le parrain, la marraine, leurs familles et amis autour. Tous avaient la mine défaite. Sans doute avaient-ils prévu une fête, des cadeaux, des dragées avec la date imprimée sur le sachet… Tout tombait à l'eau.

Alice secoua la tête. Cette situation était injuste à tous points de vue.

Elle respira pour évacuer sa nervosité. Plus elle ressentait l'injustice, plus l'envie d'agir grandissait en elle, comme un commandement intérieur.

Une idée lui traversa l'esprit, une idée tellement inconcevable qu'elle la rejeta immédiatement.

Mais elle sentit alors une sorte d'énergie monter en elle, quelque chose qui l'appelait et la portait en même temps…

Non. Elle ne pouvait pas se permettre, c'était irrecevable.

Elle se sentit tiraillée, déchirée entre cet appel intérieur et sa raison, qui lui interdisait de le suivre. Elle se devait d'être sensée, d'avoir un peu de retenue, de respecter un tant soit peu les codes…

Elle se souvint alors de Jésus affirmant que Dieu vomit les tièdes.

Dieu vomit les tièdes, se répéta-t-elle pendant quelques instants.

Elle monta sur l'estrade et s'approcha du micro fixé au lutrin.

— Bonjour à tous.

Elle entendit sa voix résonner dans toute l'église.

— J'ai le regret de vous annoncer que le père Jérémie a été muté. Il partira dans quelques jours pour un pays lointain. Et nous venons d'apprendre qu'il est en ce moment retenu à l'évêché.

Elle balaya des yeux l'assemblée. Tout le monde la regardait dans un silence absolu.

Elle prit son inspiration.

— C'est moi… qui vais dire la messe à sa place aujourd'hui.

Une onde de murmures parcourut la nef en tous sens. Quelques cris d'indignation aussi.

Elle aperçut les bigotes au bord de l'apoplexie. Sculpté en haut de sa colonne de pierre, le Pidou Berlu semblait plus éberlué que jamais.

Des personnes se levèrent et s'en allèrent, bientôt suivies par quelques autres.

La situation était intimidante, surtout pour elle, habituellement sujette au trac quand elle prenait la parole en public. Mais elle s'était lancée en suivant cet élan qui la portait, en écoutant son cœur, et elle décida de continuer, sans jouer au prêtre, sans chercher à coller à un rôle ou un personnage, mais en étant simplement elle-même délivrant les messages qu'elle avait envie de délivrer, qu'elle avait préparés pour le sermon de Jérémie. Bien sûr, elle en avait oublié le texte mais, là encore, elle décida de faire confiance à son intuition, son instinct et son cœur, et de renoncer à essayer de se remémorer les mots écrits les jours précédents. Les jours précédents appartiennent au passé, et la vérité de l'instant est toujours plus grande que celle du passé.

D'ailleurs ce n'était pas un show, elle faisait cette messe pour les paroissiens et non pour elle, et n'en attendait rien en retour.

Elle regarda tous ceux qui restaient. S'ils étaient là, c'était pour s'éveiller spirituellement, comme elle-même le cherchait depuis plusieurs mois. Ils poursuivaient finalement la même quête, et elle voulait partager ce qui avait commencé à contribuer à son propre éveil. Ne pas garder ça pour elle, en faire bénéficier tout le monde.

Tandis que montait en elle l'envie de transmettre ce qu'elle avait appris, elle se mit à ressentir comme une forme d'amitié à leur égard.

Il se passa alors une chose étonnante : son trac se résorba comme par magie, jusqu'à s'évanouir totalement. Elle avait passé sa vie à lutter contre sa timidité, une timidité qu'elle cachait habilement en prenant sur elle pour se forcer à s'affirmer et aller de l'avant, au point de passer pour téméraire… Elle s'en trouvait subitement libérée, sans aucun effort. Et elle réalisa que la timidité était l'enfant de l'ego, le produit de l'ego : la timide qu'elle avait été croyait à chaque instant de la vie tous les regards braqués sur elle pour la jauger. Cette vision n'était-elle pas… narcissique ?

En renonçant à jouer un rôle et à tenir son rang, en renonçant à briller d'une façon ou d'une autre, en se contentant d'exprimer ce qui lui tenait à cœur à l'instant présent, en s'effaçant pour se mettre au service de sa mission et des messages qu'elle souhaitait délivrer, en se tournant sincèrement vers ceux à qui elle les destinait, elle se délivrait de sa timidité.

— Je m'appelle Alice, je suis une amie d'enfance du père Jérémie. Bien que l'ayant souvent vu à l'œuvre, je ne suis pas sûre de savoir respecter tous les codes de la messe mais…

— Croyez-vous en Dieu, au moins ?

La voix tonitruante déchira le calme de l'édifice et ses vibrations résonnèrent de toutes parts. Stoppée net dans son élan, Alice regarda vers sa gauche, d'où avait fusé la question. Elle ne repéra pas l'homme qui l'avait prononcée. À sa voix, il devait avoir une soixantaine d'années. Sans doute un voisin connaissant la réputation athée de sa famille…

Embarrassée, Alice chercha ses mots, et son absence de réponse immédiate provoqua une nouvelle onde de murmures dans l'église.

Elle leva de nouveau les yeux dans la direction de l'inconnu.

— Dites-moi qui est Dieu et je vous dirai si j'y crois.

Un nouveau bourdonnement parcourut la nef, puis le silence revint.

Tous les visages se tournèrent dans la direction de l'homme.

Mais la réponse ne vint pas. Celui qui avait été si prompt à interpeller Alice sur sa croyance en Dieu ne semblait pas capable de dire qui il était.

Elle prit alors son inspiration et se lança.

— Je me suis longtemps considérée athée, puis j'ai découvert la valeur des paroles de Jésus que j'ai alors perçu comme un grand sage. J'ai appliqué ses préceptes pour les expérimenter moi-même, et j'ai été troublée par ce que j'ai alors vécu. J'ai compris qu'ils me guidaient vers la libération de mon ego, et les rares fois où j'y suis effectivement parvenue pendant quelques instants, j'ai touché du doigt ce qui ressemble à une autre réalité, un monde où je ne cherche plus compulsivement à exister indépendamment des autres, un monde où je me sens au contraire connectée aux autres, au point de fusionner avec eux, avec l'univers, avec tout. Peut-être est-ce un aperçu de ce que Jésus appelait « le Royaume des cieux » ? Je n'en sais rien. Peut-être est-ce une connexion à la part de divinité présente en nous ? J'ai en effet souvent entendu qu'au fond de nous, il y a le péché. Aujourd'hui, je sais que c'est faux : au fond de nous, il y a le divin. Le péché n'est que ce qui nous en détourne. Alors est-ce que Dieu existe ? J'ai longtemps ri à l'idée d'un vieux barbu sur un nuage, doté de pouvoirs exceptionnels. Les Juifs ont sans doute raison de refuser de nommer Dieu. Nommer met des images dans notre esprit, personnifie ce qui n'est pas une personne, transforme en matière ce qui est immatériel. Le simple mot « Dieu » m'évoque en effet un personnage ayant une existence palpable, doté de pouvoirs absolus, qui régenterait tout, des naissances aux morts en passant par les destins de chacun et la marche de l'univers. En cela je ne peux croire. En revanche, il existe peut-être une force créatrice, une énergie, une conscience dont nous serions sans le savoir un élément, une fraction, un chaînon. Tout comme notre corps est une poussière d'étoiles, un fragment de l'univers, notre conscience serait un fragment d'une conscience universelle et d'une force créatrice auxquelles on appartiendrait tout en s'en croyant détaché et indépendant, parce que jouissant en plus d'une conscience individuelle.

Elle balaya du regard l'assemblée des fidèles.

— Notre conscience individuelle nous ferait oublier cette conscience universelle qui est aussi nôtre, et notre ego nous en couperait en nous poussant à nous désunir, nous séparer pour se distinguer individuellement.

Elle reprit son inspiration quelques instants.

— Si c'est cette énergie impalpable, cette force créatrice, cette conscience universelle que l'on appelle Dieu, alors Dieu n'est pas une puissance extérieure à nous-même que l'on doit implorer pour obtenir des faveurs comme si l'on s'adressait à un maître de l'univers. Ce serait plutôt une force cosmique mais aussi intérieure à laquelle on peut se connecter et à travers laquelle on peut revivre, à la manière d'un retour au bercail, en se libérant de ce qui nous en sépare, c'est-à-dire notre ego. Au XIIIe siècle, Maître Eckhart disait : « L'homme doit être libre de cette manière qu'il oublie son propre moi et reflue, avec tout ce qu'il est, dans l'abîme sans fond de sa source. » Même s'il n'employait jamais ce terme, Jésus invitait sans cesse à se libérer de l'ego. J'ai personnellement tout essayé pour y parvenir, et n'ai réussi que de façon très ponctuelle. Plus on veut s'en libérer, et plus il résiste, en effet, et cela explique l'échec de la culpabilisation à laquelle se sont livrés les chrétiens pendant des siècles. La résistance de l'ego est sans doute illustrée dans les Évangiles par la grande difficulté qu'ont les apôtres à appliquer les préceptes de Jésus, à éveiller le divin qui sommeille en eux. En fait ils n'y parviennent guère et Jésus s'en lamente tout du long, jusqu'au dernier soir avant son arrestation, où il leur demande de veiller et aucun n'y parvient : tous s'endorment malgré leur bonne volonté, ce qui fait dire à Jésus : « L'esprit est bien disposé mais la chair est faible. » Mais il existe un secret.

Elle marqua une pause, et quand sa voix eut fini de résonner dans la nef, un profond silence emplit l'église tout entière.

— Il existe un secret et Jésus lui-même semble l'avoir découvert vers la fin de sa vie, puisque c'est surtout là qu'il le répète, allant jusqu'à dire, au final, que s'il n'y avait qu'une seule chose à retenir, ce serait celle-là. Ce secret, je viens de comprendre qu'il avait le pouvoir de nous faire évader de l'enfer de l'ego pour nous conduire au paradis de la vie éveillée. Ce secret… c'est d'aimer. Quand on aime, quand on ressent de l'amour, que ce soit pour un être humain, un animal, une fleur ou un coucher de soleil, on est porté au-delà de soi. Nos désirs, nos peurs et nos doutes se dissipent. Nos besoins de reconnaissance s'évanouissent. On ne cherche plus à se comparer, à exister plus que les autres. Notre âme s'élève tandis que nous sommes tout entiers emplis de ce sentiment, de cet élan du cœur qui s'étend alors naturellement pour embrasser tous les êtres et toutes les choses de la vie. Alain, le philosophe, disait que l'amour est un merveilleux mouvement pour sortir de soi. C'est aussi un merveilleux mouvement pour se retrouver, en fusionnant avec l'univers, à la source de soi-même, là où nos problèmes n'ont plus cours et où règne la joie.

Alice balaya une fois de plus du regard l'assemblée des fidèles. Ils écoutaient, mais parvenait-elle vraiment à leur transmettre ce message qu'elle savait essentiel pour être heureux et réussir sa vie ?

— Aimer, c'est déjà s'aimer soi-même. S'aimer nous donne la force de ne pas être blessé par les piques décochées par l'ego des autres, et de ne pas les laisser activer le nôtre en retour. Aimer, c'est aimer l'autre en parvenant à discerner la personne derrière un ego parfois déplaisant, et voir alors ce dernier se dissoudre. Aimer, c'est trouver la force de parvenir à aimer ses ennemis, et les transformer en alliés. Aimer, c'est aimer la vie malgré les tracas et les coups durs, et découvrir qu'ils ne sont que les outils de notre lâcher-prise, de notre évolution, de notre éveil. L'amour est la clé de tout. Le secret du monde.

Ses mots résonnèrent dans l'église, sous les hautes voûtes baignées de lumière.

Elle reprit son inspiration, puis continua la messe.

Ensuite, elle procéda au baptême.

31

Mercredi, fin de journée.

Jérémie s'apprêtait à quitter le confessionnal, où il officiait pour la dernière fois à Cluny, quand il entendit un froissement d'étoffes de l'autre côté de la mince cloison de bois.

Comme le pénitent restait silencieux, Jérémie l'invita à s'exprimer. Mais l'autre demeurait muet.

— Je vous écoute, insista Jérémie. Parlez sans crainte.

Il attendit patiemment, jusqu'à ce qu'une voix de femme s'élève péniblement, une voix distinguée qu'il reconnut sans peine malgré une certaine crispation très palpable.

— Mon père, j'ai mal agi.

Elle s'interrompit quelques instants. Il entendait sa respiration à travers la grille.

— J'ai mal agi, et je m'en veux.

Jérémie entendait parfois des confessions prononcées d'un ton assez détaché, et il lui arrivait de se demander si la personne venait par tradition, superstition ou même simple besoin de bavarder. Mais là, la voix trahissait une culpabilité qui semblait induire une vraie souffrance.

— J'ai critiqué quelqu'un… et cela lui a nui.

Jérémie se figea. Il sentit son cœur battre plus vite, tandis que son esprit, habituellement concentré sur son écoute, était soudain perturbé par des pensées et des émotions. Il respira profondément pour se ressaisir. Cette femme n'avait-elle pas malgré tout besoin de compassion ? Tout repentir méritait l'absolution…

— Cela lui a nui gravement, dit-elle.

On sentait que chaque mot lui coûtait, qu'elle était pétrie de contrition.

— Peut-être…

— Non, pas peut-être. C'est certain.

Jérémie soupira longuement.

— Qui peut le savoir ? murmura-t-il. Épictète disait « On te nuira à partir du moment où tu jugeras que l'on te nuit ». Mais pour juger une situation, il faudrait pouvoir se transporter dans le futur pour avoir une vision globale sur l'événement en question, ses vraies conséquences, ce qu'il nous a quand même apporté, ce qu'il nous a évité, ce qu'il nous a appris… C'est seulement avec le recul que l'on peut savoir tout ça.

Elle resta silencieuse un long moment.

— En tout cas, finit-elle par lâcher, je regrette mes allégations. J'ai été injuste et je m'en veux terriblement.

— Dieu vous pardonne, ma fille.

Il entendit alors quelques sanglots étouffés.

Il ajouta dans un souffle :

— Et moi aussi.

*

— Une femme ? Une femme ?

— Oui Monseigneur, dit le vicaire la mine défaite.

— Une femme a dit la messe !

Le vicaire hocha tristement la tête en fermant les yeux.

L'évêque se laissa retomber dans son fauteuil monumental.

— Une femme. Mon Dieu, quelle horreur…

Pourquoi Dieu lui avait-il infligé une telle catastrophe ?

Dans son propre diocèse.

Les médias allaient s'en emparer. Toute la France l'apprendrait bientôt. Le Saint-Siège aussi…

Ses forces l'abandonnaient, cédant la place au dégoût.

Quelle humiliation…

Il leva les yeux. Le vicaire, d'ordinaire si droit dans son habit, semblait affaissé, comme croulant sous le poids des événements.

— Une femme a dit la messe, répéta pensivement l'évêque.

— Mes sources m'ont décrit un sermon teinté d'un syncrétisme panthéiste bien éloigné de la doctrine catholique, dit le vicaire d'un ton méprisant.

L'évêque fit lentement tourner l'améthyste sur son annulaire.

— Et elle a baptisé l'enfant, vous dites ?

Le vicaire hocha de nouveau la tête.

L'évêque soupira.

Il aurait dû réagir plus tôt aux avertissements. Écouter son vicaire. Cela faisait des mois que celui-ci réclamait des sanctions. Il avait raison. Depuis tout ce temps, ce prêtre et son inspiratrice défiaient son autorité.

Il avait trop attendu.

Sa patience avait creusé le sillon de la débâcle. Son amertume n'en était que pire.

Il regarda son améthyste qui lui sembla bien terne. Adieu le saphir et la pourpre cardinalice.

La rancœur fit soudain place à la colère.

Il se leva d'un bond.

— De toute façon, ce baptême est illicite ! Il est donc nul et non avenu. Rayez-le du registre et avertissez les parents. Au moins une chose de réglée. Ce maudit prêtre et sa complice n'auront pas le dernier mot.

Le vicaire leva les yeux vers lui.

— Je me suis permis de vous devancer sur ce point, Monseigneur et...

— Vous avez bien fait.

— Et je me suis renseigné. Selon le code de droit canonique, vous avez raison : ce baptême est totalement illicite...

— Parfait !

— Il est illicite, mais... valide.

L'évêque le foudroya du regard.

— Qu'est-ce que vous racontez ?

— J'ai appelé Rome, Monseigneur. Ce baptême, bien qu'illicite, ne peut pas être annulé. Le droit canonique est formel : il est valide.

*

Le jeune commercial de la concession Renault s'ennuyait ferme, en cet après-midi d'août. Quand il entendit le doux glissement de la porte coulissante automatique, il leva les yeux et eut la surprise de voir apparaître la baronne de Sirdegault.

Son antique Jaguar vert anglais était garée juste devant la concession. Avec un peu d'espoir, la vieille aristocrate voulait peut-être changer de carrosse…

Il se leva et marcha vers elle pour l'accueillir. Il avait quand même un peu le trac. Ce n'est pas tous les jours qu'on a affaire à quelqu'un de son rang.

— Bienvenue à la concession, madame de Sirde-gault.

— Bonjour monsieur, répondit-elle tout en regardant les voitures.

Sur l'écran géant accroché au mur, le dernier spot publicitaire de la marque tournait en boucle : au volant de la Renault Espace, Kevin Spacey fixait le client dans les yeux en affirmant « *I might even be President of the United States* ».

Il observa sa cliente et la vit poser son regard sur la Captur.

— C'est une voiture qui vous irait très bien, elle vous donnerait une image jeune, dynamique…

Elle fronça les sourcils.

— Nettoyez vos lunettes, jeune homme. J'ai soixante ans passés, dit-elle en souriant.

Il se sentit bête comme un enfant pris en faute.

Vite. Se reprendre. Ne pas rester sur un échec.

— Dans ce cas, un coupé Megane ou même la Talisman cultiverait votre image élégante…

Elle ne répondit pas tout de suite, continuant de tourner autour des voitures.

— Ce n'est pas ce que je recherche, finit-elle par lâcher.

Il se mordit les lèvres. Toujours la même erreur : il argumentait avant de savoir. Il se souvint des consignes du formateur commercial : d'abord poser des questions, cerner l'image de soi projetée par le client sur la voiture de ses rêves…

— En fait… dites-moi tout : que recherchez-vous ?

Elle marchait tranquillement le long des véhicules exposés et s'arrêta devant la Twingo d'occasion.

— Une voiture pour me déplacer.

Il en resta bouche bée. C'était la première fois qu'on lui répondait un truc comme ça.

C'était pas normal.

Il en était sûr, ça ne figurait pas dans la classification des réponses du manuel remis par le formateur. Quelque chose clochait.

— Une voiture, ajouta-t-elle, capable de m'emmener faire des courses à Mâcon une fois par mois.

Il ne savait plus quoi dire.

Elle le regarda d'un air interrogateur.

— Vous craignez qu'elle n'y arrive pas ?

— Euh… si, si…

Elle se décida assez vite pour ce modèle, et quelques minutes plus tard, ils s'assirent à son bureau pour saisir la commande sur son ordinateur.

— Rappelez-moi comment s'épelle votre nom, madame de Sirdegault…

— Grossard. Josette Grossard. Comme ça se prononce, avec un D à la fin.

*

Alice se leva avant l'aube. Elle s'habilla en hâte, but un peu d'eau, et sortit dans la nuit. L'air frais sentait la rosée qui perlait sur le feuillage de la glycine, devant la maison. Tout au long de la rue qui descendait, les vieux réverbères de cuivre patiné diffusaient leurs faibles lueurs dorées dans la douce pénombre précédant l'aurore.

Au-dessus des toits, tout là-haut dans le ciel, les étoiles se mouraient silencieusement, accompagnées par un dernier croissant de lune effilé comme une lame de faux.

En bas de la rue ensommeillée, les premiers effluves de pain s'échappaient de la fenêtre ouverte du boulanger.

Elle prit à gauche la rue Mercière, puis à droite la rue de la Barre, et arriva sur le parvis de l'église.

Une voiture était arrêtée, lanternes allumées, devant le portail entrouvert du presbytère.

Deux ecclésiastiques se tenaient debout à proximité, l'un tout en noir, et l'autre en violet, les bras croisés. Sans doute l'escorte de Jérémie pour l'aéroport. Elle aurait aimé arriver avant eux.

En approchant, ses pas résonnèrent sur les vieux pavés, et le religieux vêtu de noir la désigna d'un léger mouvement de tête. L'autre la toisa alors sans rien dire, mais d'un regard qui en disait long sur son inimitié.

Elle s'approcha néanmoins et les salua brièvement en les dépassant, sans succès. Elle arrivait à la hauteur du portail quand elle le vit…

De l'autre côté de la cour, Jérémie descendait les marches du perron dans sa soutane noire, avec à la main une petite valise, une petite valise d'adolescent à moitié recouverte d'autocollants colorés. Elle la reconnut aussitôt et son cœur se serra tandis que revenaient à elle des souvenirs d'un voyage de classe en Italie, quand ils étaient ensemble au lycée.

Il la vit et marcha vers elle en souriant.

— Tu es venue, dit-il.

Elle acquiesça, la gorge trop nouée pour parler.

Ils restèrent face à face quelques instants, se regardant sans rien dire. Puis elle fit un pas vers lui et déposa un baiser sur sa joue.

— Prends soin de toi, murmura-t-elle.

Il acquiesça en lui adressant un sourire rassurant. Puis il se dirigea vers la voiture de l'évêché.

— J'allais oublier, dit Alice.

Il se retourna.

— J'ai vu madame de Sirdegault hier soir, dit-elle. Elle savait que tu partais à l'aube, et m'a dit qu'elle te déposerait un mot dans la sacristie, de la part d'une personne qui ne pouvait pas venir te saluer avant ton départ. Elle ne m'a pas dit qui, mais elle a insisté pour que tu le prennes avant de partir.

— Dans la sacristie ? Pourquoi dans la sacristie ?

— Aucune idée.

Il regarda sa montre.

— Pressons, dit l'évêque.

Alice et Jérémie échangèrent un regard.

— Viens avec moi, dit Jérémie.

Puis il ajouta à destination de l'évêque :

— Je reviens tout de suite.

Alice le suivit d'un pas alerte dans la ruelle qui longe l'église. Ils entrèrent directement dans la sacristie par une porte étroite cachée entre les contreforts, qui grinça méchamment en s'ouvrant. À l'intérieur, il faisait noir, avec une légère odeur d'encens humide. Jérémie alluma la petite applique en opaline.

L'enveloppe était posée sur un meuble en forme de tabernacle. Il la prit et en sortit une carte sur laquelle était simplement inscrit « Merci » d'une écriture régulière.

Pas de signature, ni de nom au verso de l'enveloppe.

Soudain Alice sursauta en entendant retentir le son puissant de l'orgue.

Jérémie ouvrit la porte séparant la sacristie du reste de l'église à la hauteur du chœur. Les lumières étaient allumées. Ils entrèrent.

Tous les fidèles étaient là, réunis, qui se levèrent en les voyant. La nef était comble.

La musique de Bach emplissait l'église des accords poignants de *Jésus que ma joie demeure*.

Victor, Étienne, tous les visages familiers étaient présents, tous les fidèles de la messe et tous les habitués du confessionnal. Seule une place restait vacante. Impossible de ne pas la voir, au premier rang, près de l'allée centrale. Personne n'avait osé l'occuper.

Alice recula pour laisser Jérémie dire adieu à ses fidèles mais il lui prit la main et ils s'avancèrent ensemble.

Les paroissiens quittèrent les rangs pour venir à leur rencontre et les entourer. Les poignées de main s'échangèrent, les bises aussi, ainsi que les paroles d'amitié, de gratitude, d'encouragements, de promesses de rester en contact d'une façon ou d'une autre.

Un paroissien ouvrit la grande porte sur les visages pincés de l'évêque et du vicaire, qui reculèrent instinctivement dans la pénombre de la rue.

Parvenu au bout de l'allée centrale, Jérémie vit madame de Sirdegault assise au dernier rang. Il ne l'avait pas reconnue tout de suite, habillée simplement, sans brushing, ni fard, ni bijoux. Elle n'avait plus autour du cou sa croix en or avec un gros rubis. Malgré les larmes qui perlaient, une lumière nouvelle brillait au fond de ses yeux.

Pour la première fois, il la trouva belle.

Dehors pointaient les premières lueurs du jour.

Ils franchirent la porte, puis Jérémie se retourna vers les paroissiens, les regarda une dernière fois tous réunis et, citant Jésus, il murmura quelques mots qu'Alice entendit à peine :

— Vous êtes la lumière du monde.

Du même auteur :

L'homme qui voulait être heureux, Éditions Anne Carrière, 2008, et Pocket, 2010.

Les dieux voyagent toujours incognito, Éditions Anne Carrière, 2010, et Pocket, 2012.

Le philosophe qui n'était pas sage, coédition Kero/Plon, 2012, et Pocket, 2014.

Le jour où j'ai appris à vivre, Éditions Kero, 2014, et Pocket, 2016.

Le Livre de Poche s'engage pour
l'environnement en réduisant
l'empreinte carbone de ses livres.
Celle de cet exemplaire est de :
300 g éq. CO_2
Rendez-vous sur
www.livredepoche-durable.fr

PAPIER À BASE DE
FIBRES CERTIFIÉES

Composition réalisée par Nord Compo

Imprimé en France par CPI
en octobre 2018
N° d'impression : 3030625
Dépôt légal 1re publication : avril 2018
Édition 04 - octobre 2018
LIBRAIRIE GÉNÉRALE FRANÇAISE
21, rue du Montparnasse - 75298 Paris Cedex 06